本丛书得到韬奋基金会资金资助

"十一五"国家重点图书出版规划项目

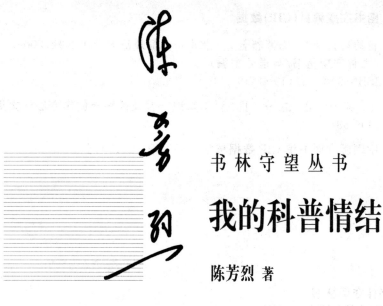

书林守望丛书

我的科普情结

陈芳烈 著

首都师范大学出版社

图书在版编目(CIP)数据

我的科普情结/陈芳烈著 . 一北京：首都师范大学出版社,2009.9
(书林守望丛书/吴道弘主编)
ISBN 978-7-81119-487-6

Ⅰ. 我… Ⅱ. 陈… Ⅲ. 科学知识－普及读物－创作方法－文集
Ⅳ. I05-53

中国版本图书馆 CIP 数据核字(2009)第 125439 号

书林守望丛书
WO DE KEPU QINGJIE
我的科普情结
陈芳烈　著

项目统筹:张　巍
责任编辑:楚　润　　责任设计:张　朋
责任校对:王亚利　　责任印制：沈　露
首都师范大学出版社出版发行
地　址　北京西三环北路 105 号
邮　编　100048
电　话　68418523(总编室)　68982468(发行部)
网　址　www.cnupn.com.cn
北京嘉实印刷有限公司印刷
全国新华书店发行
版　次　2009 年 9 月第 1 版
印　次　2009 年 9 月第 1 次印刷
开　本　787mm×1 092mm　1/16
印　张　16.25
字　数　240 千
定　价　36.00 元

《书林守望丛书》编委会

做文化的守望者

——《书林守望丛书》总序

柳斌杰

　　文化是每一个民族赖以生存的根基和灵魂，而出版事业和出版物，是民族文化的结晶，是民族精神的物质承载者，是衡量一个国家和民族文明程度的重要标志。从事这项伟大事业的出版人，不仅是出版活动的实践者，而且是人类文化创造、积累、交流、传播的组织者和参与者，是文化产品的生产者、民族精神的护卫者和时代精神的弘扬者。任何时代，治书修史者都肩负着神圣的历史责任、文化责任、社会责任，在我国，这种传统一直延续了几千年。但是，目前受名利诱导和网络快餐文化的影响，出版界跟风炒作、追求市场效应一夜成名而不顾文化品位等现象时有耳闻。在种种浮躁的背后，反映出来的是出版从业者文化品格的缺失。唯其如此，为繁荣学术和民族文化而坚守文化天职、恪守社会责任的职业精神和文化追求，尤其值得在出版界大力弘扬。

　　出版人是文化薪火的传承者，具有坚守文化自信的历史责任。众所周知，出版是人类文明薪火相传的重要依托，一个国家民族科学文化的传播和传承，有赖于它的出版事业。中华文明之所以历经五千年而一脉不绝，就在于中国历代政治家、著作家、出版家、藏书家接续几千年文明发展进程中形成的尊崇历史、珍惜古籍、编修文献、善待图书、重视典藏的优良传统，他们将中华文化的精髓融入历代出版物之中，一代一代地传之后世，肩负起了将一个时代的科学文化及思想智慧真实地记录下来、传承下去的历史责任，使中华民族的文化根基与时俱丰、愈加巩固。作为新时期文化创新和文化传播的主体，当代出版工作者更加需要继承传统、关注时代，一方面自觉承担起对民族文化传统的保存、整理、批判、传承的责任，保持中华文化的统一性、延续性；另一方面推动文化创新和发展，弘扬和培育符合时代要求的民族精神，在增强民族的凝聚力、创造力以及同世界其他文明进行对话的文化自信力方面作出贡献，使中华民族独立于世界民族之林的文化根基更加坚韧。

出版人是文化创新的推动者，具有坚守文化本性的特殊责任。作为一种文化生产的基本业态，出版既有产业的属性，又有意识形态的属性，必须通过创新来保持文化的独特品质和内容的先进性。从这个意义上说，创新是出版工作者的不竭动力和显著特征，不仅是文化积累和产品制造的组织者，而且也是文化内容的选择者和把关者，当然应当是新知识领域的开拓者和新成果的发现者、催生者。一方面，知识的保存、生产和应用，文化和技术的传承、生产和原创，都是以出版活动为基础的。历史上重要的思想创新、科学发现和技术进步主要是通过出版物得以传承和发展的。另一方面，从造纸术、印刷术到当代激光照排系统、计算机王码汉字处理系统以及数字技术的应用，出版人率先将新成果引进出版业，引发出版形式和内容的不断创新。在文化传播过程中，出版人通过传承优秀民族文化、吸收外国文化精华、把握时代需要，促进着社会文化的不断进步。而现代出版史上鲁迅发现大批文学青年、叶圣陶对巴金处女作的慧眼识珠、巴金对曹禺作品的琢璞为玉的佳话，也反映了出版人所必备的发现新人新作的创新品质。在当前的创新型时代、创新型国家建设的过程中，人民群众的伟大创造，已然成为文化创新取之不尽、用之不竭的源泉，迫切需要出版工作者发现、认识、扶持、推广，进而铺垫中华民族元气深厚的文化创新的阶石，培育中华民族根深叶茂、神韵独具的文化创新的活力。

出版人是时代思潮的引领者，具有坚守文化领土与文化阵地的社会责任。出版的本质不仅在于积累文化、创造新知，不断推出更优秀的文明成果，而且还在于按照一定的价值目标对社会现实文化作出评价，通过选择、把关实现对社会风气、学术思潮、文化倾向的引导。古代中国知识分子正是借助"竹帛长存"所构成的社会认知体系和社会规范体系，才唤起了"见贤而思齐"的文化自觉和道德自律。"五四"时期以《新青年》为中心凝聚的一大批知识青年的出版传播活动，将"科学"与"民主"汇聚成了思想解放的伟大潮流。在当今政治多极化、经济全球化、文化多元化、新技术日新月异的国际背景下，在经济社会急剧转型、社会文化事业和文化产业发展不平衡的国内背景下，承担着建构社会主义和谐社会及传播先进文化的神圣使命的出版工作者，其选择、把关进而引导大众的责任更加重大，需要通过对精神生产加以规划与组织，对精神产品进行鉴别与加工，对文化遗产作出选择和整理，对社会信息予以筛选和传递，打造传承主流文化和主流价值观的精品力作，不断巩固主流文化阵地。这就要求当代出版工作者必须深深植根于中国特色社会主义伟大实践，敏锐把握时代变革的风气之先，不随波逐流，不跟风炒作，不断提高辨别真善美和引导大众文化、传播主流文化和主流价值观的能力，致力于弘扬民族精神和时代精神，为中国的改革开放和现代化建设事业提供有力的思想保证、精神动力和智力支持。

　　历史已经证明，出版业作为文化传承和文化创新的核心，如果没有文化理想和文化追求，便失去了发展的根基。而出版工作者的文化价值取向、人文素养、文化责任、文化运作能力和学术品评能力，又直接影响到出版物的文化含量。从这个意义上说，对于文化的坚守，不仅是一种出版理念，也是一项出版实践。在竞争日益激烈的世界文化市场中，能否坚持文化本位，能否坚守文化责任，对新时期的出版从业者来说，无疑是一种严峻的考验。《书林守望丛书》的问世，为我们提供了一部关于新中国出版人的精神文化启示录。其中反映出的经过沉淀而彰显的文化品格，尤其应该成为新时期出版工作者的精神支柱。这套丛书的作者，是一群深深地钟情于出版事业的文化守望者，他们在"书荒"时代辛勤耕耘，在"书海"时代坚持方向，恪守文化的尊严，组织、规划、策划、编辑、出版过一大批反映时代精神、民族精神及具有学术价值、文化品位的标志性工程，主持、主编过一大批科学、人文、经济、教育等方面为广大读者喜闻乐见的知识读物，为全社会提供优秀的精神食粮作出过重要贡献。在他们身上体现出来的勇于开拓、后启来者的创新精神和坚守精神家园、淡泊名利的文化风骨，堪称典范。希望通过这套丛书的出版，使新时期的出版工作者形成一种更加清醒的文化自觉，在文化与产业协调发展的道路上走得更加坚定，产生更多让世界为之惊喜的拥有自主知识产权的民族文化品牌，再现中华民族宏大的文化气魄。

　　当前，出版业的发展同政治、经济、社会、文化的发展一样，要在

003

世界范围内的大对话、大交流、大竞争、大角逐中，把握机遇，迎接挑战，创造新的辉煌，需要一大批具有真才实学且能开阔视野、崇尚科学、追求真理、尊重创造、包容多样的新型复合型出版人才，来担当中国特色社会主义文化建设的推动者。《书林守望丛书》汇集的新中国成立六十年来成长起来的十几位出版家在长期为人作嫁的职业生涯中的思想火花、书坛掌故，集中反映了新时期出版工作者的精神风貌，不仅抓住了时代的新变化，也深刻把握了出版职业的新要求。这套丛书的作者，或者长于出版规划，或者长于鉴赏加工，或者长于经营管理，但都有将丰富的实践经验升华为理论的深沉思考。将这些经过实践检验的理论总结汇集起来，转化为鲜活的历史智慧和生命依托，对于未来的新型出版人才，无疑具有深远的精神哺育作用。我希望这套丛书的出版，能够吸引更多才华横溢、富有创造力的新军投身我们的出版事业，使中国出版人的文化守望薪火相传，为推动社会主义文化大发展大繁荣建功立业。

2009 年 7 月

目 录

自 序

人的一生可能会有许多次选择职业的机会。但对于我来说，却是"一锤定音"，从编辑始，到编辑终，一生只选择了一个职业。

人的一生可能会有很多种爱好。但对我来说，能称得上"爱好"的爱好也很少，唯科普写作却一直伴随着我，与我的事业同行，成为我生命的一个重要组成部分。

职业和爱好的单一，与我思维方式的"一根筋"有关。我想，做一件事总得把它做好，做到极致，做到完美。殊不知事业是无止境的，总是山外有山，天外有天，因此我也就心无旁骛地行走在一股道上，"不待扬鞭自奋蹄"。这算不上什么优点，而是眼界不够开阔的表现。不过，如此"从一而终"，却使我有较充裕的时间去把一两件事做好，对某一两件事有较多的思考和积累。这本书写的就是我一生在编辑和科普创作方面的一些经历，以及在两者"交响"中的一些感悟。

尽管编辑和写作都无定式，但和做其他学问一样，它们也是有规律可循的。循此规律，可能会少走一点弯路。在我那个年代，对编辑可否从事写作颇有争议，在一些单位还被视为"异端"给予种种的限制。在这本书里，我以自己的实践正面回答了这个问题，写了把两者结合起来的积极意义。退休之后，我依然与"旧业"藕断丝连，辗战其间，延伸我在编辑和科普写作上已经开创的事业。在这金色黄昏，还迎来了我生命中一次新的创作高峰，收获那往日劳作的成果。

无论是做编辑，还是写科普，我都有幸在入门时得到热心的前辈的提携、栽培，并受到他们人格魅力的熏陶和感染。他们给我以精神上的

001

激励，使我受用终生。我虽没有他们那么高的建树，但愿以他们为榜样，把自己的一点一滴心得告诉后来者，让良好的编辑作风和敬业精神能在新一代编辑中得到传承并发扬光大。我特别希望有更多的人投身于科普创作和科普编辑的行列，为传播大众科学文化，繁荣我国的科普创作和科普出版事业作出奉献。

这本小书顺着两条脉络展开，一是编辑，二是科普。由于相当大的一部分实践与科普有关，因此定名为《我的科普情结》。在编排上为了不打乱正文的叙事思路，特将自己历年来发表的涉及编辑出版和科普创作的论文挑选出一部分，加上几篇正文中着重提到的科普代表作附在正文之后，供切磋与参考。

编辑工作和科普创作都有很深的学问，且随着时间的推移，在理念上和具体实践上还在不断创新。这些都远非我所能全部经历的，也不是我这本小书所能全面涉及的。限于水平，书中还难免有一些过时的或今天看来算不上经验的东西，恳请业界同行批评指正。

2008 年 3 月

第一编

两栖人生

一、入门从师

1962 年，我结束在北京邮电学院五年的大学生活，开始走入社会。

在那个年代，每个人对自己的未来职业似乎都没有太多的考虑。因为，最终都是由国家安排的。服从分配是我们那一代青年的道德标准，也可以说是"底线"。毕业时每个人可以填五个志愿，紧接着一栏便是"愿不愿服从分配"。现在已记不全这五个志愿我都填了哪些单位了，只记得第一个是想留校当老师，第二个是进北京邮电研究院搞科研。但分配方案公布后，方知是被分到一个与文字打交道的单位——人民邮电出版社。这是我五个志愿之外的去处。既然是自己已表示"服从分配"，什么结果就都应该接受。但我还是想问个明白：从"工程师摇篮"里走出来的人怎么让做文字工作？负责毕业分配的老师给我的回答十分简洁："你适合做这个工作。"至于为什么"适合"，他没有讲，我也没有继续问，知道问了也得不到回答的。我翻来覆去地想了很多，心想，是不是都是常给校刊写文章惹的"祸"？

邮电学院毕业生分配到出版单位，我们是第二届。对于这个职业当时很多人都不十分了解，更不懂得理工科学生怎么能在编辑出版这一行派上用场，有点担心自己所学的专业知识用不上，而成天把时间耗在别人稿子里的错别字上。

带着种种疑虑、幻想和朦胧的憧憬，我走进了东四六条人民邮电出版社的一个小院。

小院不大，但却十分精巧。东边是两层的办公楼，分属不同部门的"一百单八将"（当时有员工 108 人，故戏称之）均在此"安营扎寨"。办公

003

楼前面是个篮球场；西边是平房，简陋的会议室、阅览室、乒乓球室和食堂，还有几间单身宿舍错落有致地分布在这里；前边大枣树下住着书记和社长两户人家。小院建筑是一色的灰砖灰瓦，门窗是带标志性的"邮电绿"。不知是哪位富有生活情趣的领导的妙想，楼前屋后遍种了苹果树、桃树、海棠树、枣树，还有一排别致的葡萄架，小院常年花果飘香。到了收获季节，员工们还能品尝到香甜可口的果实。

我们新来的大学生除北京有家的外，全都入住后院的"单身胡同"。胡同里每个小房间只六七个平方米，放下两张床和一张小课桌后所留的空间就不多了。到了冬天，屋子里要生火取暖，这个通常要住两个人的小房间就显得越发拥挤了。

我在"单身胡同"里住了五年，对它特有的韵味至今记忆犹新。早晨我们不用打闹钟，隔壁厨房里鼓风机的一声"怒吼"，所有人都会同时被它唤醒。一天的劳作由此开始，有锻炼的，有念外语的，有清扫庭院的……不到 7 点，阅览室里出版社那台唯一的苏式电视机便响了起来，那是一些老编辑在听电视讲座。一直到上班铃声响过，小院的西边才安静下来，人们都集中在东边的办公楼里开始一天紧张的工作。晚上也有电视课和会议，偶得闲暇，"单身"们便不放过机会，要在篮球场或乒乓球台上比试一番……

初"入门"这几年的生活虽然艰苦，却富有生气。我感受到了一个文化单位所特有的生活气息和人们为工作而勤奋学习、积极进取的氛围。它影响着我，鞭策着我，成了我一生事业无形的动力。

流光荏苒，一转眼 40 多年时间过去了。我在职的这 36 年时间里，由于种种原因，邮电出版社已四易办公地点，我也随它迁徙，一直没有离开过编辑出版岗位。从一个助理编辑做起，做过编辑、副主编、主编、副总编、代总编和总编，直到 1998 年退休。从 1998 年到现在，又过去了近十年时间。这阶段我仍然依恋旧业，始终与以前的老行当藕断丝连。退休后当过七八年的"中国电信网站"总编辑，一年的《中国数据通信》杂志总编辑，除此之外，还策划和写作了十几种书。我不但用一生的时间去了解和熟悉编辑这个行当，还让自己的生命在科普这个领域延伸，取得许多意想不到的收获。因此可以说，我的一生只选择了一个职业——编辑，只做了一件事——"爬格子"。

回首往事，免不了想起那"入门学步"的岁月。因为它影响着我一生的事业和生活轨迹，令我终生难忘。

"单兵教练"

记得在 60 年代，我刚开始干编辑这一行时，编辑部里就有两个人负责审我的稿，一位是手把着手教我的老编辑，另一位便是主编了。那些年，各行各业都提倡"以老带新"，出版界也不例外。因此，从我当编辑的第一天起，室里就为我指定了一位"老师"，让我跟着他学编稿。开始一段时间，我编稿要先用铅笔修改，反复改上几遍后再毕恭毕敬地送给"老师"过目。经老师认可后，我再用钢笔或毛笔改定。改动多的或稿面稍有不整洁的，都要重新誊写一遍。每篇稿件都是照此办理。等到凑齐了一期稿，我再把它送到主编的案头，接受主编的审稿。我的第一位"老师"是王先华，他不仅有大学学历，还有在基层电信部门做技术工作的丰富经验。见习期结束后，我便从他手里接过了"载波"专业的编稿任务，这便成了我日后在《电信技术》杂志的"立身之地"。

"老师"和主编对像我这样的"新兵"，常常是要进行"单兵教练"的。他们对我改过的稿件要作一番"讲评"，指出哪些地方改得好，哪些地方改得不那么好，应该怎么改，等等。这些"讲评"针对性强，理论联系实际，对于我熟悉编辑业务以及形成良好的工作作风都有很大的影响。在我见习期间，先后接触过两三位这样的"老师"。在我眼中，这些老师都是既有满腹经纶，又有丰富的"实战"经验的人，因而便十分"虔诚"地，一点一滴地向他们学，不敢有丝毫怠慢。

后来，随着时间的推移，我也渐渐被人称为"老编辑"了。于是乎，也责无旁贷地充任起"老师"的角色，先后带过五六位新编辑，这已是后话了。

主编遗风

我所接触的第一位主编叫佟树龄，社里老的、少的都管他叫"老佟"。没听到人称他"官衔"的，倒常有人直呼他的雅号——"老夫子"。

佟主任为什么得此雅号，我没有考证过，只是通过自己的直觉，认为他确有点像"夫子"。他做事一板一眼，从不马虎一点。给人审稿时总强调找依据、查出处，凡事"要说出个道道来"。特别是对于政治性较强的稿件，他更是慎之又慎。有人说他"胆小"，也有人说他"保守"，但他却闻风不动，仍是一板一眼，依然故我。

与佟树龄主编（右）同去浙江桐庐调研时的合影（1974 年）

开始，我对他那份"抠"劲也很不习惯，认为是多少有点"草木皆兵"。后来，经历的事多了，便渐渐意识到，干我们这一行的，白纸黑字，不"抠"的确不行，不"抠"就可能出问题。有一次，我们《电信技术》杂志把封二栏头上的"自力更生"错成"自立更生"。发现这个差错时，刊物已全部印完、装毕，但差错出在严肃的政治口号上，这是不能容许的，非返工不可。于是全社上下动员，花了一个星期的时间才把刊物上的错一本一本地改正过来，刊物也因此而误期。类似的事，在我当期刊编辑期间及以后，曾发生过多次。究其原因，都是由于"抠"得不够，审得不严。

老佟的身教言传，对我这个新编辑还是很有影响的。我渐渐养成了在编稿和审稿中查资料、找依据的习惯。案头总是放着"词典"、"标准"

一类的工具书，对于文章中任何一个疑点，我都用铅笔做了记号，或查核、或提出问题与作者商榷。搞清一个问题，就用橡皮擦去一个问号，直到把所有问题都解决，心里踏实下来为止。这样的习惯，一直坚持到了今天。

在60年代，国家经济还比较困难，大家拿的都是低工资。很多年，我一直都是拿56元工资，生活过得紧紧巴巴的。老一代的编辑要比我们好一点，有的享受肉和蛋的配给，人称"肉蛋干部"；有的享受糖和豆的配给，人称"糖豆干部"。老佟虽说是"肉蛋干部"，但上有老、下有小，家庭负担比我们重，日子过得也并不宽裕，但对人却很大方。常常听到他在别人困难时解囊相助的事。我自己也亲历过一回，至今难忘。

1969年5月19日，我们坐上一列开往武汉方向的列车，开始下放劳动的生活。由于下放的决定来得如此之突然，以致走得十分匆忙。每个人都要做好一辈子扎根农村的准备，因而带的东西自然也就少不了。像箱子、蚊帐、厚被褥、草帽、军用水壶以及一年四季要用的东西都要备齐，这使得原本便颇有点经济拮据的我感到不堪承受。没想到这种情况被细心的佟主任察觉到了。他走到我跟前没多说什么，硬是往我手里塞了50元钱，说："你就先用它买点必需的用品吧!"看我有点犹豫，他又劝慰地说："没有关系的，等将来你有钱了再还我就是了；没有钱也可以不还。"我不知说什么是好，只感到一股暖流在全身流淌着。

007

当年50元钱是很顶用的，可以买不少东西。我用它买了蚊帐、木板箱、背包等下放所需的用品，解了燃眉之急。

佟主任借给我的这笔钱，我一直记在心上，感到沉甸甸的。在我经济状况稍有好转时，曾几次想把钱还给他，但都没有出手。因为时间已经过去很多年了，同样是50元钱现在已经买不了几样东西。如果给佟主任付利息，根据他的为人，他是绝不肯收的，而且也怕有负他当初的一番好意。在犹豫中我不知不觉又拖延了些时日，可心里却依然忘不了这件事。

十年浩劫之后，出版社终于恢复了。《电信技术》也在东长安街上那座颇具历史意义的小木楼里开始办公。老佟还是大主任，我也费尽周折从干校工厂调了回来，继续当个小编辑。在生活安定下来后，我又想起了当年借老佟的那50元钱。有一天，我终于双手把钱奉还给老佟。一时也不知说什么好，只深情地说了声"谢谢"。一切都在不言之中。

50元钱是还了，但我总觉得这份人情是一辈子也还不清的。在那"造反有理"、"怀疑一切"的年代里，它折射出人间的真情。这种真情曾激荡在我们身边，洋溢在我们编辑队伍里，成为我们团结奋进的精神支柱。我常常在提醒自己：要向老主任学习，做编辑得先做好人，要像他一样有仁爱、开阔的胸怀。

科普引路人——施镭

人们常说编辑是"杂家"。对于这个称谓，一些人不以为然，可能是认为"杂家"并没有什么可稀罕的。但我的感受却是，一个编辑，具有渊博的知识，真正称得起"杂家"，并不容易。在我所认识的人中，施镭同志可说是当之无愧的一位。

我认识施镭的时候，他是著名的《无线电》杂志的主编，而我则是另一本专业期刊——《电信技术》的"小兵"。从组织关系上讲，彼此并不"搭界"，但没有想到，他却意外地成为我的第一位科普引路人，还给我审过一次稿。那情景，至今记忆犹新。

1964年，我还是单身，住在出版社办公楼旁边的小平房里。每天早晨，我们几位单身都早早地起来了，有锻炼身体的，也有念外文的。然后便是赶在老同志来之前去打扫办公室。似乎这已成为惯例和传统，一茬一茬地在往下传。一天早晨，施镭同志手里拿着一本英文杂志到单身宿舍来找我，看我正在学外语，便笑着说："学与用结合起来才会牢固，我这儿有篇关于电视电话的最新报道，你能不能试着翻译一下？这不仅可以检验你的英语水平，还可以练练笔。"第一次接受这样的任务，我不仅毫无思想准备，还有些胆怯。但为了不负施镭同志的信任，我还是把这本杂志接了过来，说："我试试看吧！"大约在半个多月后，我把译稿交给了施镭同志，心想，就当作是一次"课外作业"请他指点一下也好。没有料到，这篇译作竟很快变成了铅字，在《无线电》杂志上登了出来，还署了我的名，题目便叫做《电视电话》。登出来的文章作了一些关键性修改，不仅比我的原稿准确、通顺、简洁了，还配有一幅形象生动的插图，使电视电话这一刚刚崭露头角的新技术跃然纸上，给读者以一个非常直观的感觉。后来我才知道，这篇稿是施镭同志亲自审、亲自改的；那幅构思巧妙、独具匠心的插图也是施镭同志亲手画的。我闻后不禁肃然起敬。除了为一位老编辑对年轻编辑的无私帮助和苦心栽培而深深感激外，我还由此对审稿的"功能"有了更深一步的认识。原来，审稿不止是起发放"通行证"的作用，有时它还融入了审稿者的无数心血，起到完善作品，提高作品"档次"的作用。特别是科普杂志上的文章，不仅对文字要求高，有时还需要配上些形象生动的插图。这些都是我未曾想到的，施镭主编替我做了。我想，编辑之所以被人称作"无名英雄"，大抵与编辑这种只出力而不留名的工作是分不开的。

在施镭同志的鼓励下，这个时期我又写了《电子笔》、《漫谈电话》等"豆腐块"那样的小文章。碰到疑难，也常找施镭求教。他博学而又认真，从未使我失望过。

听一些老同志讲，施镭有着传奇般的经历。他是话务员出身，由于刻苦钻研，积累了十分广博的知识。他不仅熟悉无线电专业知识，还能装、修收音机和电视机，有很强的动手能力。他能文善画，有很好的文字和艺术功底。他写的诗、科普作品都屡屡获奖，是很有名望的科普作家。我看过他的"自画像"和水墨画《北海雪景》，都达到了专业水平；他画的科技插图，不仅能揭示科学的内涵，构图之巧妙、运笔之流畅也都在一般美绘人员之上。施镭还是一位翻译家，通晓六七国语言。除此，他在化学、物理、航空等领域也都有广泛的涉猎。一次偶然的机会我到过他家。在他家里，除了起居用品外，还有航空模型、化学试瓶等，简直像个实验室。

我虽然无缘在施镭同志手下工作，但却得到他无私的提携和无微不至的关怀。1979 年 8 月，中国科普作家协会成立。不久，他便介绍我这个虽有创作热情、却无像样作品发表的年轻人入会，从而使我有更多的机会接触社会，结识许多科普界的朋友，其中也包括后来成为我走上科普写作之路的第二位引路人——王天一同志。

上世纪 80 年代初，施镭同志还推荐我参加《电子应用技术丛书》的写作。对于连一本书也没有写过的年轻人来说，施镭的信任使我惶恐不安，而也倍觉珍惜。在这里，我又一次深切地体会到一位老编辑、老作家对年轻一代的期待。后来，我把自己要写的书取了个名字，叫《现代顺风耳——电话》。说实在的，我当时对能否写成这本书没有十分把握，尽管有施镭的鼓劲和帮助，还是底气不足。特别是对有关国际上电话的现状和未来发展趋势，掌握的资料不多。因此，我决定找当时在邮电部外事司工作的陈军同志合作。陈军同志不仅掌握国外资料多，还有相当好的文字功底。他欣然同意了。经过近两年的努力，我与陈军合写的《现代顺风耳——电话》终于问世了。那是在 1984 年 6 月。

"文革"期间，施镭蒙受不白之冤，下放时被关在"牛棚"里吃了不少苦头。后来情况稍有好转，便从在干校拉车运水和种菜的岗位"上调"到干校所在的 536 厂，搞制定规划的工作，这使多才多艺的他多少有了一点施展才干的机会。碰巧我那时也在 536 厂，负责扩散炉的试制。由于具体工作不一样，和他接触的机会并不多。后来 536 厂又让他从事电话机开发工作。由于精通技术又擅长外语和绘画，他很快便设计出了不少新颖的话机，为这个厂的电话机生产奠定了基础。

"文革"结束后，重视人才的邮电出版社新一任领导把施镭调回到了他熟悉的编辑工作岗位。他加倍努力地工作，想把失去的时间抢回来，但这时他的身体已大不如前，终于积劳成疾，在 1998 年离开了我们，永

远放下了他所挚爱的事业。今天，当人们回顾人民邮电出版的历史，历数那些以自己的青春和才华为出版事业奠基、添彩的人时，都会提到他——施镭，一个才华横溢的奇才，一个一生坎坷的编辑家、科普作家、翻译家、画家和诗人。人们赞扬他，更为他的早逝而扼腕叹息。

施镭同志留给我的唯一有形的纪念，是他为我那本《现代顺风耳——电话》所绘的一张插图。那是在书的第 50 页上。当时，我写这本书的时候，很需要一幅能反映电话发展历程的各个历史时期的电话机的图，但由于手头

《现代顺风耳——电话》一书中，施镭亲手绘制的"电话机的发展历程"图

没有原始资料，不好去找绘图人员画。施镭同志得知后，欣然把他亲手绘制的一幅图给了我，使我的小书大为增色。现在每当我看到这幅插图时，便百感交集，心中有一种说不出的感动。他还对我说："只要我手头有的，你都可以随便用。"真诚与慷慨溢于言表。我为与这位老编辑、老科普作家在精神境界和学识水平上存在的诸多差距而汗颜。我常想，比起那些前辈，我又有什么理由满足，又有什么理由不奋进呢！

二、编辑人生

　　我从 1962 年走出校门，踏进了与文字结缘的出版社，到 1998 年就地退休，在这个岗位上一干就是 36 年。其中，有 26 年时间是在办刊。先是在一本中级专业期刊《电信技术》工作，从助理编辑做起，一直到担任这本杂志的主编；1985 年，已经停刊 20 余载的《电信科学》在读者的千呼万唤中恢复了，我又被派去筹备复刊工作，在这本高级专业期刊担任了近 3 年的主编。1988 年我担任副总编，依然是分管期刊工作。邮电出版社是个专业出版社，图书、刊物并举。除了上面提到的两本期刊外，还有《无线电》、《集邮》、《摩托车》等刊物，后来又引进了《米老鼠》杂志，创办了《中国邮政》、《中国集邮》等一些期刊，还承办了《科技与出版》杂志。毫不夸大地说，期刊占了邮电出版社的"半壁江山"。

　　1990 年，我开始担任总编，虽说是属于行政管理工作，但成天处理的依然是选题、组稿、审稿一类事，说到底还是编辑工作。

　　30 余载编辑工作的感受，大体上可用三句话加以概括。第一句话是"编辑的责任重"，这是我对编辑地位、作用和使命的认识；第二句话是"编辑的功夫深"，这是我对编辑作为一门学问的认识，可以回答编辑到底是"好当"还是"难当"的问题；第三句话是"当好编辑要先学会做人"，这是我对编辑这个职业精神境界的认识。

　　除此，我还深切地体会到编辑工作实践性强的特点。要做个好编辑，除了从书本上学之外，还要勤于实践，勤于积累，做一个有心人。

编辑的责任

编辑这一行，成天与文字打交道。他到底担负多大的责任，我开始是没有太多认识的。倒是常听人们在说"文责自负"，心想有此"挡箭牌"，编辑便没多大责任了。后来经事多了，方知编辑并不好当，对一文一字都负有不可推卸的责任。

(1) 两次改错的教训

在我的记忆中，为改一字之错而兴师动众的事就有过两回。一次是在1977年，《电信技术》第1期的封二上把"自力更生"误为"自立更生"。在当时看来，这算得上是一个严重的政治差错。发现差错时，杂志已全部印装完毕，结果不得不动员全社力量下厂改错，差不多用了一个星期的时间(这在"主编遗风"一节中已经提及)；另一次是在《邮政法》颁布时，一本介绍该法规的书把"务"字错成"条"字，也是全体动员改了好一阵子。这两件事给每个编辑都留下了难忘的印象。它告诫我们，要手下留神！一字之错也有可能酿成严重的后果。特别是在那"运动"不断的特殊年代，因为一字之错造成撕页，或整本书或杂志报废的事也绝非个别。每个接触文字的人都小心翼翼，生怕"祸从字起"。现在，虽说那个特殊环境已不复存在，但因对文字工作严肃性认识不足所引发的教训，还是应该记取的。

国外也有类似的例子。前些日子偶然翻看1991年第4期的《编辑之友》，内中有一篇不到300字的补白，讲到以出版辞书而闻名于世的法国拉鲁斯书店为一字之错，一下子便报废了18万册书的事情。1990年7月，这家出版社收到读者的来信，反映它出版的《小拉鲁斯辞典》有一处重大错误：将一种有毒的蘑菇说成是无毒的，而将另一种无毒的蘑菇说成是有毒的。鉴于这一字之差，可能会导致上万的人命案，因而拉鲁斯书店赶在蘑菇采集季节到来之前，果断地回收报废了已发出去的18万册书，以绝后患。这件事虽然发生在国外，对我们同样有参考价值。它说明编辑工作马虎不得。另外，也告诉我们，做一个称职的编辑还需要有渊博的知识。只有这样才能避免发生一些常识性的错误。

有时，图上的差错也会造成严重的后果。有一次，与我们一墙之隔的某编辑部来了几位读者，他们是抬着机器来的，说这是完全按杂志上登的电路图组装的，就是运转不起来。这使编辑部十分难堪。后来听说原因找到了，是因为在杂志刊登的图上漏画了一个"接地"符号。这件小事至今也令我记忆犹新。

(2) 三个署名差错的发现

在各类文字差错中，人名的差错恐怕是最难发现的了。这是因为，人的名字有叫张三的，也有叫李四的，无一定之规。不像一篇文章中的其他文字，由于彼此间有一定的内在联系，可以通过通读上下文对其正误作出判断。但是，人名差错也不是绝对发现不了的。下面便是我在审稿中辨析人名差错的三个实例。

有一次，我社美编室送来一本再版书的封面设计稿，书名叫《工程制图》，是几位作者合写的。我在终审时，目光在一个叫"陈敦壁"的作者名字上作了停留。我在想，一般人在起名时都避俗就雅，因此，名字用"璧"字的不少，而"壁"字却不多见。由"壁"字组成的词，如"墙壁"、"碰壁"等，不是人们所喜爱的，更无"雅"字可言。于是，我便顺手在设计稿的"壁"字旁用铅笔画上了个问号，接着便开始一系列的核实工作。首先，我找来了责任编辑填写的"封面设计通知单"核对，排除了设计者引入差错的可能性；然后我又核对头版书，头版书上的作者署名也是"陈敦壁"。到此为止，似乎是可以放心的了。但我还是没有轻易把这个铅笔问号给擦去，而是找来责任编辑，请他打长途电话直接问一下作者。一个小时后，责任编辑把核实的结果告诉了我：作者名字中的最后一个字的确是"璧"，而不是"壁"。我的大胆怀疑得到了证实，避免了这本书作者署名的一错再错。

另有一本关于通信线路的书，也是一本再版书，封面设计稿上的作者署名是"张楚风"。经与"封面设计通知单"和头版书核对，也都是无误的。但我还是在审核封面设计稿时，用铅笔轻轻地画上了一个问号。原因是，在60年代我办刊的时候，有一位经常给刊物投稿的作者叫张楚凤，也是搞线路的。因此，我就多了一点疑心，会不会本书的作者"张楚风"是"张楚凤"之误呢？"风"与"凤"是字形十分相近的两个字，搞错不是没有可能的。当然，我的怀疑仅仅是由于对60年代的那段记忆所萌发的，并无充足的依据。要打消疑云，唯一的办法就是去作认真的核对。

我首先向责任编辑核对，他说得十分肯定："没有错，就是叫张楚风。"但我还是不死心，又接连问了好几位线路专业的老编辑，他们都说，只知有个张楚凤，没听说过叫张楚风的。于是我又回转来请责任编辑直接与作者核对，核实的结果是，这本书的作者正是 60 年代给我们杂志写稿的张楚凤。就这样，将一个差一点一错再错的封面署名给改正过来了。

我的第三次类似经历是对封面设计样稿上一位叫"赵傅"的作者署名提出疑问。根据我的常识，傅是一个姓，用作人名虽不是绝对没有，但毕竟不多。另外，与"傅"字相近的有好几个字，如繁体的"传（傳）"字、"博"字等，容易混淆。为了排除出现这种混淆的可能性，我又请责任编辑作了核实，终于搞清了"傅"字为"博"字之误，把它改正了过来。

通过大量的发现和纠正差错的经历，我有以下几点体会：

① 大部分差错的出现还是有规律的。譬如，前面提到的"力"错成"立"，是同音造成的差错；"务"错成"条"，是形近而造成的混淆。还有一些类似"象"与"像"、"兰"与"蓝"等是简化字的错用。了解出错的规律，我们便可在编稿时对上述情况予以重点戒备，不让差错从眼皮底下轻易遛了过去。

即便是署名差错，有时也是有迹可循的。譬如，在上面第一个例子中，我就是根据一般取名皆避俗就雅的规律而提出疑问的；而第三个例子中，主要是根据"傅"多见于姓，少见于名，且又有几个极易混淆的字这两点而设疑的。

②在审稿中不要放过任何一个疑点，对每一个疑问都一定要搞得水落石出方才罢休。上述三个署名差错，有两个是出现在再版书上。按理说，已经印在书籍封面上，又经过相当一段时间考验的作者署名，在再版时照印即可，不应该有什么不放心的。然而，这两处差错的发现告诉了我，对已经印在纸上的东西也是不能全然相信的，只要存在疑点，就应该认真核实，消除隐患，做到完全可以放心为止。

有人认为，在审稿时提出没有充足依据的疑问是对责任编辑和作者的不信任，特别是当审稿者提出的问题一个个被排除时，常常会被斥之为"瞎怀疑"。我对此却有不同看法。我以为，一个责任心强的、有一定水平的审稿者，应该是能明察秋毫，善于发现问题和提出问题的人。在某种意义上讲，审稿的任务就是对前一道工序作出评价，发现问题，纠正错误，进一步完善稿件。这应该被看成是对作者和前一道工序责任者

015

的负责和帮助。当然，审稿中所提出的问题在核定查明之前只能说是"事出有因"，并非有百分之百的把握。有的问题经核实后疑点消除了，便不成为问题，而有的却的确是问题，通过审稿把它改正了过来。不管是属于哪种情况，上述提出问题、核实问题的过程，都将使稿件内容变得更加可靠，更加经得起推敲。

③作者署名按理说是不应该搞错的，更不应该一错再错。因为，熟悉作者、了解作者，首先得知道作者叫什么，他的名字怎么写，这些都是对编辑最起码的要求。但搞错作者名字的事还是时有发生，有时还会因此而伤了作者与出版社的感情，闹得很不愉快。因此，对于这类看来十分简单的问题，经常提醒一下，或来个"广而告之"，似乎还是有必要的。

(3) 当好知识市场的"守门人"

在书、刊的编辑出版过程中，编辑的责任贯穿在其中的各个环节。上面所谈到的消灭差错、提高编校质量只是其中的一个基本的环节。从近两届的科普图书评奖的情况来看，初评入围的图书中因为编校质量达不到要求而最终被"拉下马"的，竟达半数之多，这不能不引起我们高度的重视。它说明，当好知识市场的"守门人"，也不是一件很容易的事。

消灭差错、提高质量，首先要加强责任意识。第二是要有良好的心理素质，要摒弃自以为是、想当然、望文生义等弊端。对自己拿不准的，不妨先"自以为非"，通过推敲、查证，最后作出正确的处理。第三是要不断丰富自己的学养。

提高书刊质量的过程也是编辑提高业务水平和积累经验的过程。我在编刊的时候养成了一个习惯，就是在改稿时，经常在稿件旁边放上一张纸、一支笔、几本辞典。发现稿件中存在疑问时，拿得准的就立即用红笔改过来，一时拿不准的先用铅笔做上记号并在纸上做记录。解决这些问题可能需要翻辞典、查资料或与作者沟通。问题解决一个，稿件上相应的铅笔符号便擦去一个。但白纸上记录下来的发现和解决这些疑问的过程却保存了下来，作为自己的一项重要积累。日子久了，从日积月累的记录中还可以归纳出一些带条理性的东西来。

上面主要是围绕着如何减少出版物的文字差错，谈我对编辑责任的认识。其实，编辑的责任要比这里谈的宽泛得多。除了为作品改错、"补漏拾遗"之外，编辑还要充当一个园丁，为作品做"锦上添花"的工作，使之更趋完美。由于在其他部分还会涉及这方面的内容，这里就不一一细述了。

编辑的"功夫"

(1) 编辑的隐性"舞台"

演艺界有句话，叫"台上一分钟，台下十年功"。编辑工作何尝不是如此。所不同的只是编辑的"舞台"是建在他所造就的书刊之中的，是个"隐性"舞台；编辑的"功夫"也隐藏在经他催生的这些精神产品之中。尽管通过书刊评奖、市场热销等，它也偶露峥嵘，为人一叹，但编辑的真功夫大都还是散落在日常的细微工作之中，不为人所识，只能间接地通过他所参与完成的成果表现出来。作家蒋子龙曾把编辑对于作品的作用比作支撑大厦的水泥柱中的钢筋，正是道出了编辑职业含而不露、默默奉献的特点。

爱因斯坦有个朋友叫贝索，是个思想敏锐、知识渊博的杂家。他曾经向许多科学行家提过有益的建议，并对爱因斯坦相对论的形成起了十分积极的作用，但他在科学界却默默无闻。用爱因斯坦的话说，"他的成就只能在他造就的人当中找到"。我想，编辑正是一个"贝索式"的群体。

(2) "沙里淘金"和"量身定做"

在办期刊的时候，我们编辑部的每个人都分工负责一定的版面。到时每个人都会把稿件凑齐了，按时发排，很少有"开天窗"或"借稿"上刊的事发生。但上刊稿件在质量、水平以及发表后受欢迎的程度上却有很大差别。其中，选稿、组稿是决定其高低的两个重要环节。编辑在选稿时，一种做法是从大量来稿中选出一些稿件凑足版面了事；另一种做法则是根据刊物的定位和对客观需求的把握，精心组织并挑选那些最有时代气息，读者最需要、最感兴趣的内容，经合理调配后上刊。显然，这两种做法编辑所投入的劳动不同，动用的知识积累不同，其效果也就可能大相径庭。

选稿是一件从"沙"里淘"金"的工作。它需要编辑有一双能辨真伪、识真金的慧眼。这双慧眼不仅用来选稿，还可以用来发现那些有写作潜力的作者，以不断扩大自己周围的作者队伍。

一个编辑光有选稿的本领还不够，还要有为你的刊物进行设计、策划和"量身定做"稿件的能力。这是因为，投来的稿件在内容上具有"发散性"的特点，很难完全满足每期刊物在总体构思上的要求。要保证刊物的重点，并按照每期刊物的总体构思实现合理的布局，其中必定要有一部分稿件是由编辑精心组约的。通过约稿可以使刊物内容聚焦在一个或若干个读者的关注点上，而且红花绿叶，错落有致，交相辉映。一般来说，一本质量较高的刊物，约稿在全刊用稿量中所占的比例，少说也得占70％左右。约什么稿，能不能把所需要的稿件如数约到手，也是对编辑能力的考验。

关于约稿，过去有人介绍过"广种薄收"的"经验"。所谓"广种薄收"，就是不管走到哪儿，见人便打招呼约人写稿，既不提内容要求，又无篇幅限制。"广种"的结果虽然也能见到"收成"，有时来的稿件竟还不少，但质量高的、合乎刊物要求的稿件则不多。这是基于凑版面的简单化做法。其结果是不仅增加了许多无效劳动，还会给对来稿的处理带来困难。

其实，约稿的"功夫"首先来自编辑对刊物定位、重点以及整体部署的深刻理解。一个训练有素的编辑，不仅对约什么样的稿思路清晰、胸有成竹，而且会千方百计把自己心仪的稿件约到手。约稿，特别是组织那些有分量的讲座、笔谈以及每期的重点文章，从内容设计到作者的选定，以至一些细节的考虑，无不凝聚着编辑的智慧。编辑水平之高低，由此亦可见其大概。我们常说的"编辑含量"，就是由编辑对稿件的介入深度、介入广度以及介入水平来衡量的。而组稿正是决定编辑含量高低的重要环节。

约稿就像讲课需要备课、答辩需要针对各种可能的提问准备好应对一样，要做到胸有成竹。以己昏昏，使人昭昭是不行的。既要向作者介绍自己刊物的宗旨，又要阐明约稿意图和对所约稿件的基本要求。要舍得在约稿上下工夫。在信息沟通主要还是靠书信往来的那个年代，我的一封约稿信常常要写上三四页，以尽量把自己所想到的问题向作者交待清楚。有时还要与作者往返几个回合，就某些问题充分交换意见。能为刊物写出有分量稿件的作者一般都比较忙，为了动员他们接受约稿，有时还需要"三顾茅庐"，或通过各方面迂回。

约稿是编辑与作者的双向交流，而不是布置任务。编辑要与学有所长的作者对上话，在约稿时说内行话，把问题提到"点子"上，就得不断丰富自己的学识，逐渐成为一个专家型编辑。

（3）"为人作嫁"的学问

编辑的工作对象是别人已经写好的稿件；编辑的劳动是在原作基础上的"补漏拾遗"、"锦上添花"。一个"补"字，一个"添"字，道出了编辑工作的性质。有人形象地把它比作是"为人作嫁衣"。

在改稿时，编辑是以第一读者以及读者代言人身份出现的，因此首先得有"换位"意识，把自己的立足点移到读者这一边来。这样才能把文章的基点找准，把起点把握好。科技出版社的编辑，大都是由理工科大学毕业的，使用名词术语已习以为常，然而对于面向大众的普及类读物来说，这些专业术语便可能成为读者阅读时的"拦路虎"。所以，在编这类书刊时，编辑就要转换立足点，多为读者着想，对一些读者理解起来有困难的名词术语作通俗化处理，把文章的起点调整到既定读者所能接受的水平上来。

改稿时别忙下笔，要先将全稿通读一遍，着眼于"摸底"，以便在加工时做到心中有数。然后从大到小，首先解决那些带全局性和关键性的问题。譬如，文章的思想倾向、学术观点、科学性以及逻辑层次，都应放在优先考虑的地位，防止抓了次要的，而忽略了主要的。

改稿时需要"眼观六路"、瞻前顾后，注意文章的整体性。我在修改刊物的署名文章时，经常碰到"人称"上的困惑。有的文章明明是两个以上的人署名，却在行文中把主体称作"我"；一个人署名的作品，文中又是"我们"如何如何的。又如，在一次科普图书评奖中，某出版社参评的一套书共 12 本，竟有 7 本书的实际书名与每本书封底印的全套书书目对不上，疏忽大意之甚，真有点令人吃惊！所有这些，都是由于在编稿中忽视各个环节之间的关照，不能瞻前顾后所造成的。

有一篇介绍卫星通信历史的文章，原先是这样开头的："自 1958 年 12 月美国发射世界上第一颗低轨道实验通信卫星'斯科尔'以来，……"编辑看了以后，认为卫星通信的历史应追溯到更早一些，即苏联发射第一颗人造卫星的那个时候，因此他将上文中的"1958 年 12 月"改为"1957 年 10 月"，"美国"改成了"苏联"，卫星名称也相应地改为"卫星 1 号"。

这些都没有错，而且以苏联发射第一颗人造地球卫星作为卫星通信时代的开端也是有根有据的。应该说，这是一个很不错的修改。但遗憾的是，他却留下了一处疏漏，那就是没有注意到"卫星1号"是人造地球卫星而不是通信卫星这一点，客观上"制造"了一处技术性差错。这也是顾此失彼所造成的。

另外，文章在作局部改动时，应该认真检查一下有无与之相关联的文和图要作相应改动的。例如，1989年出版的一本叫《集邮知识题解》的书，书名是请当时的河北省政协主席李文珊题写的，因此作者在前言中说了一番感谢的话，这是合乎情理的。可在这本书再版时，可能是考虑总体的装帧效果，责任编辑把原来用书写体写的书名改成了美术体，但却忘了对前言作相应处理，仍然保留了"李文珊同志特为本书题词，再次表示感谢"一类话，使人看了有点摸不着头脑。

编稿中，顾此失彼，缺乏照应的实例还很多。删图、增图忘了给图重新排序编号的；正文中大小标题改了，却忘了改动目录的；删了某章某节，却未改动后续章节号的，等等。

郑板桥有句名言，叫"删繁就简三秋树，领异标新二月花"。这也可以拿来当作我们写作和编辑改稿的座右铭。我们改文章时，就是要删去繁言絮语、陈词冗句，如同三秋的树木，最后留下枝干和精华；另外，为文须有新意，有特色，要像二月的鲜花一样光彩照人。但要达到这样的境界，绝非一朝一夕之功。常见的是看人家写的东西横竖不是，但要自己来改却不知从何下手，这叫眼高手低，是功夫不到的表现。

我曾多次碰到这样的情况，即对作者的来稿提出意见退作者修改多次后，仍觉不满意，最后作者也觉得再无能力改好，便干脆提出请编辑"斧正"，并作"酌情处理"。每当这时，我便觉得这是"将"编辑一"军"，是对编辑能力的实际考验。

把一篇长稿压缩成短一点的稿件，是编辑常做的一项工作。特别是期刊的编辑，为了拼版和减少"上接下转"，对稿件作必要的删节更是"家常便饭"。这看来是一件简单的事，似乎只要掐头去尾，或中间任意抽掉一些段落便可以做到。殊不知这样做可能会损伤文章的逻辑性，弄不好还会把文章的精髓抽掉。一个有经验的编辑在遇到这种情况时，总在把握整篇文章主旨要义的前提下，对文章小施"手术"，留住精华，去掉那些多余的或可要可不要的字句和段落，做得恰到好处，不留痕迹。在这里，编辑的学识和经验将起到决定性的作用。

虽然编辑掌握"生杀予夺"之大权，但应慎用这个权利。特别是要防止由于自己的知识不足或草率武断，把作者稿件中原来对的改错了，或改了原作的风格，使原来各具鲜明特色的作品变成了千篇一律。

我曾在报上看到一个例子，颇能说明问题。说的是汪曾祺先生在回忆沈从文的一篇文章中写道，"沈从文的质朴来自他的雕凿"，本意是说沈先生在作品中所表现的朴拙的大家风范，是经他一番精雕细凿后的返璞归真。由于编辑没有吃透原作的含意，想当然地在文章"雕凿"二字前加了个"不"字，于是便使一句内涵深刻的话变成了浅薄的废话。这个例子告诉我们，编辑修改稿件一定要吃透原作，下笔留神；要尊重作者的风格。

（4）编辑的"诗外功夫"

常言道："功夫在诗外。"这是说要作好诗，需要丰富的生活体验、深厚的文学修养和广博的知识积累。这些都比作诗本身所要花费的功夫多得多。我想，不只是写诗，编书、编刊也是如此。

编辑是以书刊为"舞台"的，但这绝不意味着编辑的工作只是案头文字工作。我在《电信技术》当编辑的时候，有两件事至今印象还十分深刻。

1975 年的某一天，我带着还散发着油墨香味的当期刊物，来到天津某载波机务站的评刊点。因为"载波"是我所分工的专业，为了与读者保持经常的联系，听取他们对刊物的意见，我在天津与苏州两个读者比较集中的单位设了评刊点，定期到那里听取他们对刊物的意见，也附带着帮助企业培养写作的人才。这次去天津便是我计划中的一项工作。到目的地后，只见他们忙得不可开交。经了解，方知是为了查找载波机上的一处故障，他们已有三四个晚上没有睡觉了。没有料到，就在我带去的这本杂志里，他们发现有一篇关于如何排除这类故障的文章，就像是为他们所写。按照杂志里介绍的方法，他们很快就排除了故障，使电路恢复畅通。

评刊点的读者深有感触地说："能看到一两篇这样的文章，我们订一年杂志也就值了。"通过这件事，我对什么是实用性和针对性有了进一步的认识。也从赞扬声中，间接地感受到读者对刊物建立信任的基础，以

021

及对于我们这些办刊人所寄予的希望。

编辑把自己的活动舞台延伸到读者中去的好处很多。主要是可以及时了解生产维护中的问题以及读者对刊物的要求，还可进一步通过与读者的互动，帮助刊物纠正偏差，提高质量。在这两个评刊点，经我们的鼓励和帮助，后来成为杂志作者的也有十余人之多。

还记得在1976年前后，由于长途通信电路沿途维护单位对电路测试指标的理解不同，测试方法不同，一度曾引起长途通信质量的严重不稳定。这是一个从实际生产中反映出来的带全局性的问题。要解决这个问题，首先要摸清情况，找出问题的关键。我觉得刊物在这方面可以有所作为，于是便建议编辑部组织力量从调查研究入手揭开"谜底"，然后组织相关报道。编辑部采纳了我的建议，邀请了四位有实践经验的作者与我一起，进行了一次穿越五省、行程数千公里的实地调查。每到一地，我们都随班参加通常都安排在夜间进行的长途电路"九项指标"的测试。通过对各地的测试方法和测试数据的分析，我们终于找到了问题的症结所在。发现了问题，我们对刊物如何发挥作用心中便有了底，组稿也就有了针对性。经过一个多月的准备，一组既有实际、又有理论，而且对症下药的文章在杂志上与读者见面了，专题的名称就叫"长途载波电路的九项指标及其测试"。这组文章澄清了一度陷入混乱的有关"电平"、"稳定度"等的概念，介绍了正确的测试方法，因而发表后立即在全国引起了很大的反响，并对长途通信电路质量的提高起到明显的作用。后来，这项工作得到当时邮电部有关部门的充分肯定，在杂志上连载的这组文章也很快便被我社的图书编辑部门汇集成册，广泛发行，成为当时载波维护人员必读的一本书。

通过上面所说的这两件事，我体会到编辑的舞台是广阔的。编辑的功夫也不完全在案头上，在选稿、编稿这字里行间，它还表现在如何深入实际，通过调查研究组织有深度、有影响力的选题等方面。寻求在选题上的突破，是书刊实现创新的一个重要方面。

这次行程数千里的走访，也使我与我的工作对象有了一次广泛的接触，它让我知道哪些是他们的疑难和困惑，哪些是他们特别关心的问题。这些收获都被一一记录在我随身所带的笔记本里，成了我的积累和财富。许多采集自现场的测试数据，结合从书本上所学到的理论知识，还成就

022

了我的一篇短文《电平及其测试》。这篇最先是在杂志上发表的文章，后来也被相关的书籍所收录，深受读者之欢迎。

出发之前——《电信技术》编辑与"请进来"参加"九项指标测试"专

023

题调研的人员（前排左三、左四和左五）合影

悠悠笔墨情

"盘点"编辑的一生，可能也只是"出一批好书（或编几种好刊），交一些朋友，造就一支队伍，塑造一个形象"而已。要出好书、编好刊，编辑要依靠作者、读者，与他们建立深厚的友谊；要造就一支队伍，塑造一个出版社或杂志社的良好形象，需要编辑的诚信、执著和丰富的学养。因此友谊和诚信是编辑精神世界的一个重要组成部分。

1994 年，在纪念《电信技术》创刊 40 周年的时候，编辑部约我写一篇回忆文章。我在《电信技术》前后工作了 23 年时间，往事纷纭，一时却不知从何下笔。经再三考虑，我终于选择了与作者与读者交往的这个侧面，写了篇题为《悠悠笔墨情》的文章。因为正是通过那些发生在组稿、编稿过程的凡人小事，才使我对编辑劳动的价值有所感悟，并认识到"为人作嫁"的意义。

（1）可贵的支持

好的稿件出自作者之手。书刊要打造成精品，需要作者源源不断地提供佳作，离不开他们的支持；从另一方面看，作者的成果，在处于摇篮期或萌芽状态时，也需要编辑的发现、鼓励和支持，当作者的成果变成文字之后，编辑还将无私地倾注自己的心血和劳动，为它装点修饰，使之更趋完美。编辑与作者之间的友谊就是在这种相互依靠、相互支持的环境下逐步建立起来的。

我当年所在的《电信技术》杂志，是面向通信设备维护人员的，实用性较强，一直发行到企业班组。因此，编辑部十分强调刊物的针对性，要求编辑经常深入基层。因为，那里既是技术革新和维护经验的发源地，也是编辑从生产中发现问题，并检验刊物内容是否与读者需求和生产实际合拍的现场。那个时候，我除了常去天津和苏州两个"落户"于机房的评刊点外，凡听到哪里有什么技术革新成果，便出发去那里，为刊物寻找"鲜活"的稿源。

024　　　　浙江嘉兴是我国最早进行 PCM(脉码调制)技术实验的地方，领头人便是后来当选为全国劳动模范和全国人大代表的徐张奎同志。70 年代中期，正值"四人帮"横行的年代，徐张奎的工作十分艰难。我作为一个通信媒体的编辑，只是觉得 PCM 是个新生事物，便义无反顾地赶赴南湖之滨，在那里住了下来，总结和报道他们的经验，同时也在精神上给他们以支持。有一个星期天，徐张奎同志说要陪我逛逛街市。走到一处，他说："路过我的家了，请进去坐坐吧！"这是个劳动模范聚居的小区，听说徐家来了客人，邻居们便热情地你一碗、他一盘地送来一些饭菜。在那个物资供应尚十分匮乏的年代，这顿充满情谊的"百家饭"令我久久难忘。我与徐张奎的友谊，与嘉兴电信的交往便是由那时开始的，直至今日。后来，徐张奎成了嘉兴电信局的局长，依然是创新不断。1987 年，他们在国内率先开通数字移动电话的时候，我又一次去到那里，再一次通过刊物报道了他们的技术成果，为全国读者所共享。

嘉兴电信的徐张奎和后来接任他的章昌江局长都曾出于对科技出版事业的理解，给我们以很多支持。在章昌江任内，还两次承办了全国性的科普创作年会。这些都是嘉兴电信对发展科技事业的支持，也是对我工作的理解和支持。

还有一件事也是值得一提的。那就是在科学专著出书难的时候，当徐、章两位听我说起某年轻专家为出版一本关于综合业务数字网(N-IS-DN)的书发愁时，他们便当即表示，这类书对于推动技术进步很有用，愿意给予支持。后来，由于嘉兴电信的资助，这位年轻专家的处女作终于如愿出版，并因此对这项新技术的推广起到了一定的推动作用。不能不说，这是得益于嘉兴电信和它的两任领导人的独到眼光。

在"文革"那个特殊年代，稿费曾被当作"资产阶级法权"加以批判并一度取消，但是我们的出版社也没有因此而关门，刊物还是照常出版。那时，每当我们拿起这一封封写得工工整整的信和稿件时，总觉沉甸甸的。它使我们看到了中国一代知识分子的宽广胸怀和执著追求，看到了多年来在作者和编辑之间建立的友谊是那么的隽永醇厚。

(2) 发现的快乐

老作者刘庚业逢人常说，他是邮电出版社培养出来的。虽说这是过谦之词，但也多少能反映出一点当时编辑与作者之间那种相濡以沫的关系。记得还是刘庚业在沈阳电信部门当电路技术员的时候，我的一位在哈尔滨工作的大学同学，在一次与我通信时无意提到，他看到一份油印的内部技术交流材料，是一个叫刘庚业的人写的。说他是很有一点经验的。我便立即给我的那位同学写了封信，让他鼓动刘庚业把那份油印的材料寄给我。后来，经过无数次书信往来和对那份材料的一字一句的修改，刘庚业的名字终于出现在《电信技术》上了。从此他便一发而不可收，与他的老师金德章联名写了不少的文章，成为我们杂志很有影响力的基本作者。后来，他们陆续在杂志上发表的文章还汇集成书，广为发行。金、刘两位后来都走上了领导岗位，但他们仍时常惦念着《电信技术》，不忘当年的笔墨情谊，给我们以很多支持。我与他们的友谊也未因各自工作的变迁而中断，一直持续到今天。

其实，在编辑所需要的资源当中，作者资源是尤为重要的。编辑认识的作者愈多，对他们了解愈深，工作起来就愈得心应手。在制定选题计划时知道该向谁去咨询；在选题定下来后知道谁最适合写这样的稿件；在遇到技术难题时，知道可以向谁来请教。但作者资源绝不是一天就可

025

以形成的，它同知识一样也有一个积累过程。一般来说，一个老编辑之"老"，不仅是由于岁月的洗礼，使他积攒了丰富的编辑经验，"删繁就简"、"标新立异"，皆举重若轻、一挥而就；除此之外，人脉资源上的积淀也是他们的一个重要优势。

在编辑的一生中，与许多作者都有过接触。如果所有作者联系过一次都再也不交往了，"队伍"就形成不起来；相反，如果我们有心，凡接触过的作者都注意保持联系，若干年后在自己周围便会有一支可观的作者队伍。尽管，许多作者并不是年年、月月有作品发表的，但与他们的交往和友谊仍然需要保持，这应该成为编辑生活的一个部分。

我的作者遍布全国各地，其中有些人始终没有见面的机会，但他们却能识别我写的字。因为我与他们常有书信来往。退休后，业务联系少了，却也忘不了在节日或借某个机会寄张贺卡、集邮纪念封之类的。这些信我愿意亲笔来写，有时还为写几行贴切的问候语或贺词而搜索枯肠。这是我当编辑时养成的习惯，至今仍乐此不疲。很多作者、读者朋友在收到信后说得最多的一句话便是："难得你还记得我！"听了这样的话，我感到无比的欣慰。

（3）与读者交朋友

谈起与读者的友谊，不禁使我想起在《电信技术》当编辑时的一桩往事。记得有一天，一位身着戎装的女青年推开编辑部的门，说是来见我的。看到我诧异的神色，她便笑着作了自我介绍："我叫姜国智，是青海部队的一名通信战士。这次回东北老家，路过北京，特地来看望老师。"随即从挎包中捧出糖来请大家吃，说这是她的喜糖。

姜国智，多么熟悉的名字！她是我千百个没有见过面的读者中的一个。她没有给我们写过一篇稿，却常给编辑部来信，把她在工作中碰到的一个个难题告诉我们，请求我们给予解答。我很为她的钻研精神所感动，几乎回复了她所有的信。有一些问题实践性很强，我回答不了，便转请别的有经验的人给她解答，还从中选取一些有代表性的问题组织文章发表，加上副标题"兼答姜国智同志"。恐怕，这些就是小姜与《电信技术》建立感情，把我称作为"老师"的缘由吧！

在《电信技术》创刊 40 周年征文中，姜国智同志的《良师与益友》获奖。在北京人民大会堂举行的颁奖会上，她还作为读者代表上台发了言。

下面便是她在《良师与益友》中对这段交往的记述。

良师与益友

姜国智

有一本杂志，它整整伴随我将近 20 年。它从高原跟我来到内地。这就是我多年做通信工作的益友——《电信技术》杂志。

有一位编辑，我们的友谊虽然很平常，但却像兰花一样久远地散发着淡淡的清香。他便是曾经给过我许多指点的良师——当年《电信技术》杂志的陈芳烈编辑。

20 多年前，我是青藏高原格尔木部队的一名载波技师。在那人烟稀少的环境里，《电信技术》是我们提高载波、电源、电话等方面的技术，加深科学阅历的主要"老师"之一。我在工作中碰到的很多问题都能从这本杂志中找到理想的答案。开始连队仅订了一本，我们只好将杂志上的有用资料摘抄下来；后来干脆自己订一本，视同家珍。

1975 年夏，我站 ZM305 载波机 455kHz 载频无输出，电路阻断了几十分钟。这条电路担负从北京向拉萨传送整版《人民日报》的传真任务，我们心急如焚。我怀着沉重的心情想起了与我相伴几年的《电信技术》杂志，去信请教。我万万没想到，《电信技术》竟专门为了解答我的问题发表了一篇图文并茂的文章(发表在 1076 年 1、2 期合刊上)，并用了"兼答姜国智同志"的副标题。这件事对我单位领导来说是个不小的震动。我也为此而深受感动。

有一年，我回东北探家时顺路去拜见《电信技术》的编辑。当我踏上杂志社那小木楼地板时，紧张的心就像被自己的脚步所震慑，心想：编辑在我面前会显示出他们特有的一种威严吧。可是陈芳烈老师那天给我留下的印象是热烈而庄严，平易又认真，他对我讲了一句非常感动人的话："来自青藏高原的稿子很少，所以我们更应该格外重视……"他对我的信任就是我们这些年的友谊的基石。

1979 年，我回到长春部队做自动电话维护工作，陈芳烈老师又为我介绍参加邮电部的专业培训，使我在改变专业后能很快担负起通信工程师的任务。

1987 年，我被胃癌击倒，胃被切除 2/3，医院给我作了"好了还能活一年"的判决。陈芳烈老师得知后立刻给我来信，讲起了"一个破旧的杯

027

子，如果注意保护，或许能用很久"的故事。我深知老师这个简单的道理既是给我安慰，又是给我鼓励，我十分感动。

现在 5 年过去了，我这个"破旧伤残的杯子""修复"得还不错。这是我意外得到的宝贵财富，是我在人生道路上的最大胜利。

病后，我还是与前半生作了告别，做了大学校刊的编辑。每当我想起我曾有的那段经历，我无怨无悔。正是由于这个职业的缘故，让我拥有了我的益友——《电信技术》杂志，还有那心里放不下的给我尊重、给我爱护和给我指点的可敬的编辑——陈芳烈老师。

在北京人民大会堂举行的"我与《电信技术》"征文颁奖会上，姜国智代表读者发言（1994 年）

与读者建立并保持联系，与他们交朋友，是我当编辑时日常工作的一项重要内容。从与他们的交往中，我可以了解他们最需要什么，以此作为制定选题的重要依据；从他们的反映中，还可以找到改进刊物的方向。另外，我也注意在读者中发现有写作能力的人才，为把他们培养成作者尽自己的一份力量。

时日飞逝，弹指一挥，唯事业永存，友谊与诚信常在。一个人在某个岗位上工作的时间再长，也是有尽头的。当我看到当年的作者中不少人著作等身，业绩辉煌；不少读者激流勇进，相继成为业界主力时，真有一种说不出的欣喜和自豪。因为我们曾经共同耕耘过同一块"土地"，在他们身上也曾经留下那个年代共同奋斗的痕迹。

编辑的积累

（1）编辑的杂与专

人说编辑是杂家，似乎有点贬义，其实不然。"杂"是编辑工作的特点，学问杂也就成了编辑工作的需要。

我刚分配到出版社工作的时候，眼看那些分到研究院、设计院工作的同学都能集中力量搞一些项目，三年五年还能出点成果，十分羡慕。心想，我是否也能选一个项目钻一钻，搞点名堂出来。但实践下来事倍功半，不了了之。后来回过头来总结，方知这是由于对编辑工作"杂"的特点缺乏认识。

　　著名编辑家罗竹风先生曾经说过："大学里可有专攻李白、杜甫的教授，但出版社不能有专编李白、杜甫的编辑。"这是对编辑工作"杂"的特点的具体、形象的解读。一个编辑，特别是期刊编辑，今天接触这方面的稿件，明天便可能接触内容完全不同的另一类稿件。编辑只有成为一个通才，才能适应这种工作面的变化。

　　杂家，是以某项专业知识为焦点，辐射出诸多的知识侧面，即所谓的"一专多能"的行家。杂而成家，必然是先对一两门学问有较深厚的基础，然后才能"触类旁通"，贯通多科、多家。

　　杂，实际上是各种水平的综合。在现代科学技术迅速发展，各学科之间相互渗透、彼此融合的趋势日益明显的今天，特别需要编辑有广博的知识，能学贯中西、博通古今。只有这样，才能驾轻就熟，沉着面对眼前一片知识的海洋。

　　既专又博，不仅是胜任编辑工作的需要，也是编辑从大量的、丰富的、多层次的、多侧面的知识中不断汲取养分，增加自己知识储备的需要。

　　编辑的知识结构具有开放性、动态性和渗透性等特点。尽管我们可以通过"博览"予以积累，但根据我的体会，在编辑实践过程中那种编什么，学什么，积累什么，也是一种重要的积累方法。

　　在做编辑工作的这些年头，我始终围绕着电信这个本行，丰富和积累自己的知识，尽量做到与时代同步，跟上电信科学技术的发展。根据编辑工作的特点，主要是要掌握学科知识的一些基本点和发展脉络，为选题、组稿提供依据。同时，结合办刊和科普写作，着重学习和探讨现代科技知识通俗化的问题。我边学、边写、边积累，范围涉及通信的一些主要分支。日积月累的结果，使我有可能在退休之后，承担商务印书馆组织的《新华新词语词典》信息类词条的编写和主审工作。2000年，我还与章燕翼先生共同完成了《现代电信百科》的策划和主编工作，并于

029

2007 年修订再版。

考虑到精力和时间有限，我始终把学习和积累的重点锁定在"电信"上，后来随着电信与计算机、互联网的逐步走向融合，又把重点扩大到信息技术这个范畴。虽然，由于常与科普打交道，有时也需要涉猎电信以外学科的一些知识，但我依然坚持以电信为立足点，在科普写作上基本不出这个圈子。之所以如此"保守"，还是因为有感于科学技术发展太快，对进一步拓展范围缺乏自信。

编辑的积累还有一个特点，即往往不能做到"有备而来"。这是由于来稿的内容具有发散性和不可预知性，编辑很难事先作好准备，很多时候都是根据"实战"的需要，作被动性的应对。通过这种方式，可以做到以现有的知识为核心，以工作的需要为目的，像滚雪球一样附着各种新的知识，逐步构建起一个能适应编辑职业需要的知识体系。

（2）我的"剪刀加糨糊"

刚当编辑的时候，老编辑中流传着一种说法，说"编辑工作就是车轱辘转"。结合我在期刊的工作，开始时觉得这个比喻太形象了。可不是么，期刊发完第一期稿，第二期的工作便开始了；发了第二期，又开始了第三期的工作；……一次又一次地周而复始，一遍又一遍地重复着选题、组稿、编稿、发稿、看校样这个几乎一成不变的流程，可不真的是像"车轱辘"一样，转了一圈又一圈吗？

后来仔细一想，编辑工作虽然存在某些重复性的劳动过程，但是每一次重复都是在前一次工作的基础上进行的。有前一次的经验为基础，以后的工作应该不断有所提高，有所改进，有所创新。因此，它不等同于"车轱辘"。把编辑工作描述为"车轱辘转"，是忽略了编辑工作中的积累和提高，忽略了编辑劳动的创造性特点。

过去，听得有人说编辑的工作不过是"剪刀加糨糊"，我很是不平。心想，这些人真是太不了解编辑了。编辑的辛苦，编辑劳动的创造性，哪能是"剪刀加糨糊"所能涵盖得了的呢！

我虽不赞成把编辑的工作说成是"剪刀加糨糊"，但对"剪刀加糨糊"却无反感。相反，还真有点情有独钟呢！且不说我在编稿时经常要用到剪刀和糨糊这两样工具，去对一些结构不合理或拖泥带水的文章施以大大小小的"手术"，就是在业余时间，我也常常剪剪贴贴，在"剪刀加糨糊"的"协奏曲"中自得其乐。

对剪刀和糨糊的兴趣，是在我当了几年编辑之后萌发的。那时，我常常为自己肚子里没有"货"，手头又缺少资料而苦恼。无论编稿、写东西都感到困难重重。我想，要闯过这个关，唯有以勤补拙，没有其他路可走。于是，我便开始把大量的业余时间都放在阅读和积累上，偶有心得，也写点小东西发表。剪刀和糨糊，便成了我用来积累知识的重要工具。

开始，我专门剪辑那些与自己专业有关的内容，把它贴在一个本子上。后来，我意识到一个科技编辑只有专业知识是远远不够的，对编辑学、文学以至美学也都应该有所了解。于是，我的剪刀又伸向了更为宽广的领域。涉猎的东西多了，内容杂了，光靠剪刀和糨糊已经不够，还需要动脑筋把这些剪下来的材料加以分类、整理，使之自成系统，便于查阅、欣赏。"剪"只是一种手段，"学"和"用"才是目的。在下剪之前，首先要读。只有广泛地读，才能判断哪些东西有"剪"的价值。剪下来的东西，有今后可能需要参考的，也有自己感兴趣或觉得有欣赏价值的。现在，我手头已有一大摞"自产自销"的"剪刀加糨糊"的产品，成为我的一大财富。不仅编稿、写作时常常查阅，而且闲下来时也常常翻看，饶有兴味地欣赏其中的佳作，享受读书之乐。

031

除了剪贴好文章之外，我还结合自己的专业收集了不少照片和插图。说我爱好艺术，实在是谈不上，多数场合仅仅是针对工作的需要，至少开始时是如此。当初，我收集图片的目的是为了给设计封面或插图的美编人员提供参考资料，后来发觉图片的作用远不止这些，它们在我编稿和写作时，常能起到启发形象思维，丰富作品表现力的作用。在这个过程中，手头的一大堆图片帮了我大忙，使我能提出一些较新颖的构思。

看看剪剪，剪剪贴贴，现在已成为我"雷打不动"的一种业余爱好。多年来，"剪刀加糨糊"耗费了我不少业余时间，也使我从中学习并积累了很多知识。"现学现卖"使我在编稿和写作中得益匪浅。

计算机、网络时代的到来，使信息能方便地下载，剪辑和积累也变得轻而易举了。工具虽然变了，但获取信息、积累知识依然需要用心去做。编辑应该成为这样一个有心人。

三、科学春来

在粉碎"四人帮"之后，举国沉浸在一片欢乐之中。霎时间，大地春回，万物复苏。1978年，中央召开了全国科学大会，拨乱反正，为繁荣科学技术指明了方向。人们欣喜地看到，一个科学的春天已经到来。

就在这一年的5月23日至6月5日，经国务院副总理方毅的批准，中国科协在上海召开了"全国科普创作座谈会"，有来自全国各地的著名科学家、科普作家、科普翻译家、编辑出版家和省市科协领导共300余人参加，真可谓盛况空前。这次会议为重建我国的科普创作队伍、繁荣科普创作奠定了基础，作出了历史性的贡献。

我是1979年9月经施镭同志介绍加入中国科普作家协会的。虽无缘于上述那次带有标志性的会议和8月14日中国科普作协的成立大会，但毕竟是已沐浴于春风之中，感受到科普春天的融融暖意。

难忘笔会

"科普春天"的到来，一下子便使科普领域变得十分活跃。不知是谁，创造了一种叫"笔会"的形式。当时的北京科协与我们单位同处东长安街王府井口上的繁华地段（今东方广场的位置），是只一墙之隔的"隔壁邻居"。有一段时间，他们每月办一次科普笔会，称"月末笔会"。每次来参加活动的科普作家和科技出版界、新闻界人士少则几十人，多则百余人。每当逢年过节，更是盛况空前。如1992年元月22日在北京民族文化宫举办的"中国科普作协新春笔会"，到会的竟有300多人。大厅中人头攒

气氛热烈的"科普笔会"。图为 1992 年新春笔会上，科普作协理
事长叶至善在致词

033

动、欢声笑语，洋溢着喜庆的欢乐气氛。

　　笔会的环境不错，但却简朴，大都是清茶一杯，符合"君子之交淡如水"的古训。从前来参加笔会的宾朋可以看出，科普受到各级领导的格外重视，他们常通过这种方式与科普作家和出版界人士进行沟通，传达党与政府的有关政策精神，也把关怀和问候带给大家。还是以 1992 年那次新春笔会为例，到会的有当时的科协副主席、书记处书记，中宣部出版局的副局长和新闻出版署图书司的副司长等。他们在讲话中都围绕当时中央提出的把经济建设真正转移到依靠科技进步和提高劳动者素质的轨道上来，以及解放和发展生产力必须提高全民的科技意识这个主题，从不同的角度阐述科普作家的历史使命，给人留下十分深刻的印象。

　　笔会是各种有关科普信息的"总汇"，是连接科普作家和出版社、杂志社以及广播电视媒体的桥梁和纽带。会上，有不少出版社、杂志社向科普作家提供了新的信息，介绍了各自的选题思路和出版动向，并当场向科普作家约稿；国际会议中心的领导还介绍了有关科普的国际会议动态。这种沟通使科普创作变得更有效，方向更加明确。许多有重大影响的科普作品，都是从这儿开始进入策划，并经磨合后逐步走向成熟的。我作为一个出版单位的成员，也借此机会结识了不少有可能为我们写稿的作者；作为一个科普作者，通过笔会我又与不少科普报刊的编辑交上了朋友，后来还成了一些媒体的作者。

笔会为大家提供了展现自我、切磋交流的宽松平台。记得在那次笔会上，有位科学诗人朗诵了他的诗作《生命原本是一条又长又宽的河流》，著名医生兼科普作家郎景和先生带来了他新近出版的译作《红颜永驻》分赠好友，祝大家永葆青春。这里有久违的老朋友在庆贺重逢，又有人通过交换名片喜结新交……

十几年过去了，曾经经历过那个年代的科普界人士都还在津津乐道于那个时候的笔会，回忆起发生在笔会上的一桩桩令人难忘的往事。我已经记不清曾经参加过的每次笔会的细节，但1979年那次笔会却是刻骨铭心的。因为在这次笔会上，我认识了我的第二位科普引路人——王天一同志，并由此开始与《知识就是力量》(以下简称为《知力》)结缘。

初识天一

我涉足科普写作，主要是受两位老师的影响。一位是前面已经提到的《无线电》杂志的主编施镭，另一位便是王天一同志。

记得是在1979年国庆节前后，中国科普作协在北京饭店举行笔会。大会之后分专业委员会活动。我是一个新会员，当时还没有明确的"归属"，于是转来转去便随意选择了在翻译委员会这一摊坐了下来。参加这一摊会的人很多，气氛也很热烈。至于当时谁发了言，讲了些什么，都已记不清了，唯王天一同志所作的自我介绍和激情洋溢的征稿动员，至今尚记忆犹新。天一同志自我介绍说，他是《知力》的编辑，接着便讲了《知力》是一本什么性质的杂志，需要什么样的稿件。他说，《知力》愿成为科普作家共同耕耘的园地，他希望成为大家的朋友。他讲科普，谈《知力》，如数家珍，充满自信和激情，一种高尚的事业心和责任感溢于言表；讲约稿，他真诚而恳切，极富号召力和感染力。他的话真是句句铿锵有力，掷地有声。我心想，自己也是当编辑的，要让我在这样的场合讲这一席话，真是一少勇气，二欠水平。我不禁对初次见面的天一同志平添一份敬仰之情。

　　会后，我经过一番犹豫，给素昧平生的天一同志写了封信，大意是说受到他在笔会上一番话的鼓励，想尝试着给《知识就是力量》写稿，希望得到他的指点。信发出后十多天过去了，未见回音，心想大概是"石沉大海"了。1980年初，正在我已不抱希望了的时候，有一位陌生的年轻人边走边问地找到了我们办公室。经自我介绍，方知他是《知识就是力量》编辑部的赵震东同志。开始，我没有把他的来访与我写给王天一的信联系起来，还以为是另有公干。后来，他递给我一封信，打开来看，方知是王天一同志给我的复信。信中说，由于他去新疆出差了，我的信刚看到，回复迟了些天，表示歉意。他欢迎我为《知识就是力量》写稿，还说了许多鼓励的话。他知道我是学电信的，顺便出了一道题——"人类怎样通信"让我试写，给的时间是三天。三天的期限看来有点"苛刻"，但我却并无反感。相反，我却感到我所初识的天一同志是个"言必信，行必果"，干起事来雷厉风行的人。我喜欢这样的作风。三天后，我如期地把一篇四千多字的文章写好了，还是由赵震东同志来取走的。不久，这篇文章便在《知力》1980年第3期上发表了。这是我给《知力》写稿的开始，也可以说，是我走上业余科普创作道路的开始。

　　后来，这篇登在《知识就是力量》上的文章曾先后被多种书刊收录转载，还在中央人民广播电台全文播出。在多次全国性评奖中，还获得荣誉。这是我所没有想到的。我把它看成是天一同志提供给我的一次难得的机会。

人生楷模

　　当初，我所了解的王天一只是一位知名科普期刊的主编，除此对他便一无所知。后来，随着接触的增多，又听到周边许多同行的介绍，方知天一同志有传奇般的人生。他对科普的执著，对理想的追求，对信念的坚定，都令人敬重。

　　天一同志21岁在上海读大二的时候，便与高年级同学一起创办了《科学大众》月刊。他曾经说过："让科学为更多的人所知晓，是一件愉快的事情。"就是这样一种高尚而朴素的情操，支持着天一同志走过80多年的人生之路。继《科学大众》之后，天一同志还创办过《大众医学》、《大众农业》这两本我国在这两个领域最早的科普期刊。上世纪50年代，天一同志又为创办当时名噪一时的综合性科普期刊《知识就是力量》而呕心沥血，展示了他在驾驭科普媒体上的无比才华。

有一次，我在图书馆翻阅建国前的老书时，还偶然发现有一本叫《电话学》的书，作者竟然是王天一。后来我曾好奇地问过他，他说这是他大学毕业后在上海电话公司工作时写的。我为有这么一个先辈同行而感到高兴。天一同志有这么多"第一"，有如此显赫和值得自豪的过去，可他一次也没有与我主动谈起过。说来也很惭愧，对他的科普人生，很多我还是在他过世后，从与他同时代的人的纪念文章中看到的。我为失去很多主动向他请教的机会而后悔。

天一的一生十分坎坷。1958年，他受到不公正的对待，不得不离开他挚爱的岗位，远走他乡。难能可贵的是，即使远在新疆，身处逆境，他依然在夹缝中求生，在艰难中继续努力实现他的人生价值。他先后编辑了《新疆科学技术报》和《新疆科技情报》两种报刊，为边疆人民再一次奉献他的赤子之心。天一受过的委屈，吃过的苦，也从未与我提起过。他笑对人生，乐观向上。即便是到了退休之后，我看到的他依然是一个精力旺盛，对自己的事业孜孜以求的耕耘者。用他的话来说，对于科普，他永远是"情未了，缘未尽"。

我在成为《知识就是力量》的作者之后，与天一就有了较多的接触。他办事认真，为人耿直。每次与我谈稿时，他总能提出一些我所没有想到的问题，精辟的见解令人叹服。

我与天一同志还有一段接触是在《国际新技术》。我作为他的副手，一起摸索着如何办一本当时堪称"新潮"的杂志。在他40多年的办刊经验中，我汲取了不少有益的东西。这对我日后的期刊编辑生涯，是一笔十分宝贵的财富。

天一同志退休后还担负一段时间的审稿工作。每当我去看他时，他总是埋头于书稿之中，书房的桌椅上都堆满了书。他同我说：现在年纪大了，总怕自己记忆不准，碰到问题时，少不了要查证资料，只有找到出处，才能放下心来。在他书房对面还有一个房间，里面也满是书和杂志，书架的隔板都被压得变了形。天一笑着对我说："这些东西和我都有一段感情，已经散失了不少，现在留下的便不舍得扔掉了。"我们每次的谈话总是"三句不离本行"。他常与我谈起审稿中看到的问题，对时下书刊质量忧心忡忡。他坚持，编辑一定要认真审稿，不能喧宾夺主，以副业冲淡主业；自己拿不准的一定要查证，不能轻易放过一个疑点……

天一老伴去世后，不善家务和料理的他，生活变得单调而困难。隔些日子他的孩子来给他做点菜，吃上三天五天的。他与外界的接触也少了很多。我知道他心里依然想着科普，惦记着一些老朋友，因而有几次在工交专业委员会组织活动时，就来接他去参加。记得有一次是我们与书画家联谊会在东坡餐厅共同组织活动，谈的是科普与艺术联袂这一话题。天一也到会了，来宾中还有徐悲鸿的夫人廖静文等，大家谈得十分融洽。天一见到不少久违的老朋友，显得格外高兴。

天一很乐于助人，受过他帮助、称他为老师的人不计其数。有已经年逾古稀的老人，如饶忠华、李元等一批知名的科普作家，也有他在办《知识就是力量》和《国际新技术》时一手扶持起来、得益于他的教诲的年轻人。天一同志从来十分谦和，没有架子，也很少麻烦别人。他爱好集邮，那时买纪念邮票比较困难，天一宁可去排队，也很少麻烦我这个与"邮"多少"沾亲带故"的人。偶尔我也帮他买过几回新发行的邮票，或给他送去像"全国最佳邮票评选"纪念票之类的集邮纪念品，天一总是再三感谢，并说这是"珍品"。随后便小心翼翼地收藏起来。

2002年10月19日，天一同志走完他坎坷而辉煌的一生，驾鹤西去。这位80多年人生旅程中有60多年编辑生涯，曾经创造过科普期刊诸多奇迹的先辈，除了给我们留下了无数的精神财富之外，其人格魅力也将永远感染着我们每个人。

天一的离去，使我失去了一位可敬的导师和挚友。我常常在想，如果在我们的队伍里，有一大批像天一那样钻研科普、能为科普献身的人，科普的振兴是指日可待的。我们的科普期刊又何愁不能走出困境，再创辉煌！

相约《知力》

我与《知识就是力量》的接触始于上世纪80年代初。那时，它已是享誉全国的一本综合性科普期刊。它的名望，与以下几件事密切关联。首先，它的刊名是中国人民敬爱的周恩来总理所题。据当事人回忆，1956年《知识就是力量》创刊时，编辑部向周总理呈送了一封信，汇报了刊物筹备创刊的情况，并恳请总理题写刊名。没想到，第二天便收到总理的亲笔题字。除了按编辑部原拟的刊名《知识即力量》写了一条之外，总理又写了一条《知识就是力量》，让编辑部自行选定。

这件具体小事，再一次反映了周恩来总理一丝不苟、缜密周到的办事作风和虚怀若谷的谦虚风范。从一字的改动，我们也可以看出总理对科普的深刻理解和对语言大众化、通俗化的重视。总理身边的工作人员讲，当时总理认为，把英国哲学家弗兰西斯·培根的这句名言译成"知识就是力量"更为确切、有力。

《知识就是力量》在周总理的关怀下正式出版后，就像它的刊名所预示的那样，成为一代青年探求知识、追求科学真理的亲密伙伴，而"知识就是力量"这句至理名言，也随着杂志上周总理的手迹而广为流传。

其次，从创刊到今天，《知识就是力量》一直是由中国科协、全国总工会和共青团中央三家权威部门联合主办。获得如此多厚爱的，恐怕找不出第二本类似的科普刊物。

第三，《知识就是力量》有一位从 30 年代就开始办科普刊物的德高望重的主编——王天一先生。这也是令全国其他同类期刊羡慕，实难望其项背的。

我自从完成天一主编那篇"命题作文"《人类怎样通信》之后，与《知识就是力量》的联系就多了起来。正巧这时我妻子从日本研修回来，带回来一大箱日文资料。她去日本主要是为了学习和引进计算机技术的。知道我有兴趣于编译工作，她便在学习过程中留意国外科技的最新进展，捎带替我收集点资料。8 个月下来，收集的资料竟装满了一箱。资料大都是日文的，正好使我在山沟里自学的一点科技日语也派上了用场，有了"真枪实弹"的用武之地。80 年代初期，我每隔两三个月便在《知识就是力量》上发表一篇编译文章，多数便取材于这批资料。

日文的科技资料大都比较注重可读性，很适合于作为编译科普文章的蓝本。特别是那形象生动的插图，是欧美同类书刊上所难得见到的。所以，多年来我一直保存着这批资料。尽管有些技术已经过时，但它这种面向大众、图文并茂的形式依然值得借鉴。

与《知识就是力量》接触多了，我发现，它的成功不只是由于它头顶上有上面讲的三道"光环"，还由于它的内部实力和独具一格的办刊思路和办刊风格。打开杂志，跃入眼帘的首先便是一个强大的编委会阵容，许多很有创作实力的作者，如朱毅麟、李元、朱志尧、文有仁、甘本祓、冯昭奎、齐仲、郝应其、莫恭敏等等都在其中。后来，由于我常有作品在《知识就是力量》上发表，受到编辑部的重视，我的名字也忝列在编委名单之中。

当初，《知识就是力量》的编委很少有挂名的。大家都把为它提供高质量的稿件看做是一种责任，精雕细琢，精益求精，为期刊的质量提供了基本保证。当时我写作的科普文章，也大都首发于《知识就是力量》，并以能在它上面发表文章为荣。日积月累，到 1986 年，我发表在《知识就是力量》上的文章已经有十余万字，内容基本涵盖了我所从事的信息和电信专业的一些主要方面。这时，已担任《知识就是力量》主编的赵震东同志主动找到了我，说是想把我发表在这本杂志上的文章汇集在一起，出版一本个人专辑，作为"知识就是力量丛书"之一。集腋成裘，眼看自己多年来一字一行爬的格子也有了一个小小的"规模"，其欣喜自不待言。心里也十分感激《知力》新老主编和编辑所付出的劳动。我将这本书定名为《现代电信剪影》，请时任科普出版社副总编的天一同志为这本书写了一篇序言，题为《迎接信息时代》。

一本杂志，有众多的作者愿意给它写稿，总是有一定缘故的。固然与它的名气有关，但这还不是唯一甚至主要的原因。我曾就此与《知力》的许多作者交谈过，大家都认为，《知识就是力量》当年能把这么多科普作家吸引到自己的周围，是由于他们看重人才而不看重关系；是由于他们作风严谨，勇立潮头，锐意创新；还由于他们尊重作者，能为作者创造一个和谐的创作环境，并能真心实意地给作者以帮助。

当年的《知力》有很强的"精品意识"。它所发表的文章虽大都取材于国外报刊，但很少是直接翻译过来的。多数文章都是由编辑精心策划，请学有所长的作者在阅读和消化大量国外资料的基础上，用科普的语言和读者容易接受的方式写出来的。

《知力》的插图一向也是很讲究的。在充分运用图和照片等形象思维手段方面，《知力》曾在科普刊物中起过很好的示范作用。我从被动找图到主动"集图"，也是与《知力》的引导和启发分不开的。

　　《知识就是力量》注重质量，可以从一件具体事例上得到印证：1983年，是"世界通信年"。"世界通信年中国委员会"为此组织了优秀通信科普作品的评奖活动。当时全国几十家报刊共选送了数百篇文章参评。评选结果，获奖文章最多的是《知力》，竟占了获奖文章总数的 1/6。当年的《知力》，不仅是培育精品"良种"的"沃土"，也是哺育出无数优秀科普作家的摇篮。

务实的《知识就是力量》编委会（第二排左一为赵震东、左二为肖枕石）

　　当年的《知力》还有一个很好的传统，就是编辑人员的工作十分投入。他们真正称得上是作者和读者的朋友。他们每个人都分工联系若干编委和作者，经常听取来自各方面的意见。与我联系较多的，除了天一同志之外，还有赵震东和秦力中，稍后还有曹嘉晶等。他们向我约稿，一般都能把读者的要求告诉我，并提出自己的一些见解。文章见刊后，他们还能向我反馈一些读者的反映。约稿、取稿大都是不辞辛苦，亲自登门的。我很为他们的精神所感动，即便是后来随着工作担子的加重，稿子写得比以前少了，但对《知力》总怀有一种特殊的感情，对它的约稿也总是在所不辞、尽力而为的。

　　我写这段有关与《知识就是力量》交往的往事，一方面是出于对它一个时期辉煌的怀念，出于对作者与编辑那种为共同事业而荣辱与共关系的怀念，另一方面也是对我所挚爱的期刊——包括我曾当过编辑或曾是它的作者的那些期刊不断创新、再续辉煌的祝福和期待。

四、笔墨生涯

我上过的中学——杭州高级中学，历史久远，是鲁迅、叶圣陶、朱自清、冯雪峰等文学名家曾经执教过的学校。校园里至今留有鲁迅纪念亭、鲁迅纪念室等历史性建筑。我念高中那阵子，鲁迅在他《拟许钦文》一文中所写的作家许钦文先生，还在校教我们的语文课。由于这些历史渊源，学校的文化气息向来十分浓厚，不少学生毕业后都选择了学文这条路。

也可能是受此熏陶，我这个原本"文学细胞"不那么多的人，竟也喜欢上了文科，并已作好报考文科大学的准备。不料临毕业时的一场病，却改变了我生命的轨迹。由于病，我失去了当年报考大学的资格，临时在一个中学做了一年的共青团专职干部。第二年，当我病愈再拿起书本备考时，顿觉需要背诵和记忆的文史各科已显生疏，短时间内补不上来，于是一转念，便作了改报相对更偏重于理解的理工科院校的决定。就这样，在听了较我先行一步的高中同班同学的推荐后，考进了北京邮电学院。

专业的方向虽然变了，但小时已经形成的爱好却很难改变。大学时代，紧张的学习之余，我也隔三差五地给校刊写写稿，说说我们班级的事儿。

可能正是由于电信专业基础与文学爱好的共同作用，大学毕业后，命运之舟将我载入一个与科技和文字共同结缘的新天地。40多年来，我编编写写，写写编编，在"爬格子"中寻找乐趣，在办刊、编书和创作中抒写人生。

042

这里，我所说的"创作"，仅仅是指围绕着普及信息科学技术所进行的写作活动。

从编译起步

科普创作从何处起步？这要因人而异。

我的科普创作是从"编译"开始的。选择这样一个入门途径，是从我当时的实际情况出发的。因为我参加工作后的第一"站"，便是在一本电信专业期刊当编辑。作为一本专业期刊，既要报道国内技术革新、技术革命的最新成果和先进经验，又要反映国际电信科技的最新进展。"求新"，是专业期刊的基本要求之一。而要了解国外新的科技进展，就得常阅读国外期刊和文献资料。尽管，在我们杂志上发表的介绍国外先进科学技术的文章和信息，大部分并不出自编辑之手，而是从投稿中筛选出来或通过向作者约稿而来的，但在编辑加工的过程中，遇到费解之处或语不达意的情况，常常需要核对原文，并对译作的准确性作出判断。有的文章在翻译上挑不出多大毛病，但读者却看不懂。这是由于原著的读者对象和译作的读者对象不在同一水平线上，这时候就需要作适当"改编"。譬如说，加上一些背景介绍或知识铺垫来调整"起点"，增加可读性。在语言上也可能需要作必要的"处理"，使之更通俗，更符合国内读者的口味和阅读习惯。在这种情况下，编译也不失为一种好的方法。

编译不仅要求编译者有一定的外文水平，能够准确掌握原文所传达的意思，而且也需要有一定的专业基础。因为，阅读专业文章，难免会碰到许多专业名词和一些有深刻科学技术内涵的内容，只通外文、不懂专业就很难把译意搞得那么准确。另外，编译不是照原文一字一句地翻译过来，其中有取舍、有综合、有增删、有引申、有修饰，这不仅要求编译者熟悉读者，对读者的水平和需求有较深刻的了解；还要求编译者有驾驭材料、组织材料和采集相关补充材料的能力，以及有较强的逻辑思维和文字表达能力。只有具备上述这些综合素质，才有可能进行"再创作"，产生能在读者中引起较大反响的编译作品。

在编辑实践中，我深切地体会到，上述作为一个编译者所应有的综合素质，也正是一个编辑所应具备的。因此我想，如果一个编辑在改人

043

家的文章之外，自己也做一些编译工作，无疑会有利于编辑水平的提高，还能巩固和提升自己的外文水平。也正是基于这样一种考虑，我决定选择编译作为业余科普创作的起点和突破口。编辑工作与业余科普创作在基础上的一致性，是我这些年来能不辞艰难，坚持"两栖"生活的主要动力。这种编辑和作者的双重经历，对我日后进入图书策划领域也有很大的帮助。主要是使我能多角度地思考一些问题，并综合运用在编辑和写作中积累的经验，为发掘选题和提升书稿质量服务。

其实，编辑通过编译工作所得到的锻炼还不只是以上这些。譬如，如何做到与国情结合，如何利用同一个资源为不同层次的读者服务，如何根据需要在内容上进行引申或压缩，如何为只有文字叙述的文章设计插图，以及如何从众多的信息中进行筛选、提炼和综合，提升作品的思想性和含金量等问题，都是编译者所经常碰到的。这些也是编辑所应该具备的基本能力。

作为编译作品的"蓝本"，可以是国外书、报、刊上的科普文章，或专业文章。不管是从哪儿来的，都有一个"选材"的问题。

我的选材原则，一是要新。既要引进，就要引进可给我们提供借鉴的新的科学技术。不仅内容新，还要有新的思路、新的角度，有特色、有新意。应该注意到，许多看来很新潮的东西，经反复报道、多次重复后也会失去新鲜感。这方面，适度"超前"是必要的。我在写《电话的新本领》一文时，文中所介绍的各种电话新功能，许多人都还没有过实际体验。但由于我得知一种称为"程控电话交换机"的，由计算机控制的新型电话交换设备即将引进，便提前作了介绍。这不仅给人以一种新鲜感，也使人们在新的技术变革到来之前，有了一定的知识储备，对它不会感到过于陌生。我在选择有关移动通信和卫星定位等技术作为编译题材时，也都尽量把握这种适度超前，使所编译的科普作品起到一定的引导作用。

谈到在选题决策中的超前意识，使我想起日本有位同行曾向我讲过的这样一件事：在日本还是模拟通信占绝对优势的年代，他们出版社通过与许多科学家的接触，预感到未来将是一个数字化时代。于是就提前着手组织这方面的书。结果，当日本的通信刚开始进入数字化进程时，他们有关数字通信方面的书便同步出版了。这在出版界引起很大轰动。专家们也纷纷前来祝贺，赞扬他们的远见卓识。这就是超前意识所起到的积极作用。

选题的另一原则是，题材可大可小，但要能开拓人们的思路，给人以启发。1983年，我在一本英文杂志上看到一篇介绍一种新记录方式的文章，觉得很有意思，便把它编译了出来，题目叫《电子笔》，登在《无线电》杂志上。不料，这篇不足千字的"补白"发表后，却收到了好几封读者来信，说这篇短文对他们的技术革新和产品开发有启示，还就有关这种记录方式的细节提出问题与我讨论；有的读者还告诉我，他已将这种记录方式的原理应用于一些革新项目。一篇不起眼的短文能引起这么多的反响，是我所没有想到的。

艰辛与困惑

几篇科普文章在刊物上发表后，我得到来自师长和朋友们的鼓励，但麻烦也随之而来。有人说，编辑写科普文章是"不务正业"、"种自留地"。业余写作不但无功，反倒有过，我有些想不通。心想，难道业余时间只能是打牌、玩扑克来消磨时间吗？

六七十年代的相当一段时间，工会活动、政治学习等活动都安排在晚上进行，业余留给人们自由支配的时间本来就不多。每天回到家里常常已是精疲力尽。如果想写点东西，只好振作起精神挑灯夜战了。而且，环境还很艰难。那时我住在东四六条一座筒子楼里，一家四口挤在一间12平方米的小屋里。到了冬天，屋里还要生一个蜂窝煤炉子，空间更显得拥挤，想写点东西通常要等孩子们入睡后，在临时搭起的一张自制的"折叠桌"上进行。虽说艰辛，又少不了听到些风言风语，可这是自己情愿做的，因而也从不去理会，更不与人说起。

045

"文革"的到来，无论对于编辑还是作者，客观的环境一下子便变得十分险恶。给我印象最深的就是批判"资产阶级法权"。开始我想，这是"上头"的事，再批也批不到像我这样编科技刊物的小编辑头上来。可"运动"发展之快大大出乎人们的意料，"上头"要求各单位都联系实际，找"资产阶级法权"在本单位的典型。于是一时间"资产阶级法权"几乎到了俯首可拾、人人有份的地步。

那时，稿费已被视为"资产阶级法权"的典型代表而被取消了。可是

伴随我度过 20 余个春秋的小屋

依然有不少不计较报酬的热心人照样给编辑部寄来稿件。在我的作者中也不乏其人。其中，江苏溧阳载波机厂一位叫袁振彝的工程师，留给我的印象尤为深刻。那时，他正在为我们的刊物写连载讲座。他不仅如期交稿，而且稿件清晰、文字工整。就连信封也独具一格：正面是苍劲有力的毛笔字，背面贴满了邮票。原来，他是怕稿件丢失，每次寄的都是"挂号"信，加上超重，贴的邮票自然就多。每次看到这样的信，我都十分感动。我对作者的这种敬业和无私奉献的精神油然产生一份敬意。除此，也多少有一种过意不去的感觉。心想，不给作者稿费不说，反让人家倒贴了这么多的邮资，实在是没有道理。"冲动"之下，我找了当时邮电出版社的党委书记张惠仁同志，说出了自己的感受，并提出可否给这些作者偿还点邮资。没有想到，他很豁达，竟然同意我给作者寄一点邮票，聊补寄稿之邮资。在当时满城风雨批"资产阶级法权"的时候，他的这种表态是十分难得的。

但没过多久，我给作者寄邮资的事传到一些人的耳边。在干部会上有人提出，这正是我们身边的"资产阶级法权"。眼看声势已经造起来了，一场批判正在我们编辑部里酝酿着。在我正欲去党委找张书记申述时，没料想，他不请自到，参加了我们编辑部的一次例会。他说："给作者偿还邮资算不了是'资产阶级法权'。如果是，也应该算在我的头上。因为，这是经过我同意的。"他还说："据我看，今后稿费也是要恢复的。"在今天看来，这是几句十分普通的话，但在当时却是字字千金。不仅搬开了压在我心上的石头，使一场"莫须有"的批判收了场，而且也使我看到了即使是在"文革"那样是非颠倒、人妖混淆的年代，也有一批坚持真理的党的好干部，他们顶风而行，主持正义，保护群众，令人敬仰。

在取消了稿费的年代里，我依然坚持写科普文章。给外面写，也给自己的杂志写，不仅无"利"可言，有时干脆连个名也不署了。少了"名利思想"这顶帽子，反倒容易放开些手脚。

后来，正如我们的张惠仁书记所预料的，新闻出版界恢复了稿费制度。1985 年，中央办公厅颁发了 1985【57】号文件，拨乱反正，明确了很多政策界限。这时张书记已调到邮电部工作，我们的小环境又一次变得不那么宽松。有的领导开始把在其他杂志担任编委之类社会工作一律视为"国家机关干部兼职"；把写稿、审稿得到的微薄报酬均当作"不正当收入"，并正式发文要求登记交公。虽然我想不通，但迫于压力，也多少有"多一事不如少一事"的想法，便把一些社会职务辞掉，劳动所得也退了或上交了。一度也曾产生过从此"金盆洗手"，不再写稿的念头。

周围的人都知道，我是一个比较较真的人，凡自己想不通的问题总千方百计地要找到一个权威性的答案。当时我想，1985【57】号文件对许多政策界限已讲得很明白了，1985 年 6 月 23 日，《人民日报》头版又刊登了《国家科委关于划清八条政策界限的通知》，为什么还会有这样"左"的做法呢？于是，我提笔给中共中央办公厅群众信访办公室写了封信，反映了我所遇到的情况以及内心的困惑。信写好后，我来到住在同一个楼里的某社长家，把信念给他听。这位社长说，对于编辑写作，他是"既不反对，也不支持"。他的态度，很令我失望。第二天，我便把信寄了出去，信上留下了我的联系方式。

没过几天，《光明日报》发表了篇文章，针对性很强，仿佛是针对我的提问写的；又过了一些时候，我得到了"信访办"的电话回复。在报刊对中央一系列政策的广泛宣传和推动下，我社下发的登记、收缴所谓"不正当收入"的工作终于没有进行下去。虽也没有人站出来说对这样的错误做法负责，但客观上人们心里那种环境压力明显减轻了。

上面所说的遭遇，在那个时期，我的很多朋友也都或多或少地碰到过。区别只是有些"现管"的政策水平高一点、开明一点，有的则不然，遭遇也因此而有些不同。有的作者还遇到提职、评职称的问题，这时，科普写作到底该加分还是减分，往往也是各有各的看法。

今天，党和政府十分重视科普，大力提倡科学家、院士和各行各业的科技人员参加科普活动，从事科普写作，为繁荣科普作出贡献。在这样的大环境下，不仅不会有像我碰到过的那么多的困惑和艰难，而且还有基金资助、评奖等一系列配套政策在鼓励和扶持人们投身于科普事业。回顾过去的这段历史，将使我们更加珍惜今天，并以更加饱满的热情和创新精神去面对未来。

对通俗化的探究

接触科普写作，首先遇到的便是如何把一些专业知识通俗化的问题。

有一次，许多人一起坐在电视机前观看奥运会实况转播。坐在我旁边的一个人问："比赛现场离我们这么远，我们为什么能在电视里看到比赛现场的实况?"一时间，我真不知道如何向他解释。如果用专业语言倒也好说，但现在要尽量避开一些专业术语作言简意赅的回答，就觉得有点难了。还有，在人们排着队申请装电话的那阵子，我也常常接到朋友打来的电话，向我咨询什么是程控电话，以及装用程控电话有什么好处等问题;在网络电话兴起的时候，又听到不少有关网络电话的提问。这一切，都反映了这么一个现实，那就是现代通信已经进入了普通百姓的生活，他们迫切需要这方面的科普知识。

要面向大众传播现代科学技术知识，首先便面临通俗化的问题。所谓通俗化，以我的理解就是将起点放低，用普通大众所能听得懂的语言和喜闻乐见的形式传播科学技术。通俗化既是实现"科学下嫁"的一个基本要求和必不可少的手段，也是科普创作的一个难点。

"由近及远"是达到通俗化效果的基本方法之一。从近处入手，可以打消人们对现代科技的神秘感，增加一份亲切感，从而在不知不觉中获取科学技术的养分。例如，我在写作介绍"移动通信"的那篇文章时，国内尚无汽车电话和 BP 机，如何把大家引进这个领域，并激发起人们对这项技术的兴趣，我想了很多方案。最后，我想到了在这之前刚热播过的两部电影《车队》和《沸腾的生活》，选择了以此作为切入点。因为，在这两部从国外引进的影片中，都有使用移动通信的生动场面，给许多观众都曾留下深刻的印象。以此作为引子，一下子便拉近了人们与移动通信的距离，使它的形象一下便变得生动而且具体了。当然，这仅仅是引人入门的第一步，要"登堂入室"，还需在涉及科学技术的内涵时，进一步在通俗化上下工夫。

上面提到的"电视转播"，我后来也写过一篇科普文章，是以某一届奥运会的电视转播作为例子的，辅以形象的图示，来表述通过卫星实现全球电视转播的原理。这种由具体到抽象的表述方法，也比较容易被人接受。

构思形象的、有表现力的插图，对通俗化往往能起到事半功倍的作用。例如，我在写作《程控电话的新本领》时，国内尚未开放程控电话业务，读者没有实际体验；而且这些新的业务功能看不见、摸不着，如何表达是个难题。后来，我对技术内容作了"抽象"，构思了一组插图，经美工人员绘制后作为文章的一个重要组成部分。读者反映这些图很形象，一看便明白新业务的内涵。这组图后来还多次被一些书刊所借用。

049

学专业出身的人写文章，比较习惯于用专业术语去解释科学技术原理。目前就连许多面向大众的报刊，也都是专业名词、英文缩略语一大堆，使大多数人望而却步，难以卒读。连像我这样学电信专业的人，现在也未必能把一篇关于电信科技的报道从头到尾读下来。有感于此，我曾给《新闻出版报》写过一篇文章，指出这种现象对向大众普及科学技术所造成的障碍。我认为，要解决这个问题，无论是作者，还是办刊、办报的人，首先都需要有一种"换位意识"。要站在既定读者的立场上去想问题。写给孩子们看的文章，不仅要让孩子们看得懂，还要让他们喜欢看；写给社会大众看的，也要以他们是否需要，能不能接受为出发点。离开这一点，文章再好也不会达到预期的效果。

日本有一本专业杂志是我经常翻阅的。在这本杂志里，有不少文章都是介绍新技术的，为行文简洁，少不了要用到一些新名词和缩略语。细心的编辑怕这样会给读者阅读带来不便，便在每期刊物上拿出半页的篇幅解释"本期缩略语"。这就是"读者意识"的具体体现。专业期刊尚能如此，我们写科普文章的，就更应注意读者的接受能力，尽力扫除可能会影响他们阅读、吸收的障碍。这是比通俗化更为基本的要求。

好的比喻在通俗化方面的作用是尽人皆知的。譬如，"信息高速公路"便是一个很好的比喻。它以广为人知的高速公路来比喻全球信息网络，给它一个高速、高效、四通八达的生动形象，有助于人们加强对这一全新概念的理解。我在科普写作实践中，也时常在寻找一些有助于通俗化的恰当比喻。譬如将通信卫星比做"天外月老"，把大容量的光纤和光缆称做"纤径通衢"，等等。前者以拟人的方法，着眼于通信卫星在信息传递中的中介桥梁作用，犹同为有情人穿针引线之"月老"；后者抓住光纤和光缆虽细但能高速传送海量信息的特征，用两个相对立的词形成强烈的对比。其实，现在很多名词的命名，本身也包含了借喻，如通信网、信息网这个"网"字，以及目前广泛使用的"平台"一词，都十分形象。在科普作品的叙事过程中，贴切的比喻能使原本比较艰涩的原理性描述变得生动和容易理解。譬如，一个叫"流媒体"的新词汇，用水流作比喻就比较容易理解。我们应该善用比喻，巧用比喻，让它在科普作品的通俗化和形象生动方面发挥作用。

为了让读者"登堂入室"，往往需要选择一个合适的切入点，有时还需要为此作必要的铺垫，就好像是要将一件重物搬上高台，需要修一个或临时搭一个斜坡，才能把它推上去一样。

在翻译引进国外科普读物时，还需要注意国外读者与国内读者在起点上的差异。把握好起点，才能达到科学普及所预期的效果。

科普文章的通俗化也表现在它的命题上。文章的标题如同人的一双眼睛。"画龙点睛"，标题起的就是"点睛"的作用。好的标题不仅"表里如一"，能准确、简洁、鲜明地表现出文章的主题，还能吸引人；好的标题既不落俗套，又不哗众取宠，还能迎合读者的阅读心理，使人"一见钟情"，引发阅读的兴趣……

郑板桥说过："作诗非难，命题为难。题高则诗高，题矮则诗矮，不可不慎也。"科普文章的命题亦然。有一次，某杂志社约我写一篇介绍移动通信的文章。当时，移动电话在我国还刚刚露头，"手机"就像两块砖头那么大，移动通信这个名词对一般人群来说还比较生疏。这篇文章用什么题目好？开始，我拟了一些类似《移动通信》或《移动通信浅谈》一类题目，绕来绕去，总绕不过"移动通信"这个专业名词。稿子写完了，自己也觉得对题目不满意，放了一个礼拜没有发出去。左思右想，最终选择了"形象寓意"的思路，决定用《萍踪波影》为正题，而将"移动通信浅谈"作为副题。我想，通过虚实的对接，将有助人们对移动通信实质的理解。人，行踪不定，似水上之浮萍；波（无线电波），似影随形。你走到哪里，无线电波就会随你到哪里；通过它你便可与外界沟通，方便地实现无线通信。"萍踪波影"就是对于移动通信这一现代技术的形象、通俗的比喻。题目定了，我才对这篇稿件"放行"。

此外，我以《指尖上的世界》为题介绍互联网，以《相聚于屏幕内外》为题介绍会议电视，以《欲穷千里目》为题介绍图像通信，等等。虚实的对接、形象的比喻和诗词名句的借用，起到变高深为平易，变平淡为生动的作用。在标题上注意创新也可避免雷同，给读者带来一丝清新的感觉。

科普文章讲究命题，但绝不能走向猎奇的极端。不能靠花哨的、不着边际的标题来掩盖文章内容的贫乏。

在我写作的科普作品中，有一类人称"实用性科普作品"的书，如《电话用户手册》。这本书是我与徐木土、丁根兴共同执笔的，曾获第三届全国优秀科普作品评选二等奖。它虽以应用为目的，以针对性、实用性为主要特色，但为了让普通电话用户一看就明白，并很快学会使用，除了表述要简明、通俗之外，在讲应用之前，深入浅出的知识铺垫也是必不可少的。它能让用户在使用电话的各种功能时不仅知其然，还知其所以然。这也是科普书与一般说明书的主要区别。

尝试"转型"

1996 年 6 月，《知识就是力量》杂志的曹嘉晶主编约我在杂志上开个专栏。心想，要写还是离不开自己熟悉的通信。在这方面，我一直不敢"越雷池一步"，生怕写别的内容落笔不准，闹出点什么笑话来。而有关通信方面的内容，我又已写过不少，虽算不上自成系列，但也有了一定的覆盖面，再开专栏，也怕内容上会有重复。这时我想到，可不可以换一个思路，换一种写法呢？

在这之前，我正好读过阿尔文·托夫勒的《新科技与新思维》一书，联系到曾在国际上引起广泛关注的他的另几部著作，如《第三次浪潮》、《未来的冲击》和《力量的转移》等，颇有启发。他的书不是传统的科普书，但谈的内容又大都是与现代科学技术有关的，以及以科学技术为背景的一些社会与人文问题，视野广阔，富有哲理。它不仅使人们强烈地感受到扑面而来的改革大潮，还启发人们以新的眼光去重新审视大千世界和宇宙时空。在写作手法上，它的特点是科技与人文交融，将现代与过去和未来对接。

受此启发，我想也改一改自己的写作思路。一是想从以纵向深入为主调整为纵向深入和横向展开并举；二是想探索一下将科技与人文融合的写作方法；三是想更多地关注科学与社会关系这个主题，从正反两个方面来揭示科学发展给社会带来的影响和冲击。以上这三点，后来就成了我在《知识就是力量》上开的专栏的主导思想。

我在《知识就是力量》杂志上先后开过两个专栏。一个专栏是 1996 年 8 月首发的，叫"似梦非梦说通信"。在这个专栏里，发表了《由梦幻到现实——从一幅宣传画谈起》、《席卷全球的数字化浪潮》、《从"独舞"到"双人舞"——谈计算机与通信的融合》以及《泰坦尼克号与 SOS》等若干篇文章。《由梦幻到现实——从一幅宣传画谈起》是通过国际电信展上的一幅宣传画，揭示任何通信手段都是人的器官的伸延这一实质。它跳出了以往一篇文章介绍一项科学技术的老套，把笔触落到一个更广阔、更带普遍性的命题上，即通信是人类五官的伸延。这恰恰是人类通信发展的一个基本思路。从一幅国际电信联盟的宣传画追溯到通信的历史，比较自然地实现了现代与历史的对接，能给人以一定的启发。而《泰坦尼克号与 SOS》，则是以日本出版的《无线百话》中所记载的，有关泰坦尼克号沉没的一段鲜为人知的史实为切入点，说明通信与人类生命安全的密切关系，以及通信全天候、双备份的由来和必要性。

第二个专栏是在 2000 年 7 月首发的，我将它取名为"问津随笔"，收录了《走近个性化时代》、《潮来时的思考——无线化的福与祸》等若干篇文章。《走近个性化时代》是抓住了"个性化"这个新世纪通信发展的主要特征，阐述通信和网络产品个性化和服务个性化的种种表现以及它产生的深刻背景，从而加深人们对现代通信发展趋势的认识。《潮来时的思考——无线化的福与祸》一文是以无线通信进入千家万户后，一个被称之为"无线时代"的到来为背景，着重揭示无线电波在给人们带来福祉的同时，也带来了日益严重的电磁污染，对人类环境和健康造成威胁的这一事实，提醒人们充分认识现代科技是一把"双刃剑"，必须趋利避害，因势利导。以上两个专栏的文章发表后，获得了较好的社会评价。有位朋友见到我说："看了你近期发表的文章，觉得你的写作思路变了。"

通过以上几篇文章的写作，我认识到科普原来也可以换一种写法；思维的创新可以激活出各种新的表达方法。从根本上说，这就是打破科技与人文的界限，以更宽的视野来审视科学技术发展给人类社会带来的影响。

学科间的相关性和互相渗透性是打开阻隔科学与人文大门的钥匙。科学技术是一把"双刃剑"的道理，无不折射出科学与人文的联系。有位院士说得好："科学为人文奠基，人文为科学导向，两者是同源、共生、互通、互补的不可分割的关系。"人们常说的"以人为本"，实际上也是指要尊重人，重视人的生命价值和意义的人文精神，这应成为我们科普创作的目的和价值诉求，是我们所必须遵循的准则。

053

科学与人文的融合可以打破以往就科技谈科技的"干巴巴"形式，增强科普作品的吸引力并增加其受到的关注度，更能迎合大众的阅读心理和接受模式。应该说，近年来越来越多融科技与人文于一体的科普佳作的问世，是科普创作理念上的一大进步。

好的科普作品之所以能感染读者，引起他们的求知欲和好奇心，主要不在于它有多少个"知识点"、给出几多"结论"，而在于它所具有的独特视角和吸引人的过程描述。正如伊林所说："没有枯燥的科学，只有乏味的叙述。"好的科普作品应具有科学性和文学性这双重秉性。要做到这一点，科普作家需要从文学艺术中汲取营养，不断地充实和完善自己的创作手法，使自己的作品做到科学性、知识性、可读性、趣味性、哲理性兼备，并浑然一体。

在我后期的科普作品中，还常常以重大的新闻事件为由头，行普及科技知识之实。例如，我以《杜达耶夫之死》为题引出全球卫星定位系统；以几起空难事件和关于手机致癌的争论为切入点，介绍电磁污染的危害以及预防。由于新闻有重大性、轰动性、生动性以及传播面广等特点，可以成为科学普及的很好载体。

要能利用好新闻效应，科普作家必须具有较强的敏感性和能对新闻事件迅速作出反应的能力。一旦新闻成了"旧闻"，以它为题材或切入点的科普作品的效果就会大打折扣。2007 年 11 月，《嫦娥书系》和《月球密码》等图书与我国"嫦娥一号"卫星的发射几乎同步推出，反映了科普作家和出版社在新闻意识和时效概念上已有了很大的进步。

新的历史时期，科学技术的进步不仅改变了人们的工作方式和生活方式，也改变了人们获取知识的方式。即时的在线浏览正在取代青灯黄卷式的经典阅读，生活的高节奏催生了以快餐式、跳跃式、碎片式为特征的"浅阅读"；阅读方式的多元化，以及视听化、互动化趋势推动了科普创作从内容到形式的创新；人们对休闲与娱乐的需求为科普创作带来了新的机遇和挑战……所有这些，都应成为我们科普创作新的推动力。

我看过一本叫《体验经济》的书，觉得很受启发。联系我所在的通信领域，"体验"已渐渐成为一种主流消费形式，满足现代社会人们在休闲与娱乐方面的需求。在这个领域，既需要有科学技术的普及，又需要有价值观的引导。这是我们科普创作所面临的一个新的课题。《体验经济的启示》、《走近个性化时代》和《影视涌动数字潮》等一些作品，便是我在这方面的一点学习心得。这些文章都涉及科学技术，但又不是传统意义的科普作品。在北京 SARS 肆虐期间，我还曾围绕"空中课堂"、"电视电话"、"网上购物"等当时颇受人们欢迎的通信、购物方式，在报刊上发表了文章，诠释我对"体验"二字的认识。

当电信领域"融合"成为大势的时候，我便广泛收集这方面的材料，写成了以《走向融合》为总题目的一组文章，载于科普博览网的"透视"栏目。在我看来，科普作家既要"固守"阵地，又要"主动出击"。所谓"固守"，是写自己熟悉的专业，克服浮躁心理；所谓"主动出击"，是要跟上时代的变化，不断更新观念，变换角度，刷新自己作品的内容和形式。

我很欣赏科普作家卞毓麟先生的一句话。他说："科普作家要兼有科学的真实，艺术的美妙和宗教的虔诚。"这里的"虔诚"，指的是责任感和使命感。我想，要使上面各方面素质在自己身上获得完美统一，还需要作很大的努力。

"另类"科普

最近几年，我在参观一些面向大众的科技展览时，发现常常有竞猜抢答、歌舞表演一类活动穿插在中间，热闹非凡，而展台上却"阳春白雪"，冷冷清清，少人问津。甚至连应该是"看门道"的专业人士，也觉得不经详细讲解很难看明白展出的内容。心想，一个展览的投资不菲，如果喧宾夺主，只图个热闹，而在技术和产品的推广上却起不到应有的作用，岂不可惜。这也是资源的一种浪费。

从科普的角度上看，我认为要使展览有好的效果，首先得认清对象、找准起点，使观众能"入"其"门"，然后再用科普的方法吸引观众，使他们"渐入佳境"。展览的优势是它可以通过实物演示，采用声光电兼施的多媒体手段，把推介的对象十分生动具体地展示在观众的前面，这是一般科普读物所难以做到的。由于展览是由许多独立的展品构成的，像写文章一样也有个布局、衔接的问题。如何让人一步步登堂入室，深入了解展品的科学技术内涵，还得在策划上下一番工夫才行。我认为，写作科普文章的一些观念和手法，对于构思和策划面向大众的科技成果或技术产品的展览，也是有参考价值的。

另外，正如报刊上所披露的，很多产品的说明书并不为使用产品的人着想，读如"天书"。许多药品的说明书大抵如此，不难想象这是出自技术人员之手。面面俱到的专业化语言，其中患者能看懂且有用的只寥寥几行。

上面，我以展览和产品说明书为例，是想说明科普的理念不仅对指导科普作品的创作起作用，也应该推广到像展览的策划和产品说明书的编写等面向大众的科技成果应用和推广领域，使它们也能更加贴近百姓、贴近需要、贴近实际应用。

目前，许多行业似乎依然是隔行如隔山，其实，它们在很多方面是相通的。科普作家应放开眼界，把视野拓展到科普写作之外的领域。我想，凡是面向大众的科学文化领域，都有科普作家贡献力量、发挥作用的空间。

我个人实际上也是很缺乏这种"大科普"意识的，但两次的被动参与，却加深了我对科普作用的认识。一次是2000年，当时无线因特网这一新

055

概念还刚刚露头。它使得已经家喻户晓的因特网进一步摆脱线缆的束缚，以无线的方式得到无限的延伸。这项技术一出现，便立即触动了移动通信设备制造商和运营商的敏感神经，他们因看到了蕴藏其中的巨大商机而跃跃欲试。当时摩托罗拉公司首先想到了以科普的方式广泛宣传这项技术，为市场热身。经人推荐，他们的中介公司辗转找到了我，约我写一篇有关这项技术的科普文章。他们不要求在文章中突出宣传他们公司，只要求把这项技术的内涵及其发展的脉络以通俗浅显的语言讲明白。我阅读了大量相关资料（其中有一部分是他们提供的），几易其稿，最后写成一篇3 000字的短文。这篇文章后来同时在 11 家报刊上转载发表。可能对摩托罗拉公司来说，这是着眼于市场的带远见性的广告运作；而对我个人来说，却把它看成是用科普手段为前沿科技推广服务的一次尝试。《北京青年报》在发表这篇文章时，用了文中对于无线因特网的一个通俗比喻为题，称之为"剪断脐带"的革命，使文章的科普特色更加突出，更加鲜明。据说文章发表后的反映还不错，后来我又写了一篇《决胜无线因特网》，综述这项技术的前景和趋势。

现在，越来越多有眼光的企业开始重视科普，把科普看做是一种"企业文化"，把支持科普当作是一种社会责任。他们或向社会敞开大门，公开自己产品的生产过程供人参观；或为社会、为青少年提供科普教育的场所。以生产移动电话手机为主的大型电信企业"东方通信"，便是其中的一个例子。

"东方通信"经常要接待很多慕名而来的参观者。人们通过它车间透亮的玻璃窗可以看到手机生产、装配、检测的全过程，配合讲解，可以使人大开眼界，增加有关移动通信方面的知识。在厂区里有一条封闭式长廊，十分宽敞，但当初什么陈列也没有，显得有点空荡荡的。后来不知因哪位领导的动议，决定把它利用起来，改成为一条"科普长廊"。有人提出了一个由科普作家与美术家合作的思路。首先，他们到北京找到我，希望我以"通信的历史"为题材编写一个"脚本"，作为"长廊"内容设计的基础。与一般科普作品不同，这个"脚本"要求以图片为主，配上简短的解说词。然后，他们拿着这个"脚本"再请中国美术学院的美术家们进行设计制作，完工后布设在长廊两侧。整个计划还包括一些实物展示和互动环节。

在这种科普新形式中，图片成了主角，文字退居次要地位。因而，选择合适的、有表现力的图片成了关键。另外，如何将一幅幅不连续的图片有机地组织起来，表现通信发展的历史，这也是很费心力的。我大约用了半年的时间完成了这项任务，把它当作是《电信百年回眸》这篇长文的"图文版"，以艺术的形式再现电信百年的巨变。

我之所以敢于接受这项以往从未做过的工作，是因为多年来已收集和积累了一定数量的图片，心里多少还有些底。真所谓是"养兵千日，用在一时"。一些平时没有机会派上用场的图片，现在却成了镶嵌在电信发展历史长廊中一颗颗璀璨的"宝石"。

在人称"信息爆炸"时代的今天，随着科学技术的日新月异，新的词汇不断涌现，而且有相当一部分已成了日常用语，进入了普通百姓的生活。以往被视为铁定不变的词典也受到冲击，面临过若干年便需增补、修订一次的局面。2002 年，商务印书馆根据社会需要，组织了《新华新词语词典》的编写。我应邀参加了这项工作。词典向来讲求解字释义的准确性，对新科技语也不例外。但它又与专业词典不同，因为面向大众，必须简单明了，采用大众所能理解的语言。这就要求在编词典时注入"科普"的元素。另外，考虑到有些新词刚出现不久，尚无统一的定义，因此在解说时还需把握好一定的"弹性"。通俗而又不失准确，也正是科普作品所要求达到的标准。我在编写和审核词典条目的过程中，又一次在兼顾科学性和通俗性、寻找两者的"平衡点"上得到锻炼。词典的释义斟字酌句，力求简练，这也是科普创作所值得借鉴的。

今天，在许多领域，科学普及工作都在以不同的形式全面推开。科技馆、博物馆等科普场所已一改昔日冷清的局面，成为颇具吸引力的旅游景点；科普报告、科普展览已走进社区，成为普通百姓追求高质量生活的迫切需要；电视、广播等的休闲娱乐节目中，科普也成了不可或缺的内容，有的甚至成了主角……所有这一切，都呼唤我们开阔视野、拓展思路，以多元化的思维不断创造新的科普形式，来适应时代的变化和人们新的需求。

2003 年春节，我参加了中央电视台《欢乐英雄》节目中一个环节的录制，对娱乐性节目中的科普，又多少加深了一点认识。这个环节实际上是两个大学代表队在科技制作上的对抗。通过动态的情景表演，由评委作出综合评价，决出胜负。评判内容包括制作的科技含量，设计和制作的巧妙性以及整个系统运作过程的可靠程度等。节目进行过程中，场内、场外观众情绪起伏，热情高涨，在不知不觉间享受了一席以娱乐作包装的科普盛宴。即时性、交互性和结果的不可预测性，便是这类科普形式区别于一般科普创作的特点。

2007年以后，我又相继接触到数字科技馆体验馆的两个项目，还接手以网络形式进行科普图书推介的工作。前者是寓科普于动漫游戏之中的一种形式，后者则是以因特网为载体的科普宣传手段。对于这些新的科普形式，我都抱着学习的态度乐于去尝试一番。从中我体会到，科普领域的扩大以及科普形式的不断创新，既为科普作家提供了新的更加广阔的舞台，同时又提出了十分严峻的挑战。只有不断更新观念，勤于学习，才能跟得上时代的发展。

作者的悲哀

我曾不止一次地听到一些经常与出版社打交道的作者抱怨说，有些编辑过于大胆，常常没有搞清意思便大笔一挥，把原稿改得个面目全非。原则性的改动也不与作者商量，当作者发现时，早已白纸黑字公之于众，无法挽回。作者除了摇头叹息，别无回天之术，留下的便是一肚子的委屈和永久的遗憾。

作为一个作者，我也有过多次类似的遭遇。其中，对我"杀伤力"最大的，莫过于1994年那一次。情节之离奇，简直可以入选《今古奇观》。

1994年4月，我收到由某出版社寄来的拙作样书，一套四本，叫《看图学科学》，是以图为主的科普绘画本。这套书是该出版社通过北京的一位资深编辑向我约的稿，写好后在出版社已搁置多时，现在总算出来了，当时心中还暗自高兴。但稍加翻阅，原先的那份高兴劲便一扫而尽。细看下去，竟不觉出了一身冷汗，我甚至怀疑，这是不是我的作品，但封面上明明白白署着我的名字，叫我无法遁身。

当时定下的四本书的书名是：《信的故事》、《电话》、《卫星通信》和《从电报到传真》，我的文章就是按照这四个题目来作的，图也是按这样一个思路来配的。但拿到样书，我大吃一惊，这四本书中，除了《电话》

一本还维持原名以外，其他三本书的书名全部被编辑给改了：《信的故事》改成了《信》，《卫星通信》改成了《卫星》，《从电报到传真》改成了《传真》。所有这些改动，我事先都是一无所知的。真叫是"改你没商量"！

　　稍有点科学知识的人都知道，"卫星"与"卫星通信"虽有联系，但毕竟不是一码事。如果一个爱好卫星的小朋友买了这本题为《卫星》，而又没有多少内容讲卫星的书，其失望的心情是可想而知的。有人会斥责我是"挂羊头卖狗肉"，或者讥笑我是"抄"错了地方。那时我将有口难辩。我写《信的故事》也仅仅是想通过古今有关书信的一些"故事"给人以知识，书中既没有讲什么是"信"，也没有围绕"信"的历史、现状和未来作较系统、全面的介绍。现在编辑把《信的故事》改成为《信》，便造成了内容与书名的错位，给人留下"牛头不对马嘴"的印象。《从电报到传真》被改成《传真》，更叫人啼笑皆非。这本总共只有 20 页的书，15 页是讲"电报"的，5 页是讲"传真"的，责任编辑却偏偏要在书名中把"电报"删去，使占全书 2／3 的内容在书名上得不到反映，而且也使作者以"从××到××"来介绍信息技术演变过程的良苦用心被付诸一"斧"。

　　我当过作者，但更多的时间还是在当编辑。我只知道，编辑有为人"补漏拾遗"、"锦上添花"的责任，却从未听说过编辑还有篡改作者本意，损害作品形象的权利。或许，我的责任编辑还觉得"砍"得很有道理，因为经他这一"砍"，我这四本书的书名全被"规范化"为两个字或一个字的名词了，显得多么的精练而又整齐。殊不知这种"一刀切"的做法给作品造成了"文不对题"的严重后果，也给作者的声誉带来难以挽回的损失。

　　当编辑的不能要求他什么都懂，但尊重科学、尊重作者则是起码的要求。如果我的责任编辑在落笔将"卫星通信"改成"卫星"之前，查一查词典，或请教一下行家里手，从概念上搞清两者之间的差别，我想这种"误伤"是完全可以避免的。

　　说了半天的"砍书名"，其实我这四本小书的遭遇还远不止这些。书中，发明电话的年份"1876"年印成了"1826"年，"电报"印成了"电投"，"卫星"印成了"卫生"，"接收"印成了"接受"，等等。其他错漏以及删改后前言不搭后语的还有不少。拿这样的书给孩子们看，我真觉得脸红，很对不起他们。我写了 20 多年的文章，自觉还是严肃的，今天我的书竟然成了这副模样，不能不说是当作者的悲哀。因此，我有感而发，给《新闻出版报》写了一篇文章，题目就叫《作者的悲哀》。后来在中央电视台制作的"谈出版质量"的节目中，也还专门提到了这篇文章。

我要特别强调指出的是，这四本书不是什么大著作，它是以图为主，以文为辅的，每本书的字数不过千字。在总共4 000字里出了这么多的差错，难道不值得我们作一番认真的思考吗？

为了对读者负责，事后我不得不写信给该出版社的领导，请求他们中止这套书的发行，并作出相应的处理。我以为，这不仅是维护作者权益所必需的，而且也是一个出版社挽回影响，树立良好形象所应该做的。

作为作者，我还有比这更"惨痛"的遭遇。在某出版社出版的一本名为《科学速递》的文集中，有我的两篇作品。但十分蹊跷的是，印了两次，在作者署名中我的名字竟漏印了两次。编辑是位熟人，因此我不怀疑他是有意所为。但为何有多人一再提醒，却仍会出现如此疏漏。不能不说，这是对作者署名权的不尊重。好在我无意拿这本书去评奖，也没有再评职称的需要，对这个"名"也就不太在意了。

我认为，编辑要做好工作，需要团结一批作者。团结作者要从尊重作者、保护作者的合法权益做起。有些编辑对原稿的通读和校对比较重视，但对作者的署名容易疏忽，因而常常出现与署名有关的差错，固然可发"更正启事"，但白纸黑字，影响却不易挽回。

"板凳宁坐十年冷，文章不写一句空。"回想起来，这前一句话我倒是做到了。这些年来，冷雨孤灯的夜战已不在话下。但这后一句话，却不敢说是已经做到了。这不仅是为文所要达到的意境，也是为人所要追求的。只能说，我正在努力，常以此勤勉之，笃行之。

五、难得机缘

1983 年，正值新技术革命在我国风起云涌之时。在科技界，人们争相传看托夫勒的《第三次浪潮》，津津乐道于信息革命。

就在这一年的 11 月 13 日，中国科普作协工交科普创作研究会在大连召开学术年会。我写的一篇有关科普与信息时代的论文被录用了，于是便得到了出席这次会议的"入场券"。这是我加入科普作协后第一次出席这类学术性会议。

出席这次会议的，有不少科普界的老人，但我认得的不多。我宣读的论文出乎意料地引起了不少人的兴趣，可能是与"信息时代"这个时髦的主题有关。当天会议一散，就有一位颇有学者风度的女士找到了我，说她对我谈的内容很感兴趣，并因此而萌发出要办一本介绍新技术革命和当今前沿学科的科普杂志的想法。她问我，如果要办这样一本杂志，我可不可以出任这本杂志的主编。对于这天上掉下来的"殊荣"我不仅毫无准备，也不敢接受。因为我虽也写过一些科普文章，出过三两本书，但对于自己学识之浅薄还是有点自知之明的。何况，这次会上还有不少科普界、出版界的高手在。我对那位女士说，我很看好这样的杂志，但却承担不了主编这一重任。我随即推荐了我的科普引路人——王天一老师。

我与这位邀我办杂志的女士是初次谋面，但会上的代表几乎都认识她。她就是当时展望出版社的社长兼总编辑阮波——一个搏击潮头，不断有所开拓的人。后来我才知道，她还有一段颇为辉煌的经历：15 岁参加新四军；1956 年出任轻工出版社社长；改革开放后创办了中国展望出版社。她很早就涉足国外业务，是一个十分活跃的出版企业家。后来我不断地听到有关她开辟一个个新的"战场"，扶持一些新人"上马"的消息。这已是后话。

一本新颖的科普刊物

1984 年 10 月，一本叫《国际新技术》的新的科普期刊面世了。从筹备到出版，仅用了不到一年的时间。在正式出版前还试刊了两期，应该说，是有点追赶新技术革命潮流的"雷厉风行"的劲头。

时任科普出版社副总编辑的王天一先生，应展望出版社之邀，兼任了这本杂志的主编，我辅助天一挂名副主编。杂志编辑部除了有赵霞等一两位专职人员外，其他人员都是兼职的。

《国际新技术》的推出，在当时是很吸引眼球的。首先是由于它的"新"。它不仅及时地反映了国际新技术革命的最新动向，还给了新的科学技术以科普的诠释。把新的技术写得能为一般人所看懂，不是一件很容易的事，而《国际新技术》却知难而进，把它作为一个突破口，在这方面下了很多工夫。这本杂志上来自国外的报道很少是直接翻译过来的，大都是经过熟悉专业又具有科普写作经验的译者之手，编译或再创作而成。一般皆达到文字生动有趣，适合于大众阅读口味的要求。

《国际新技术》刊登的文章，大都也不是就技术讲技术的，它融入了历史、发明背景和一些其他人文因素，符合我们今天所倡导的"人文融合"的科普创作理念。这不仅加深了科普文章的文化内涵，还增加了它的可读性。记得有一篇文章叫《20 世纪科学技术大厦的支柱》，这里不仅有对各项技术发明原理的描述，还穿插了发明过程中的一串串故事，再配上若干张难得见到的历史图片，读了之后有一种科学、历史、文化浑然一体的厚重感。

主编天一同志是个深谙办刊之道的人。在刊物出版后，他非常重视听取读者和专家的意见。他曾亲自把杂志送到著名科学家钱学森的手中，请他提意见。钱老很快便写了回信，他说："《国际新技术》可以成为各级领导干部的科普读物。我们需要这样的刊物。"天一同志把钱老对杂志的鼓励以及众多读者对办好刊物的意见和建议都登在刊物上，以"我们需要这样的刊物"作为栏头。其中，还有著名科普作家叶永烈写的一段话，很有代表性，可以说明人们眼中的《国际新技术》是怎样一本刊物。他说："创办这样的刊物，在面临新技术革命的今天，是非常需要的。你们顺应时代潮流，为广大读者做了一件大好事。"他还对刊内内容、形式作了评价，他说："《国际新技术》印刷精良、内容新颖，我很喜欢。在第一期中，像《"硅谷"、"硅岛"及其他》、《3C——信息化的基石》、《什么是信息》三文，写得通俗，文字也活泼。其他文章，有的文字刻板些，有的文字编得深了些……"

定期分析读者的意见，并根据这些意见提出改进措施，已成为《国际新技术》的一项制度，以及它保持青春活力的动力。

画报化——领风气之先

在国内，《国际新技术》是较早提倡"画报化"科普理念的一本杂志。一方面，是由于它受到《牛顿》、《夸克》、《二十一世纪哥白尼》等一类刊物的启发，看到了图片在揭示科学技术内涵、展示科学内在美方面的作用；另一方面，也反映了办刊人在科普理念上的变化。当时，大家都希望打破科普刻板的局面，从以往过于沉重的黑压压的通篇文字叙述中解放出来，给它换上个轻松、美观一点的"新装"。但想归想，做起来可不那么容易。首先，当时我们还没有建立自己的图片库，缺少固有的图片信息渠道。因此作为第一步，编辑部便想方设法与六个国家建立了信息资料的交换关系，为实现画报化奠定了物质基础。与别的杂志不同，在这本杂志中，图不完全起"配角"的作用，有时还成了"主角"，担负起文字叙述所担负不了的任务，能给人以强有力的视觉感染力和冲击力。在这方面，特色鲜明的《国际新技术》封面最能说明问题。它的每期封面都有一个鲜明的主题，内容大都是以重大科学题材为背景，选用优秀的摄影作品，衬托着中英文刊名，既有现代感，又有艺术欣赏价值。例如，试刊号的"娃娃学计算机"，1985 年第 2 期的"激光"，1985 年第 3 期的"机器人保姆"，1985 年第 5 期的"细胞幻想曲"，1986 年 1、2 期合刊中的"未来的航天站"等，都称得上是题材重大的摄影佳作。1985 年第 2 期，《国际新技术》集中报道了当年 3 月 17 日在日本筑波科学城开幕的

"日本国际科学技术博览会"，通过对展出内容深入浅出的介绍和精美的图片，使人犹如亲临这次科学盛会，尽享科普的盛宴。其效果是当时国内其他刊物所无法比及的。

"画报化"与"图文并茂"所表达的基本上是同一个概念。只不过"画报化"更强调图和画在杂志中的主导地位，表明有相当一部分内容可能是以图为主，以文为辅。这是在科学传播过程中，对启发形象思维的进一步强调。它不是空穴来风，而是从科普杂志的对象出发，为达到较好的普及效果所确定的"主打"形式。

"画报化"不是纯粹为了达到"美化"和"点缀"的目的，它同样要求根据内容精心策划、巧妙构思，让所配的图片恰到好处，以加强文字所表达的内容，甚至达到文字叙述所起不到的作用。例如，《国际新技术》创刊号封二上刊登的四幅图片，形象生动而具体地把美国"挑战者"号航天飞机捉放卫星、并对它进行修复的过程反映了出来，这是三两千字的文章所难以说清的。又如上面提到的"细胞幻想曲"更是由生物学家和艺术家共同创造出来的一组表现细胞微观世界的图片，它通过科学的比喻和艺术的联想把人们带进一个奇妙的空间，使枯燥而深奥的科学理论变为生动的形象，十分有感染力地呈现在我们面前。这正是我们科学普及所需要的。

富有现代感的《国际新技术》封面

"画报化"不是低幼化。开始我对画报化也有过不那么正确的理解，认为爱看画的只是儿童。1991年，我在访问日本时，看到书店里、地铁车厢里有许多成年人也捧着漫画书，颇为不解。便好奇地向陪同我的主人发问。他的回答简单明了："现在由于人们的生活压力加大、生活节奏加快了，大人们也喜欢看这样一类比较轻松一点的读物。"嘀，原来如此！如同"肯德基"、"麦当劳"

一类快餐在全世界迅速推广开来一般，高节奏的生活也必然催生一种浅阅读——快餐式的阅读方式。也有人称它为"读图时代"或"读题时代"。不管怎么叫，我们的科普刊物需要适应时代的变化，这是大势所趋。如果说，当年我们办《国际新技术》时，提倡"画报化"还是一种概念不十分清晰的尝试的话，那么今天则已经成为一种自觉行动。尽管目前有些科普刊物倡导画报化的条件还不十分具备，但对图片的应用越来越重视已成为普遍的趋势。

"画报化"呼唤一批既懂科学技术、又懂艺术的人才脱颖而出，呼唤科学与艺术的进一步融合。有了这方面的专门人才，才有可能实现文与图的巧妙对接，并使图更能准确、生动地表现现代科学技术的内涵。

与年轻人合作

《国际新技术》杂志主编王天一，是上世纪 30 年代便开始创办科普期刊《大众科学》的科普界元老。想当然，他该是一个"老派"人物。但与他有过接触的人都会感觉到，他很随和，一点也不保守。他在办刊时一方面充分运用他多年来在人力资源上的积累，请出了像朱毅麟、王谷岩、甘本祓、李敏、李元、卞德培、鲍云樵、冯昭奎等著名的科普作家加盟《国际新技术》，使每期上都能看到这些富有写作经验的作家厚积薄发的作品，为杂志奠定了坚实的基础。同时，他又十分重视年轻作者队伍的培养。当时，在《国际新技术》杂志周围，已经集结了像朱幼文、李晓武、戚戈平、薛晓虹等一批年轻作者，他们精力充沛，对新事物敏感，这正是新创刊的《国际新技术》所特别需要的精神和素质。

回过头来看，可以毫不夸张地说，是新技术革命这个激动人心的年代，是《国际新技术》这样一本富有朝气的科普期刊造就了像朱幼文、李晓武这样一代科普作家。实战是最能培养人的。当年，在《国际新技术》这一特定环境里，朱幼文、李晓武等刚从学校出来的年轻人都被委以重任，有时还独当一面，因而得到了很多锻炼的机会，并逐渐成为主力。这些年轻人的共同特点是热爱科普，舍得在科普创作上花时间，加上身旁有像王天一、章燕翼等一些前辈的指点，进步确实非常快。回忆当年，我也有很多节假日都是与他们在一起度过的。星期天，他们常带着写好

065

的科普文章或编好的稿件到我家来与我切磋。我给他们改稿，与他们交流科普写作的心得。现在，每当谈起培养科普新人时，我还是十分怀念那个时代，怀念那种为科普事业走到一起来的纯情。

大约是在前年吧，已经是中国科技馆研究员的朱幼文开车来接我，领我和我的家人去参观由他和他的同事们策划的"诺贝尔奖百年"展览。到了展厅，他亲自给我们做讲解，并谦虚地说："这是给'老师'汇报。"他对于展览的内容如数家珍，能讲出展览内容中的许多生动的细节以及筹备展览中的故事，声情并茂，十分感人。随着讲解的进行，跟着我们一起听他讲解的人越来越多，其中有许多是由家长带着的孩子。在看完整个展览后有的人还依依不舍，留下姓名要买他写的现已售缺的这方面的书。看到此情此景，我很为展览策划者的成功而高兴，也感受到科普并不孤独。好的科普书籍、演讲、展览真的是很能打动人的，甚至出现万人空巷也不一定是奢望。

科学的大众化是一条艰辛的路，它同样需要创造，需要有一种奉献精神。这种创造就体现在如何化高深为浅近，化艰涩为平易，化枯燥为有趣。科普的快乐恐怕也就藏在这些转化的过程之中。

看完展览，朱幼文执意要请我们吃饭。我开始推辞，觉得无此必要。后来他说："过去这么多年，我都没有请您吃过一次饭，今天就让我请您一回吧！"看他如此真切，我也不好坚持了。的确，在那个年代，像朱幼文、李晓武这样一些热心科普的青年曾经是我家的常客，以至我念小学的女儿看到他们这种认真劲还以此为题写过一篇作文。那时我们谈的是三句不离本行的科普，来往传递的都是书刊和一篇篇文稿。多年来，我已习惯于这种"淡如水"的以文会友，以与别人敞开心扉切磋交流、分享彼此所取得的成果为乐。

当年以《国际新技术》为起点走上科普之路的人，由于工作变动，不少已失去了联系。我不知道这段人生经历是不是在他们后来的工作中起到过这样或那样的作用。但从现在还保持联系的一些人身上，我却看到了这段经历对他们的影响。朱幼文后来策划和写作了不少科普书，特别是与李晓武一起抓住了"诺贝尔奖百年"这一时机，向大众推出了一系列科普"套餐"，包括书籍、画册、展览、影视节目等，充分展示了他们在科普上的眼光和日益见长的功力。特别是他们从 1997 年开始向至今尚健在的 180 多位诺贝尔奖获得者征集书信、资料的举动，算得上是科普策划上的"大手笔"。像这样高难度的大工程，很多人是连想都不敢想的。而他们以及他们的同事们不仅做了，而且还取得了空前的成功，成为许多其他同类活动所无法企及的闪光点。

李晓武供职于中国图书进出口公司，多年来安居一个十分普通的收收发发的工作岗位，但他懂得如何利用在这个岗位上的一切学习机会和在获取信息上的优势，加上与日本出版界有过接触的渊源，他能不断提出很有见地的选题方案。在他的大力推荐下，曾引进了畅销书《窗旁的小豆豆》以及诺贝尔奖得主福井浅一先生的自传等。不少出版社都曾采纳过他的"金点子"，出了好书。李晓武不图回报，继续快乐地做他自己愿意做的事。

与年轻人的交往，不都是"输出"，也有很多"输入"。我常常从他们的成功中受到启发。朱幼文结合自己在科技馆工作的体会，曾给我谈过科普是"授人以鱼"还是"授人以渔"的问题，也谈到过他对立体出版、科普互动等问题的看法，观念都比较新。上面谈到的科普期刊的"画报化"，我最早也是见之于李晓武的文章。他还一直致力于通过科学家传记诠释科学思想和科学精神的科普创作道路，对我也很有启发。

067

创办《国际新技术》是我科普生涯中一段时间不长但十分难忘的经历。有关科普的许多新理念，都是在那个时候开始萌芽的。这段工作也使我积累了一些新的经验，使我以后写作以及从事媒体策划都多了一份积淀。只可惜由于缺乏经费支持等种种原因，《国际新技术》未能继续办下去。听说后来有过一次"复刊"，刊名还叫《国际新技术》，但却已面目全非，找不到原来的那种感觉了。

目前，国内期刊林立，科普杂志也不少，可是又有几本是经久不衰的呢？是时下人们对科普不感兴趣了，还是我们的科普杂志跟不上时代，或缺乏良好的机制呢？这很值得我们深思。

六、"现学现卖"

可能是受"反对崇洋媚外"的影响，我们那个年代的在校生，大都不太重视外语学习。加上缺乏环境条件，即使是课堂上外语满分的学生，一般也"开不了口"，只能看不能说。我在上大学时，全年级各班中有90%是学俄语的，只开了一个小班的英语课。我高中学的是英语，因而被分到英语班。尽管被推选为这个班的班长，但英语依然是学得半生不熟的。后来当了编辑，想借鉴点英文资料，却因词汇量少而感到吃力，十分后悔当年没有把外语学好。此乃人生之一大憾事！

山沟里学日语

1969年5月19日，我所在的人民邮电出版社被"连锅端"，全体人员下放到湖北阳新"五七"干校，只剩下少数几个病号，作为"留守"人员。干校所在地是血吸虫病肆虐的地区，据说选址的人认为越是这样的地方越能考验人，虽然大多数人都不理解，甚至有人私下里发点牢骚，但又有谁敢出来说一个"不"字呢！在南去的列车上，"革委会"主任面无表情，严肃地传达了上级关于撤销人民邮电出版社的指示。此时，一车厢的"老九"们鸦雀无声、面面相觑，宁静中只清晰地听得车轮撞击铁轨所发出的"咣当、咣当"声。大家像一群失去窝的鸟和断了线的风筝一样。很多人曾经希望经过一番锻炼后再回到出版岗位的"梦"，顿觉破灭了。

干校除了劳动、"斗私批修"之外，就没有别的事情了。聊天、打扑克不好禁止，但看专业书是绝对不许的。我们连队里有一位外语学校的毕业生，怕日久把本行给荒废了，便隔三差五地拿出外语书偷偷躲在被窝里看上几眼，后来终于让"连长"发现了，被当作"走五七道路不坚定"的典型加以批判。"杀一儆百"，后来学画的不敢画画，学专业的都只字不提专业。时间久了，自己也似乎安于这样一种生活。实在无聊，有一段时间，不少人敲敲打打，做起煤油炉和木工活来，仿佛与编辑这一行真的已经彻底告别了。

下放一年后，作为对干部的一种安置手段，邮电部在干校所在地湖北阳新筹办了一个工厂，编号是 536。我是最先被抽调去参加建厂的"五七战士"中的一个。筹厂工作从开山炸石、搭建厂房开始，比在干校时还要艰苦一些。但不少人还挺羡慕我们的，因为我们从干校"毕业"了，已经成了工厂的一员。当时的口号是"边基建，边生产"。因此，我们到工厂后，除了立即参加建厂劳动外，很快便投入了试制扩散炉和光刻机一类半导体制造设备

在这里学农、学工（摄于 1971 年，远处为湖北阳新的半壁山）

069

的工作。工厂的技术人员都是"就地取材"，从干校抽调过去的。我被分配到扩散炉试制组，还担任了个"副班长"。试制组除了我们几个从干校转过来的技术人员外，还有一批刚从邮电学院毕业的大学生。我从编辑到种地再转到产品试制，开始真不知从何入手。好在扩散炉的自动控制部分都是些电子电路，与我学的电信专业在基础上是相通的，因此我还不觉太生疏。而且，我特别珍惜有这样一个理论联系实际的机会。另外，更令人兴奋的是，从此我可以名正言顺地看专业书了。为了向兄弟单位学习，我还能有一次到北京作短期培训的机会。我趁机买回来了一些书。在那个"书荒"年代，书不大好买，我带回来的那几本书，后来便成了我们试制组人员争相传看的"宝贝"。

下放前，由于相继参加"四清"、"文革"，我真正接触编辑业务的时间并不多。那个年代，提倡的是"干一行爱一行"，容不得"三心二意"，压根儿也不会去想"跳槽"的事儿。所以一旦进入编辑部，我就视编辑为终生职业，与它产生难舍难弃的感情。现在到了试制组，我还是习惯于当编辑时的那一套，总喜欢将心得、实验结果等收集在一起，经过加工整理后作为资料发给大家。有人戏言："编辑部又搬进了试制组，在那里复活了。"当时的口号是"抓革命、促生产"，我的工作虽算不上那么"革命"，但终究还是属于"促生产"的范围。就在这样一个相对比较宽松的环境下，我开始了一种新的学习，并经历了人生中一次新的体验和积累。

扩散炉有两个主要指标，一个叫恒温区，一个叫稳定度。只有这两个指标都合格了才算成功，否则就需要反复调试，有时还要重绕炉丝。扩散炉点火后，我们要轮班进行测试。开始阶段这两项指标总也达不到要求，大家的心里火急火燎的。一天晚上，空荡荡的简易厂房里只留我一人在值班。我测了几遍，仍达不到要求，正在分析可能的原因时，见一阵风把蒙在窗户上代替玻璃的塑料布吹得呼呼作响，连电灯也被风吹得摇晃起来。这才使我想起了曾在一份资料上看到过的关于测试环境条件的要求。我赶紧关好门、封严窗户，在避免发生空气对流的情况下，重新做了一遍测试。结果恒温区达到了150mm(100mm以上合格)。

当我结束测试步出厂房的时候，月亮已经落下，东方刚刚发白。在起床号响过之后，广播里便传出了我们厂第一台扩散炉试制成功的消息。这是我在生产实践中第一次尝到成功的喜悦，切身体会到什么叫理论联系实际。

在这段人生经历中，还有一件令我特别难忘的事，那就是在小电珠微弱灯光下学日语的那些夜晚。

536厂所在的阳新"马鞍山"地区，干旱的夏天电力特别紧张。为了保证农业用电，上面规定无论是单位还是住家，晚上一律都不许开灯。到夜里，厂区一片漆黑。由于无事可做，很多人就早早地上床睡觉了。偶尔遇到风清云淡、皓月当空之时，大家便特别高兴，三三五五地搬着小马扎去摆"龙门阵"了。

我还算有点学习的习惯，不太甘心让这么多的时间白白浪费掉，就总想动脑筋搞点"小动作"。开始是用墨水瓶做个小煤油灯，夜晚点起小油灯可以看点书。后来发现，这个办法难以持久，一两个小时下来，鼻孔里全变成黑的了，而且呛得叫人受不了。有一次，偶然看到某杂志上登了个"节约灯"的小电路，便如获至宝，立即跑到附近的小镇武穴买了一个小变压器和一只 6 伏的小电珠，如法"炮制"起来。到了晚上，我就把变压器的一头插在电源插座上，凭借 6 伏小电珠的灯光开始我的日语学习。由于灯光十分微弱，这种"偷电"举动不易被发现；也许有人发现却宽容了，没有给"举报"吧。

当时学日语没有广播，周围也没有可以请教的人，就凭着下放前学得的"五十音图"，捧着《科技日语速成读本》一页一页地往下念。读音不准那是肯定的。经过一年多时间，我想检验一下学习效果，便开始尝试着阅读日文科技文章。尽管是词典不离手，速度也相当慢，但只要能看得下去，便有一种收获的喜悦。对我在这样的条件下学日语，很多人都不太理解。有人说："连你学了五年的电信都用不上了，还学什么日语！"他们说的，确是当时的现实。但我却有一个"反向思维"：知识难道真的无用了吗？如果一旦能派上用场，有准备总比没有准备好。这种认识便成了我学习日语的动力。

阳新"马鞍山"这个地方，靠近长江。一年四季中最难熬的是夏天，白天有太阳时酷暑难当，是个"小火炉"，又难得见到一棵树，连躲阴凉的地方都找不到；晚上山坳里没有一丝风。为了躲避蚊子的围攻，很多人都早早地钻进了帐子。虽然热些，但却安全，少了得疟疾之类疾病的后顾之忧。上床早，又热得睡不着，正好可以用读书来打发时光。席子早已被汗水浸泡得变了颜色。好在离长江近，那儿的水不缺，一个晚上我们总要起来冲上三五次澡，去一去暑气。热浪中的江滨，蚊帐中在小电珠灯光下的阅读，虽不像"挑灯夜读"那样浪漫，却也算得上是当时的一景，深深地印在我的记忆之中。有过这样一段经历，以后我在学习和工作中遇到环境和条件不理想，或碰到点困难，就都不在话下，能沉着应对了。细琢磨，这也是下放锻炼的难得收获，它成了我人生的财富。

071

翻译《书写电话》

1973 年的夏天，经过一番周折，我终于调到了刚刚恢复不久的人民邮电出版社，回到了已经阔别三年的编辑岗位。

眼前的一切已人事皆非。原来果木飘香的四合院式的出版社院落已被人卖掉了，我们临时在东长安街上那座始建于清朝的最早的电报局旧楼里办公。这是一座危楼，脚踩在地板上咯吱咯吱地作响，有的还漏了空，不小心就会踩穿地板，把脚伸到下一楼层去。出版社原有的图书资料已荡然无存，百废待兴，一切都要从头开始。所幸的是新的领导还颇有点眼光，陆陆续续从干校、工厂把不少出版社的"旧部"要了回来。散出去容易，把人要回来的难度就大了。为了我的归队，社里就与536厂整整交涉了两年时间。在"损兵折将"之后，恢复后的出版社费了很大劲才重新把架子搭了起来。杂志一本本地恢复，联络作者、组织书稿的工作也陆续开展了起来。

出版社恢复后，我还是在《电信技术》杂志编辑部工作。有一次，我到北京电信器材厂找作者约稿，无意中发现他们那里放着一部叫"书写电话机"的设备，很好奇。经他们介绍，方知这种设备可以一边通电话，一边用书写笔向对方传送手写文字信息，而且只需占用一条电话线路。我觉得这很有意思，也很适合我国的国情，就当即向他们约稿。但厂里的人告诉我，这部机器是当时邮电部部长钟夫翔访日时对方作为礼品送给他的，还没有动过呢！他们倒也慷慨，说如果我有兴趣，可以把说明书借给我。我想，这正是我测试自己所学日语管不管用的机会，就把全套说明书借了回来。差不多用了一个月的业余时间，我把说明书全部翻译了出来，然后根据自己杂志的定位，在介绍新技术的栏目中，编译发表了《书写电话》一文。这是我第一次利用自学所掌握的日文这一工具的"现学现卖"。虽然是初次演练，花的时间不少，而且最后的成果也只是不到2 000字的一篇文章，但我依然十分高兴。一是所学的日文有了用武之地；二是我尝到了译与写、译与编结合起来的甜头。发现经过自己的裁剪和编辑后，原文的可读性增加了，一般读者都能读得懂。由此，我体会到编译是对翻译能力、文字表达能力和逻辑思维的一种综合锻炼，这对于一个以编辑为职业的人，不失为提高编辑水平和写作能力的不错的途径。

《书写电话》一文发表后，有来电话索取更详细资料的，也有写信与我研究如何把技术变成产品的。兰州一家工厂还专门派人到北京找我"讨教"。由于我掌握的只是说明书上写的这些，再加上自己的一点肤浅理解，未免令对方失望。但通过这件事，我体会到多掌握一种语言的好处。真的是"多学会一种本领，就多一条路子"。利用自己所掌握的工具不仅可以为读者服务，还可以为把知识和技术转化为生产力服务。

造访北原安定

大约是 1984 年，在一个偶然的机会，我看到一本叫《电信革命》的日文书，初步翻了翻，觉得内容很新。这本书的作者是国际上知名的通信专家，时任日本电报电话公司(NTT)副总裁的北原安定先生。当时，正值信息革命的浪潮席卷全球，北原安定先生在书中回顾了人类历史上的四次信息革命，提出当前我们正处于第五次信息革命阶段的观点。并指出，新的一次信息革命的特点便是计算机和通信的融合，即 C&C。他还提出了高度信息化社会的概念，并给我们描绘了 21 世纪将出现的信息技术、信息网络以及各种崭新的电信业务。这本书不厚，但信息量很大，有许多新的知识，看后真有茅塞顿开的感觉。

当时我正与王天一同志一起主编《国际新技术》，因此首先想到的是能否把它翻译出来登在杂志上，以飨读者。因为这本书里的内容与我们刊物的办刊宗旨十分贴近。正好在我们这个团队里，有好几位学日语的年轻人，我便找了其中的朱幼文同志，与他合作完成了这项工作。译作在《国际新技术》上连载了几期。后来被展望出版社社长阮波同志看中，将它汇总后于 1986 年收入"展望丛书"正式出版。

北原安定先生的这本书在日本曾引起很大的轰动，创造了一年内重印 15 次的纪录。译作在中国发行后，也有相当大的反响，一时间，信息化社会、信息革命、INS 技术等一类新词时髦了起来，人们对数字化的未来也满怀期待。

1984 年，北原先生又出版了《INS 技术》一书。INS 是 Information Network System 的缩写，译成中文便是"信息网络系统"。在国际上，它还有另一个更通用的名称，那就是现在人们常挂在嘴边的 ISDN，意即综合业务数字网。北原先生在这本书里介绍了如何采用数字化技术，实现多种通信技术和计算机的融合，以更有效地进行信息的传输、存储、交

073

换和处理等。这本书对于正在兴起的现代化信息网络系统的建设很有指导意义。

当时有两位作者向邮电出版社报译这本书。责任编辑考虑到这两位作者虽有较扎实的日文功底，但都不是学电信的，怕翻译中在专业性上出现问题，因而便动员我参加进来。我曾经给自己立了个规矩，即不在本社出书，免得有"近水楼台先得月"之嫌。对于这次译书，我也是坚守这个原则再三推辞的，后来编辑为难地说，找了一圈还是找不到一个合适的人，希望我能"支持"一下。就这样，我勉强接受了任务，承担这本书十章中的五章翻译工作，并兼任全书的审校。这是我第二次接触北原安定的著作，又一次为他对信息技术的精辟见解和睿智远见所折服。

翻译书稿涉及知识产权问题。为此，我走访了 NTT 北京办事处，向他们咨询如何才能取得这本书的中译本版权。由于工作上常打交道，他们便友善地帮我出了个巧妙的主意。他们让我直接给北原先生写封信，说明原委，并请他为本书的中文版写个前言；如果北原先生同意写前言，他也就自然同意你们翻译他的书了。我照着他们说的办法办了。写好的信也由他们转交给北原安定先生。不久，就收到北原先生经 NTT 北京办事处转给我的信，信中附有他的《致中国读者》。北原先生说："我是本书作者北原安定。这次，本书得以在中国翻译出版，被介绍给贵国广大从事电信和信息处理事业的人们，使我感到非常荣幸。……我认为，这种能够超越空间和时间、利用光通信技术的 INS，对于国土辽阔的中国来说是理想的通信系统。"最后，他还诚恳地感谢包括译者在内的为把这本书呈现在中国读者面前而作出努力的所有人。

通过以上两本书的翻译，我初"识"了北原安定先生，走进了他所描绘的无比美妙的信息世界。受此启发，我陆续写了一系列介绍信息技术的科普短文，如《什么是信息》、《信息革命的一幅蓝图》等等。当初毫无目的的日文自学，而今得到如此多的收获，并在自己的生命旅程中留下一道淡淡的痕迹，这的确是我所意想不到的。

《INS 技术》中译本是 1989 年 7 月出版的。说来也巧，就在这一年的 12 月，根据邮电出版社与日本电气通信协会所签订的交流备忘录，组织上派我以代总编的身份出访日本。我立刻想到，这是面见北原先生的难得机会。于是在临行前，带好了两本《INS 技术》中译本。抵日后，在对方征求我们对访日日程安排的意见时，我向东道主说出了欲见北原安定先生的想法。对方欣然作了安排。

12 月 8 日，在日本电气通信协会常务理事远藤先生的陪同下，我来到 NTT 总部。这时的北原先生已是 NTT 顾问。当他接过我送给他的系着红绸带的中文版《INS 技术》时显得十分高兴。在轻松的谈话过程中，他问我："你是在什么地方学会日语的?"我说："在山沟沟里。"怕他不理解，便把我学日语的经过大致说了一遍。他听了有些惊讶，连声说："很难得，很难得!"见他

1989 年在 NTT 总部造访国际著名电信专家北原安定先生（右二）

夸奖我反倒不自在起来，赶忙说："我学得很不好。到现在还是只能看，不会说，你看，今天我来见您还不得不带翻译呢!"我还告诉他："日语语法变化多，我一时还掌握不好，现在看看本专业的日文书还行，若是文学作品就只能望而却步了。"北原安定先生点点头说："有这点精神就很好。如果中国有许多像陈先生这样的人，通信的发展一定会非常之快。"我想，他是指我在翻译引进国外先进技术方面所做的工作，是对这项工作意义的肯定。

大约在过了两三年之后，北原安定先生应中国通信学会的邀请在人民大会堂作过一次报告。我聆听了他的那次演讲，并组织翻译了他的讲稿，刊登在我社出版的《电信科学》杂志上。

今天，人类已经进入了 21 世纪。当我重新翻看 20 年前北原先生写的那两本书时，深刻地感受到他思想的深刻，预见的准确。感谢北原先生给了我两次很难得的学习机会；也感谢那磨炼人的岁月，给了我不畏艰难的求知勇气。

七、他山之石

互补与互动

30 余载的编辑生涯，我大多时间是在办刊，有专业刊物，也有科普刊物。后来到了总编岗位，开始接触编书、审书。我不太满足于这种在管理角度上的接触，于是便寻找机会，亲身体会那写书、译书、策划书和编书的甘苦。

编书和编刊虽各有特点，但也有一些共同点，而且在它们之间存在着某种"互补性"。譬如，刊物周期短，上稿量大，接触的作者相对较多，在选题资源和作者资源的积累上相对具有优势。我们可以利用上述优势，在较广泛的作品资源基础上，优化、提炼出一些有分量的图书选题来。同时，还可以在较广泛的期刊作者队伍基础上，为出书物色到合适的作者。20 世纪 70 年代，我在《电信技术》当编辑时，曾根据当时读者的需要，在杂志上相继推出"晶体管在载波机中的应用"、"长途载波电路九项指标测试"等一些专题讲座，还刊载了一批关于载波通信的有影响的系列文章。这些内容后来都结集成书，收到了很好的反映。一些期刊作者也因此成了书的作者。这是对期刊资源重新整合利用的成功尝试。期刊的专题和讲座大都是编辑精心策划和下大力气组织的，完全可以作为出书的基础。只是从刊到书，是由一种媒体形式变换为另一种媒体形式，需要在编排上体现书的特色，或加入一些新的"元素"。对于这一点，当初在意识上比较淡薄，因而大都只停留在把刊上的文章分分类，排个序的"汇编"形式。

通过 2004 年的一次图书评奖，我对上述问题有了进一步的认识。在这次评奖的参评图书中，有两本书都源于同一位作者在报刊上发表的文章，内容相同，且在出版日期、发行量上也难分伯仲。但其中一本基本上是对报刊文章的简单"移植"，有较明显的"汇编"痕迹；而另一本却根据书的特点对内容作了较精心的编排，并在每个章节前增加了提示语、导读，还配上若干幅漫画式插图，选了一些相关的格言、警句等穿插其中。经过编辑的这一番工夫，呈现在读者面前的书便是另一番景象。这主要是编辑工作所起的作用。

通常，我们把将一部书稿变为图书成品的过程中，编辑的介入深度、介入广度和介入质量等，统称为编辑含量。原作的质量是一本书的基础，可以说是起着决定性的作用。但这并不是说编辑的工作就无足轻重。相反，编辑通过对作品的理解，可以融入自己的创造性劳动，为原作补拙添彩，增加它的附加值，并使它在内容与形式的结合上更臻完美。

报纸、期刊出版周期短，因此常被用来作为图书的有效宣传载体。特别是在读者对象相同的书和报刊之间，往往具有更好的互动效果。当编辑的，不管是编书还是编刊，都要善于借助相关媒体的力量，为我所用。

其实，互补与互动不只存在于书与刊之间，也存在于书刊一类纸媒体与影视媒体、网络媒体之间。例如，百家讲坛的热播，带来了《品三国》、《于丹〈论语〉心得》等一类书的热销，甚至于带来了易中天一些早期作品的升温；《狮子王》、《玩具总动员》一类迪士尼动画电影的播出，同样带动了相关图书与商品的销售。在像今日这样多种媒体争锋以及市场经济活跃的年代里，互动环节的设计以及巧妙的时机选择，都已成为出版家和编辑所必须驾驭的一项技能。

由此，还可以进一步引申出立体出版的概念。就是说，将同一个出版资源以多种形式重复利用。众所周知，迪士尼推出的大片并不算多，但每推出一部，便以多种形式跟进：图书、期刊、玩具以至 T 恤、钥匙链等，一样也不落下，大有铺天盖地之势。不仅赚足了眼球，也装满了腰包。这不是简单的"以量取胜"所能达到的，主要还是靠它的精心策划和准确定位。记得当年迪士尼卡通电影《狮子王》热播的时候，"童趣"出版公司就同时推出了 13 种版本的《狮子王》。我颇有点不解，便问当时的

"童趣"老总："这样做是不是会自己与自己争夺市场，使有些书没有销路?"他的回答是："这 13 种书对象不同，种种都有市场、有盈利。"这确实出乎我的意料。

一个优秀出版资源的开发往往是厚积薄发的结果，需要投入相当大的人力和物力，如果利用得不充分，岂不可惜! 定位准确的立体出版，不仅可以实现多种媒体的互补与互动，还能充分发掘选题资源的潜力，谋求效益的最大化。

对于科普作品来说，我想顺带陈述一个观点，那就是一个好的选题资源也需要不断"养护"，让它与时俱进，永葆青春。在科普作品里，也有一些像《十万个为什么》、《小灵通漫游未来》这样的"老字号"。它们都是在特定历史背景下成就的精品佳作。但科学技术的发展实在太快了，当年的幻想不少都已成为现实，当年是问题的问题可能今天已是家喻户晓，而一些新的问题却成为这一代读者新的关注点。因此，以现代科学技术为题材的普及读物，大都存在需要修订的问题。由于没有及时修订，有些出版社出版的曾盛极一时的书现在已变得无人问津，一个费了九牛二虎之力开发的好选题也就此被废弃了，这实在是可惜! 但上面列举的两本书不在此列。由于作者、出版者抓紧修订，重续前缘，境遇就大不相同了。

以上提到的两种书都与叶永烈先生的名字有关。我手头有一本叶先生签赠的新版《小灵通漫游未来》。在这本书里，收录了叶先生重返科幻文坛后续写的《小灵通三游未来》，它透进了新世纪的科技曙光，又一次点燃起新一代读者的好奇心、求知欲，以及畅游未来的热情。《十万个为什么》前些时日也作了修订。在 e 时代，资料的收集、内容的更新以及图书的修订，在技术上都已变得相对容易，因此，只要我们思想上重视，并建立适当的修订机制，就可以对科普经典有效地进行保护，使它总是充满时代的气息，以新的面目呈现在读者面前。

一次写广播稿的经历

记得是 1987 年的某一天，中央人民广播电台的一位叫姜聚杰的编辑来找我约稿。第一篇指名是《信息漫谈》。我很自信地答应了下来，心想，这方面内容我在报刊上写过，现在浓缩成千把字的广播稿有什么难的？但事出所料，稿子"交卷"后，姜编辑并不满意，他先是提了一连串问题，后来干脆找了个星期天骑自行车来到我家，与我足足"切磋"了半天。从概念的准确性，专业术语的通俗化，直到文字表述的口语化。他虽不是学电信专业的，但所提的问题却很到位，都提到了"点子"上，绝无"吹毛求疵"的地方。特别使我受启发的是，他处处站在听众的立场上想问题、问问题，考虑他们能不能听明白，可能会有什么疑问。他说，广播不同于报刊上的文章，看不懂还可以停下来琢磨，广播得让听众一听就明白。因此，他坚持要把那些书面语言"口语化"，又要求把一些长句改成短句。这篇千余字的小稿就这样改了又改，来回折腾了好几遍才被姜编辑"放行"。我虽觉得很辛苦，但绝无怨言，相反，倒觉得收获很大。通过这次改稿，我知道了不同的媒体有不同的特点，不同的要求，不能千篇一律地对待。另外，姜编辑那种对千字短文所持的一丝不苟的认真态度，也使我很受启发，连我当编辑的妻子都说："这才叫'审稿'呐！"

此后，我又给中央人民广播电台写过几次稿，还被邀请去面对听众做过一次访谈节目。由于对上述第一次审稿的经历印象很深，就比较注意广播媒体的特点，一些广播传媒的禁忌也就尽量规避了。

我与姜聚杰编辑再次见面时，他已从科教栏目转到了经济栏目。前几年又听说他因身体原因已提前退休了。时隔20年，我之所以还常记挂着这位当编辑的同行，大概是因为对那曾经感召过我的精神的一种怀念吧。

邮票与科普

邮票被称为是"国家的名片"。在它上面，有古今中外的科学发明、历史文化、风土人情、山川风光等等，可说是应有尽有。因此集邮便成为一种高雅的文化活动。虽然我小时候并不集邮，对邮票也谈不上有什么爱好，但对它却并不生疏。因为，从我踏进邮电出版社大门之时，社里便有一个《集邮》编辑部，与我所在的《电信技术》乃是"兄弟刊物"。这样，沾"亲"带"故"、耳濡目染的，也就多少沾上点"邮"兴，对有关集邮的人和事也便略知一二。尽管，1983年《集邮》杂志和集邮类图书自立门户，成立了"中国集邮出版社"，隶属于中国邮票总公司领导，但隔了两年，它又成建制地并入了人民邮电出版社，两家人又成了一家人。以上便是我与集邮仅有的一点渊源。

尽管称不上是集邮爱好者，但色彩缤纷、文化内涵丰富的邮票对我还是有吸引力的，后来也不时地收集了一些，闲时拿出来欣赏一番。由于工作的关系，还多少认识了一些集邮界的朋友。

1983 年，联合国为了强调通信对人类发展和进步的作用，把这一年定为"世界通信年"。这一年，世界各国都掀起了宣传通信的热潮。我国也为此专门成立了"世界通信年中国委员会"。当时，《知识就是力量》杂志为了配合"世界通信年"作宣传，约我写一篇文章。我想了很久，终于受国外一本电信刊物的启发，选择了用邮票来反映通信的历史以及现代通信技术的这一新的角度和新的表现形式。

在我国，烽火台、邮驿都是古代通信的历史见证，不仅源远流长，还留下了许多传诵千古的历史典故和脍炙人口的诗篇；在欧洲，手执号角的信使和以接力方式延绵千里传递信息的遥望通信，也都是它早期通信的象征。许多国家都曾争相发行邮票，记录和反映这些历史的陈迹。至于近代电信，从电报始，经历了电话、广播、电视这些发展阶段，现在已进入了以光纤通信、卫星通信和互联网为代表的一个崭新的历史时期。这每一阶段的标志性技术以及它们的发明者，无不在邮票上得到反映。就这样，我把自己要写的文章的题目定为《邮票上的通信》。

这是一个跨越科技与人文两个学科的题材，还多少要涉及一些邮票的设计艺术，因而写起来有一定的难度。特别是像我这样本身没有集邮藏品的人，更觉得缺少点"资本"。但我非常乐于进行这样一次新的尝试。

我早就听说集邮家朱祖威先生以收集外国邮票著称，就专程去拜访了他。那真是"无事不登三宝殿"，我首先说明了来意。没有想到，对于我这个没有太多交情的不速之客，朱先生表现得十分热情而又慷慨。他把他的珍藏一件件摆出来任我挑，任我选。我选了与"通信"有关的各国邮票数十枚，其中不乏罕见的珍邮。临走时，我准备给他写一张借条。但朱先生手一挥说："不用了，我还不相信你！"我如获至宝，回到家里便面对这些浓缩了几千年历史的邮票珍品，研究起它的内涵和背景来，一种历史的沧桑感和厚重感不禁油然而生。我将邮票所表现的历史情景与这个时期的通信技术对接，开始了一次与以往不同的科普创作。

写这篇只有两千来字的文章，我总共花了一个多月的时间。与其说是在写，倒不如说是在学；虽说是写给别人看的，却觉得更像是在读给自己听。譬如，欧洲许多国家发行的邮票上，都绘有一位长着翅膀的女神，她到底是谁？与通信又有什么关系？由于我过去除了技术，很少接触到这类有关人文的问题，因此就得一个个去作寻根问底的考证。为了搞清它，我查了六本词典，最后总算搞明白了，原来她是希腊神话中的女神，名叫加百利(Garbriel)。由于她专事向人间传送佳音喜讯，因而被奉为人类通信的保护神。又如许多国家都发行了贝尔、马可尼、波波夫等电信发明家的纪念邮票，而在这每一枚邮票的背后，都隐藏着一个或若干个动人的故事，或记录着某个改变人类历史的时刻。我必须从中选出最典型、最有表现力的邮票，在内容上把它们串接起来，以大体勾画出人类通信发展的脉络。

文章发表后，据说反映不错，还获了奖。受这篇文章的启发，后来人民邮电出版社拓展了选题，出版了《邮票上的科学》一书。我也是这本书的作者之一，写了其中的第4章"通信博览"。

通过以上这件事，我猛然醒悟，原来科普可以换一种思路和形式，邮票也可成为它的一个载体。邮票是一种文化，一种艺术；科技与艺术结合，不仅开阔了视野，还使人们在接受科技知识的同时能获得一种美的享受。科普与文学、艺术的交融，将赋予科普以更加生动的形式。

上面说了我用邮票来普及通信知识的一点体会。除此之外，我还有一次让科普为邮票设计服务的有趣经历。

大约是在1996年下半年的某一天，我接到邮票发行局一位朋友的电话，说要介绍两位邮票设计家来见我。来访者是在邮票设计上颇负盛名的王虎鸣和阎炳武，他们是为"中国电信"这套邮票的设计而走访我的。如他们在一篇文章中所说的："当1996年我们接手这套邮票设计时，心里确实没底。我们虽说是邮电部的人，但电信是一个未涉足的陌生领域……对于其原理却是一窍不通，有许多名词都从未听说过。我们只好'临时抱佛脚'，请邮电出版社的总编陈芳烈给我们上了一堂电信科普课。"

给邮票设计家谈电信科技就像他们给我讲美术设计理论一样，"隔行

081

如隔山"，的确是一件不那么容易的事。我就像写科普文章一样，尽量用一些通俗的比喻，着重向他们介绍了能反映中国电信发展的一些最新技术以及百姓所关注的热点，"掰开揉碎、由浅入深"，足足用了两个多小时的时间。后来我才知道，这类题材的邮票，1987年、1988年都已设计过，但评审时没有通过。可能是由于邮票表现邮电自身，大家的期望值过高的缘故。这次两位设计家的作品获得通过可以说是一次突破。真想不到科普还能为邮票设计助力。

1997年，为配合王虎鸣、阎炳武先生设计的《中国电信》邮票的发行，我先后在《集邮》杂志和《中国邮政》杂志上以《风景这边独好》为题发表文章，解读《中国电信》邮票的主题思想，再一次反借邮票这种艺术形式，向大众普及了现代通信知识。

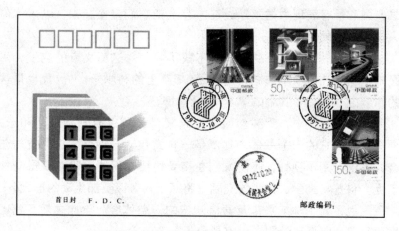

1997年发行的《中国电信》特种邮票首日封

这一次经历告诉了我，科学与艺术不仅相通，还可以相互服务。一个科普作家，除了写文章之外，还可以拓展思路，寻找更多的能为大众服务的新形式。

初涉影视

电影、电视以其生动逼真的视觉形式，以及容量大、传播面广等特点而深得受众之青睐。在科学技术领域，它们也是传播和普及新科技知识和技能的一个重要手段。一些科技频道的热播，科幻大片所引起的轰动，都足以说明其影响力之大。

对于通过影视媒体普及科学技术知识，我虽然向往，但总觉得离自己有点远。没有想到，上世纪 80 年代一次偶然的机缘，却拉近了我与它们的距离。

上面已经提到，在 1983 年"世界通信年"期间，我应《知识就是力量》之约写了篇题为《邮票上的通信》的文章。当时就有一些人觉得，用邮票来普及通信知识是个不错的思路；邮票号称"国家名片"，在这个方寸之地有着十分丰富的科学、艺术、历史、人文内涵，它既然能很好地反映通信发展的历史，也同样能反映其他科学技术领域，因而有人提议以科技与集邮为结合点，拍摄电视片《邮票上的科学》，以丰富青少年的"第二课堂"。这个意见被有关方面采纳了。

1986 年，经过一番紧锣密鼓的筹措，由中国科协青少年工作部、中央电视台社教部、中国通信学会科普读物研究会以及人民邮电出版社，共同组织摄制完成了《邮票上的科学》电视节目。紧接着，为配合这个电视节目的热播，人民邮电出版社于 1987 年 5 月出版了第二课堂丛书《邮票上的科学》。

083

参加《邮票上的科学》电视节目脚本编写的有集邮家，也有像卞德培、王渭这样兼有集邮家和科普作家双重身份的人，还有像我这样只熟悉科普写作而不那么懂集邮的人。不管是什么身份、背景的人，大家都是初涉影视，不懂得如何去创作影视作品。为了把电视脚本编写好，主办单位把参加脚本编写的人员都集中到了怀柔，在那里开始艰难的"角色转换"。

担任这部电视片导演的是中央电视台资深编导程仁沛女士。她对脚本的要求十分严格。我的稿子先后被"推倒"了三次，一遍一遍、一字一句地修改。其中给我印象最深的是，她要求少用文字和画外音，多用形象"语言"。所以，我写的脚本在文字上删了又删，压了又压，最后只剩下了不足千字。相应地，却强调了邮票的表现力，增加了一些外景和实物的配合。

以邮票来普及科学技术知识，首先必须在大量的邮票中选择那些最能反映科学普及主题的素材，并将它们巧妙地串接起来。例如，电报的发明揭开了现代电信的序幕，具有划时代的意义，因而各国发行的、反映这一历史事件以及发明家莫尔斯的邮票少说也有数十枚。在我们的节目里选用哪枚邮票，不仅要从邮票的艺术设计价值和品相方面考虑，更主要的是要考虑邮票所表达的主题与节目的总体构思是否吻合，力求实现最恰当、最完美的表达。因此，我们便选用了以 1844 年 5 月 24 日这个重要时刻为背景的一枚邮票。那一天，"在座无虚席的国会大厦里，莫尔斯用他那激动得有些颤抖的双手，发出了人类历史上的第一份电报：'上帝创造了何等奇迹！'"

怎样用数量有限、题材离散的邮票去表现连续的历史，避免因受手头邮票的限制而出现叙述上的跳跃，这也是脚本写作中遇到的一个难点。不仅需要调用相关的实物或场景拍摄作补充，还要在承上启下的"编织"上下工夫。另外，虽然我们所要传递的是科技人文知识，但要以邮票这种艺术形态为载体，因此在语言上也有很多讲究。所有这些，对于习惯于写叙述体科普文章的我来说都是一次新的挑战，也是一次难得的学习机会。

令人意想不到的是，《邮票上的科学》在中央电视台播出后获得好评，连续几年一直热播不衰。1989 年 4 月，在山东济南召开的全国电视教育系统教育节目首届评比会上，它还获得了科普类节目二等奖。据编导说，当时选送的就是我写的《通信博览》这一集。作为这个节目的延伸，中央电视台随后还组织了一台"邮票上的科学文化知识竞赛"，更扩大了宣传效果，并使这种通过邮票普及科学技术知识的形式更加深入人心。后来，这部片子又在日本东京举行的某国际评比中获奖，选送的依然是《通信博览》这一集。

《邮票上的科学》的成功，首先在于有一个好的点子、好的构思；其次，还在于经验丰富的编导那种能以小见大，通过邮票的方寸之地去反映波澜壮阔的科学发展的不凡立意；在于它巧妙地运用电视的表现手法，把镜头从一枚枚静态的邮票延伸到动态的外景、实物和现场拍摄，形成恢宏的气势，从而大大丰富了邮票艺术的表现力。在这个节目中，我只是写了其中的一集，但却尝试了一种新的科普形式，学到了用形象语言表达深刻科技内涵的一些方法。

对于影视科普，我虽然只是初次尝试，但它的魅力却深深地打动了我。因此，在日后一段时间里，我一直在留意类似的机会，希望对影视科普的规律能有更多的学习和了解。

1990 年，由我执笔的《打电话的学问》在中央电视台播出。由于正赶上电话装机热，因而在节目的开头，便有排成"长蛇阵"申请装电话的场面，由此引出经济发展促使电话迅速进入普通家庭，引起尖锐的供需矛盾的话题。紧接着便以一组接着一组的画面，展示了电话在传递信息、联络感情、应急救险等方面的重要作用。然后，便从人们接触最多的电话机入手，进入如何正确合理使用电话的主题。借助影视拍摄的技巧，"打电话"这件极普通的事被演绎得十分具体，从原理到具体操作，由普通电话到程控数字电话。最后，还介绍了如何使电话保持畅通的常识。

通过这个节目的写作，我尝试了以新闻为切入点，把科学普及与时下百姓的所思所想拉近。在广泛收集电话使用中的各种问题的基础上，尽量做到有的放矢，不浪费宝贵的屏幕时间。另外就是尽量利用画面语言，把解说词写得准确凝练一些。

此后，我还参加过中央电视台 1995 年 5 月 17 日"世界电信日"专题节目《与你同行》的策划，以及 2003 年春节《欢乐英雄》科技制作竞技环节的录制。这些节目有一个共同的特点，那就是"娱乐包装，科学内涵"。基于它的娱乐性，一般都很重视互动环节的设计，常常可以看到台上台下打成一片的热烈场面。另外，就是时空上的突破。例如，在《与你同行》节目中，主持人根据需要，一会儿调用原先录制好的人们排队申请装电话的场景，一会儿又进入超时空的即兴采访，应用自如，游刃有余，彰显影视媒体的超凡优势。《欢乐英雄》还把许多竞技项目放到演播现场之外进行，将真情实景与演播现场进行对接，既富有感染力，又能调动起热烈的气氛。

影视，使原本比较刻板的有关科学技术的讲述，顿时由静变动，在变化莫测的过程展示中给人以悬念、以思考，使人感受到科学技术的神奇魅力。所有这一切，都是在观众的参与之下进行的，因而使人感到真切难忘。

把影视媒体用于科普，我的了解十分粗浅，只能说是有过一点接触而已。但毕竟已经领略到了影视这个神奇世界的"冰山一角"，使我感受到科普创作真是山外有山、天外有天，有许多新的领域和新的问题值得进一步去探索。科普作家应该紧跟时代步伐，从传统的创作手法中走出来，走进五光十色的影视领域和多媒体世界，创作出更能使读者喜闻乐见的作品来。

与网络结交

20 世纪 90 年代，互联网进入了我们的视野，并迅速成为推动全球经济、技术和文化发展的强大动力。媒体上有一组数字可以说明它的发展之快：无线电广播从问世到拥有 5 000 万个听众，用了 38 年的时间；电视拥有同样的观众用了 13 年时间；而因特网从 1993 年向公众开放到拥有 5 000 万个用户，只用了 4 年的时间！

1998 年，正当我办理退休手续之时，接到邮电部电信总局于仁林先生的电话，说他正在筹建电信总局的门户网站，邀我加盟。当时我有一种矛盾心理：一方面觉得自己对于互联网知之甚少，怕胜任不了；但另一方面又觉得这是一个自己过去没有接触过的新媒体，应该学一学、试一试。后来，终于在于先生的动员和说服下，抱着学习和接受挑战的态度，我参加了"中国电信"门户网站的筹建工作，并先后在该网站担任了八年的总编辑工作。

互联网最突出的优点便是跨越时空的传播。"网站"的任务是把分散的、对我们有用的信息收集上来，经过合理的编排，以最快、最有效的方式传递到用户终端。

互联网是在多媒体技术基础上发展起来的，在实现图文并茂、声像兼备的多维信息传播上具有得天独厚的优势。怎样充分利用网络容量大的特点，采用静画和动画技术，增强对内容的表现力，激发起受众的兴趣，是我们遇到的一个新问题。几年来，随着网络带宽的不断拓展，网站的内容越来越丰富，表现形式也更趋多样。

比起以往办杂志来，网站的时效性更强了。所以如何建立畅通的信息渠道和有效的内容更新机制，让网站"动"起来，也成为网站生命力的重要标志。在这方面，我们投入了很大的力量。

如同以往关心期刊发行量的升降一样，办网站的人也特别关心它的点击率。对一个以"交互性"为显著特点的媒体，网站上任何一个细小的疏忽都会被用户发现，并通过网络反馈过来。这对网站工作的改进是一种促进，它督促我们加强责任心，尽量过滤那些不准确或不健康的信息。

后来，由于电信体制的调整和运营企业的拆分重组，中国电信总局的网站演变成了中国电信集团的企业网站。尽管网站内容是按企业网站定位，把企业信息和企业产品作为主要宣传内容，但也留出了一个面向普通百姓的科普窗口，那就是"通信博览"这个栏目。

在"通信博览"这个专栏里，开辟了"电信发明史话"、"电信大事记"、"答读者问"、"名词解释"、"缩略语"、"图片长廊"等栏目，受到读者的欢迎。对我来说，这也是把科普创作从纸媒体、广播媒体、电视媒体再向网络媒体延伸一步的探索和尝试。

国际电信联盟副秘书长赵厚麟（中）访问"中国电信网站"；左为中国电信网站开创者于仁林

应该看到，随着电视媒体和网络媒体的出现，人们获取知识的方式和阅读的习惯已经发生了很大的变化。面对荧屏、敲击键盘，已成为这一代青年人新的时尚；在互联网的海量信息里搜索或下载自己所需要的东西，已成为一种新的阅读趋势。我们的科普创作如何适应这样一种时尚和趋势，改变创作观念，更新创作手段，在注重作品的时效性的同时，充分利用网络的交互性，这是我们急需考虑的一个问题。

2004 年 9 月 1 日，我与中科院文联主席郭曰方曾应 CCTV. com 网站之邀，走进他们的"聊天室"，就科普这个话题与网友作了一次屏幕对屏幕的交谈，亲身体验到互联网带来的便捷以及它交互性、即时性的特点。这些年，博客的出现进一步拓宽了互联网的交流平台，使科普作家和其他一些公众人物可以借此就大家感兴趣的问题与网友进行有益的、饶有兴味的对话。无线因特网的普及使我们通过手机、手提电脑等移动终端也能上网获取信息，进行网上沟通。它必将催生手机写作的盛行。在不同形式的网络作品中，科普作品应有什么样的地位，它会以什么样的形式出现，这也是需要我们进一步探究的问题。

八、策划实践

20世纪60年代初，我开始当编辑的那个时候，出版社从领导到领我进门的"师父"，给我讲得最多的莫过于"把好关"、"站好岗"。因此，在往后的多年编辑工作中，我总是牢记教导，把选稿、审稿、改稿作为自己的神圣使命，苦练"防守战术"。

也记不得是从什么时候开始，出版界引入"策划"这个概念，而且很快得到认可，风起云涌地推广开来，成为一种时尚。与此相适应的，编辑这个行当也开始细分，分为文字编辑、策划编辑等。

089

什么是"策划"？引入"策划"概念到底有什么意义？对此，我没有深入研究过，只有一些十分粗浅的理解。我认为，"策划"就是将编辑的工作重心前移，把以往事后的把关转为强调事前的介入。换句话说，就是通过"运筹帷幄"，以取得"决胜千里"的效果。策划要求编辑变被动为主动，在营造图书精品的过程中发挥主动性，融入自己的智慧和创造。策划是对图书从拟定选题到出书后营销的全程谋划、全程监控，包括影响图书产品质量以及销售的所有环节。从某种意义上讲，策划概念的提出是对传统出版模式的一种颠覆。它更强调书刊质量的可控制性和发挥编辑主观能动性的重要作用。从另一角度看，它也对编辑提出了更高的要求。它要求编辑不但熟悉本行本业，还要有更广泛的涉猎，具备更全面的知识；要求他们有市场观念和经济头脑；还要求有驾驭全过程各个环节的组织协调能力。所以，接受策划的观念不一定便具有策划的能力。做好书刊策划需要学习和积累。因为编辑是一门实践性很强的学问，只有通过实践积累大量案例，分析每次实践成功和失败的原因，才能取得经验，成为策划的高手。

初尝浅试

20 世纪 90 年代中期，随着科学技术的迅速发展，新的通信技术和通信业务不断涌现，通信的手段也日益多样化，并进入普通百姓的生活。其变化速度之快是前所未有的，用"日新月异"来形容毫不为过。在这样一个大发展、大变革的时代，人们愈发感到普及通信科学技术知识的必要性。我的科普策划实践也就是在这样的大背景下开始的。虽然当时尚无有关这方面的清晰概念，但是已经不自觉地走上了策划之路。

1996 年，由中国邮电部电信总局("中国电信"的前身)主编的《电信新技术新业务丛书》和《电信业务使用手册》同时推出，共 30 多个分册。我参加了这两套书的策划。

书分两套，是出于不同的读者定位。很显然，前者是面向从事技术工作和管理工作的业内人士的，属专业科普；后者则是为使用电信业务的普通用户编写的，属大众科普。确定读者定位是很重要的一步，也可以说是"基础"。它是进一步决定这两套书内容、形式和具体写法的依据。《电信新技术新业务丛书》突出一个"新"字，试图通过这套书把近年来出现的电信新技术、新业务逐一向电信技术人员和管理干部作一介绍，以达到更新知识，把握技术发展脉络的目的。但它又有别于专著，要求简明、深入浅出，在有限的篇幅(每本约四五万字)内把主要概念讲清楚。这也是这套书的一个难点。《电信业务使用手册》具有很鲜明的"实用性"，要使没有电信专业知识的人一看就明白，在看过之后还能使用这项业务。因此，对于这套书叙述的通俗性、形象化就有更高的要求。为了便于读者理解，在一些分册里，还要尽量配一些生动的插图或漫画。这也有助于提高读者的阅读兴趣。

从读者定位到特色定位，要使每位作者都心知肚明。特别是套书、丛书，如果大家对定位没有一个明确的、统一的认识，就可能会出现各凭各的理解行事，写出来的东西难以成"套"的结果。另外，对于"通俗化"、"实用性"等一些原则，也可能会有不同的理解，所以事先交待清楚策划意图，在编写过程中的不断交流和磨合就显得十分必要。

在策划上述两套书的过程中，我们采取了一项重要举措，那就是对作者进行了集中"培训"。由于这两套书与电信的技术和业务关联十分密切，因而作者也只能在业内的技术人员和管理干部中找。这些作者都有较深厚的专业基础,不乏硕士、博士,他们虽有高昂的热情,但大都初次写作,特别是对如何写科普作品一时还找不到感觉。针对这种情况,主编单位果断地决定把作者请到郊区,组织了一次"如何写科普书"的集中培训。

我应邀为这次"培训"讲课。当时讲的内容主要是如何明确"定位",把握好"起点",以及如何把本来专业性较强的新技术和新业务讲得让既定的读者能够读懂。特别是讲了如何避免用一般读者不太好懂的专业名词解说专业知识的问题。我认为,创作科普作品要在"铺垫"上下工夫。要作好铺垫,首先要有"换位"意识,即处处为读者着想,把他们的需要和接受能力作为依据,来考虑书的内容和讲述方法。为使读者容易理解,有时还需要调用举例、比喻等手法和配置插图等形象化的表达方式。另外,科普作品在标题上也很有讲究,要做到生动、能吸引人,而不能照搬专业图书的标题……

这次培训是"真刀真枪"的。很多作者都是带着自己写的提纲和样章来的。一面结合实例分析切磋,一面便修改自己的写作提纲和样章。我们发现,这样做的效果很好,可以帮助作者更深入地理解策划方案。所有的书交稿后,我们还组织了一次审稿会,除了为书稿质量把关外,也检查了策划方案的落实情况。

这两套书的策划还有一个特点,那就是从一开始便考虑到营销问题。由于选择与通信企业联手,邀请通信企业的技术人员和管理干部共同参与策划,参加写作,当书出来后,他们便把它当做是自己的成果,对书的发行给予特别的关注。这两套书每本首印都在 2 万册以上,有的还多次重印。这也是策划机制所起到的作用。

在这两套书的策划过程中,还引进了"立体出版"的概念。即在出书之后,立即组织了配套录像带的录制,在书和音像制品之间形成了很好的互动。使出版资源得到充分的利用。

《现代电信百科》的策划

我在出版社总编岗位上的时候,有一次接到上海电信部门一位领导的电话,他让我帮他找几本通俗一点的有关电信方面的书。说是市领导出国谈判，涉及电信方面的内容，急需参考。对像我们这样专门出版电信书刊的出版社，找几本电信方面的书，本该是小事一桩，但要找让一般领导干部也能看懂的，却使我有点为难。在我身后的书柜里，还有书柜顶上，堆的都是电信方面的书，但面向大众、通俗一点的图书却是寥寥。我只好找了几本相对来说比较浅一点的专业书给他寄了去，明知不能满足他的要求，也无别的办法。对此，我心里一直很过意不去。

我还有一个大学同学，在南方某电信运营企业担任领导工作。出版社出版新书时，我时而也选几本给他寄去。有一次，他在电话里坦言，给他寄书他很感谢，但那些大部头的书他实在是没有时间看。他问我，有没有简明一点的，在睡觉前翻一翻便可以了解一些最新科技发展梗概的书。

以上两件事给我的感触很深。我意识到一个专业出版社只出版专著、教材还不够，还需要有面向管理干部、面向大众的不同层次的科普读物。如果把前一类图书比做"正餐"的话，那么这后一种需要可以看做是"快餐"。这两种需要是互补的，它们因时因人而异，可以提供人们以多种选择。

092　　　　基于以上切身感受，这些年来，我写作了多本以不同层次读者为对象的通信科普图书，同时也萌发了要编一本面向社会、面向业内技术管理干部的"现代电信百科"的念头。为此，我曾找好些人酝酿过，但都说涉及面宽、工作量大，不好搞。后来好容易得到北京通信学会的支持，准备启动这项工作，但具体落实时，参加讨论的人意见不统一，有的觉得把高技术讲通俗了不好写，也有人对此不屑一顾，总之热情不高。这件事也就此搁了下来。

1998 年，我从邮电出版社退休，受聘担任中国电信网站总编辑。虽说也挂了个不小的头衔，但由于只管网站的内容安排等业务工作，担子比以前轻了许多。由于有了较多属于自己的时间，我又想起了这一未了的心愿，试图把搁置多年的《现代电信百科》的策划工作重新启动起来。这毕竟是一项不小的工程，我怕力难胜任，又请出了我的老同事、伯乐奖得主、邮电出版社的资深编审章燕翼先生。章先生虽年过七旬，但退休后一直没有中断过学习，能跟踪新技术的发展。另外，从创办《国际新技术》那时起，在科普方面我与他已有过多次合作，彼此配合默契。

经过近三年的努力,《现代电信百科》终于问世了。第一版是在浙江科技出版社出版的,首印 1 万册,填补了国内这类书的一个空白。又过了五年多,为了与日新月异的电信发展同步,我又组织了这本书的修订,于 2007 年元月由电子工业出版社出版了本书的第二版。

总结《现代电信百科》的策划和编写,我进一步体会到,把握书的定位至关重要。包括读者对象定位、内容定位和特色定位等。

因为同是"百科"类图书,可以有多种不同的定位,一旦我们把它定位为"普及",把业内的非专业干部以及广大的社会读者作为主要对象,那么书的内容取材和形式就要站在他们的立场和角度去考虑,要适合他们的需要;另外,还要尽量朝简明通俗、深入浅出的方向努力。这件事说起来容易,实施过程中却碰到了许多具体问题。譬如,在讨论内容的取舍时,往往会遇到求全、求系统性与读者实际需要和接受能力的矛盾,这时我们就要按照已确定的定位舍得放弃一些东西。为了求全,硬是把那些既定读者所难以接受的东西塞给他们,除了浪费篇幅,是不会有别的结果的。

策划工作碰到的第二个问题,就是如何创新。创新是图书策划所应追求的。但具体到每本书如何创新却要做具体分析。我们考虑,《现代电信百科》是一部普及型工具书,要在内容上创新是不现实的,但我们完全可以在选材上和形式上独辟蹊径,有自己新的思路、新的角度。于是,我们便在策划方案中提出了"求新、通俗、简明、实用"这四大特色,并调动各种科普手段来体现这四大特色,使这本书在众多的百科类图书中具有自己的个性。

"新"是这本书生命力之所在。"求新"就是要与电信科技的发展同步,在内容上、形式上给人以"现代"感。特别是电信行业,发展变化之快是有目共睹的,如果不能反映这种变化,讲的都是过了时的东西,再好的选题也会失去光泽。例如,在出版本书第一版的时候,BP 机还很风行,无线电寻呼业务方兴未艾;但事隔五年,当我们启动本书修订工作时,这项业务几乎已在人们的视线中消失,我们就毫不犹豫地把书中的相关条目全部删除。而相反,在同一时期,移动电话、因特网业务突飞猛进,还出现了第三代移动通信、无线因特网以及下一代网络等新概念,并催生了一批已成为当今时尚的新业务。这些内容不仅要增加进来,有的还需要重彩浓墨地给予介绍。从第一版到第二版，我们原计划修订量为1/3，可实际上却超过了 40%。

"通俗"是普及类读物的一个基本要求。通俗是相对的，通俗到什么程度取决于读者的定位。

有人不太愿意把自己的书写浅，写通俗了，认为这是"小儿科"，没有多大意思。其实，科普书与专著只是在功能上不同，面对的读者对象不同，并无高低贵贱之分。当年赵学田先生曾以一本《机械工人速成看图》创下了累计发行量达 1 千万册的奇迹，使几代机械工人受益；华罗庚的《优选法》使 0.618（黄金分割）几乎家喻户晓，并在各行各业获得广泛应用；谭浩强的《BASIC 语言》曾经为电子计算机的普及立下汗马功劳；……可见，通俗化的社会功能不可小看。

正如数学家华罗庚所说的："深入不易，浅出更难。"这在我们策划和组织编写《现代电信百科》时也是深有体会的。由于《现代电信百科》的条目都与电信专业有关，因此我们在选择作者时还是出不了电信行业这个圈圈。尽管作者中也有一些擅长科普写作的，写出来的东西比较合乎读者要求，但大部分作者的初稿都比较专业化。在这种情况下，我们坚持按照本书的定位，在保证条目释义科学性的基础上，力求把它改写得通俗易懂一些。这既是本书编写工作中的一个难点，也是取得成功的一个突破点。

科学技术有它内在的趣味性，但这种趣味性需要我们去发掘，有时还需"借题发挥"。《现代电信百科》是按条目化方式编排的，为了让人读起来不像查词典那样枯燥乏味，我们在各条目之间穿插了一些与内容相关联的科学发明、趣闻轶事等，实现科学与人文的交融。这一方面可在普及科学技术知识的同时，弘扬科学思想和科学精神，另一方面也能起到调节阅读、提高读者阅读兴趣的积极作用。例如，我以日本《无线百话》记载的史实为依据，写了一段《泰坦尼克号与 SOS》，从电信技术的角度解读了这场震惊世界的灾难。如果说电影《泰坦尼克号》是有关这一历史事件的"艺术版"，那么本书所记载的历史或许称得上是它的"科技版"。前者着重描述在这场灾难面前的人情与爱情，而后者却深刻地揭示了电信与人类生存和安全的休戚相关。

因为，酿成"泰坦尼克号"惨剧的直接原因之一便是电报出现了故障，致使在长达 7 个小时的时间里，它与外界完全中断了联系。在这段时间里，有关海上浮冰等信息它全然不知，独自在险象丛生的大海中"摸黑"前行，直至撞上了冰山。撞上冰山后电报虽已修复，但当它发出 SOS 求救信号时，附近灯光可见的船只上的电报员却在睡大觉，从而失去了及时营救的时机，最后演绎了一出"远水救近火"的活剧。像这样的传奇故事，不仅能生动地说明通信在航海中的重要性，还能说明通信"全天候"服务以及设备"双备份"的意义。像这样生动的故事，我们的科普读物何不拿来借用？

我在《现代电信百科》这本书里，还穿插了类似《杜达耶夫之死》一类以新闻为由头，实则解说卫星定位等现代通信技术的内容。我认为，这比一个接一个的技术条目罗列，就技术说技术要显得生动、活泼一些，更能调动起读者的阅读兴趣。

此外，由于百科类图书具有工具书的功能，必须"简明、实用"，方便查阅。所有这些都应该在策划中予以充分考虑。我们整本书采用条目化的结构，并在书末增加"常用电信缩略语"和"世界电信发展大事年表"等非常有用的资料，其用意也都是为了强化它的工具书功能。

图书的策划是一项系统工程，是对贯穿图书编辑出版全过程的各个环节的周密筹划，其中也包括书的发行。《现代电信百科》在确定编委会和写作班子成员时，既考虑到为保证本书的权威性，聘请业内著名专家担任编委和各部分的审稿人这一点，又顾及今后主要面向业内运营企业对口发行的实际情况，吸收了在各大电信企业第一线工作的技术人员和管理干部参加写作。他们的参与不仅拉近了这本书与第一线读者的距离，也增加了电信运营企业对本书命运的关注，为书的对口发行和推广奠定了良好基础。

一般，百科类图书不仅作者多，组织工作量大，而且所需的经费也不少，我对于能不能牵这个头，完成这项相对来说较为浩大的工程，开始并无十分把握。后来，受到电信业界一些朋友的鼓励，我决定走依靠电信企业这条路，并把浙江作为基地。

由于有浙江电信以及它下属的杭州电信、宁波电信、嘉兴电信、台州电信等一些企业的鼎力支持，写作班子很快便建立了起来。电信企业的领导和作者都把它看成是为自己出书，热情高涨，对本书的运作提供

095

了许多具体的帮助。

与电信企业联手，依靠他们，为他们服务，也是我策划本套书的一个重要指导思想。通过编书，出版社和我个人都结识了不少电信业界的专家和管理干部，其中有像杨剑宇、陈忠岳、徐光辉、张良、寿永飞等一批很有潜质的后起之秀。对于出版社来说，这是十分宝贵的资源。重视这些资源的利用，不仅可以为今后策划电信类图书投石问路和物色合适的作者，还可以通过这个业已建立的平台，争取企业对出版工作的支持。例如，在《现代电信百科》(第二版)出版时，正值全国光通信会议在上海召开，承办这次会议的单位就主动表示，可以在会议期间的"浦江夜游"活动中，为我们穿插安排这本书的首发式。这对出版单位来说，是既省钱、又省心的好事；对会议来说，在电信产业的会议上首发电信方面的书，不仅顺理成章，还增添了一道相得益彰的风景与和谐的插曲，真可谓是一举两得。

点击"e 时代"

2001 年初，广州新世纪出版社的丁志红副社长经人介绍来北京找我，提出想让我帮助策划一套反映"e 时代"的少儿科普读物，以小学高年级学生和中学生为主要读者对象。

e 时代，一个多么富有时代气息的名词！在我的脑海里，一下子便涌现出了如 e-mail、e-book、e-bomb、e-learning 等一连串以"e"打头的词来。的确，我们正生活在一个被"e"包围和覆盖的社会里。"e"正是这个时代的特征和缩影。如果我们能出一套书从不同的侧面反映这个所谓的"e 时代"，倒是个不错的主意。加上我所学的电信专业又是 e 时代的重要支柱，与"e"有着天然的联系，因此，我就爽快地接受了为这套书作策划的任务，最后把书名定为《e 时代 N 个为什么》。

摆在我面前的第一个问题是，社会上面向少年儿童的书不少，仅书名沾上"为什么"的，就有《十万个为什么》、《新编十万个为什么》、《新科技十万个为什么》等不下数十种，有的知名度还很高。现在，我们要以"e 时代"为背景编一套也叫"为什么"的书，没有鲜明的特色是肯定站不住脚的。因此，以什么样的特色吸引人，成为我需要重点思考的一个问题。

也可以说，是我进入策划的第一道坎。

首先，我感到科学技术的发展已使各学科之间的界限渐渐变得模糊，科学与人文融合的必要性也正在为越来越多的人所认识。我们的科普读物是否也应该"与时俱进"，从以往就某项科技谈科技的"直线"思维里走出来，充分反映各方面知识的关联性，给读者以一个较为宽广的视野？基于这样一种考虑，我提出了根据读者的年龄特点，每本书只选50个左右的知识点，以"一问一答"为中心，链接和"辐射"相关的科技和人文知识的总体构思。并要求配置精彩的图片，辅以名词浅释、名人名言、轶闻趣事等，构成一个个精彩纷呈、结构严密的板块。这里，我们之所以没有沿用已被大家叫熟了的"十万个"，而用"N个"这个不定数，一方面是考虑这套书强调的不是知识点数量之多，也不是知识的全面和系统，而更多地着眼于针对性、趣味性，以及知识的融会贯通。另一方面，也表明随着科学技术的发展，会不断出现一些我们有兴趣和有待探索的新问题。"N"在某种程度上也反映了知识的可拓展性。由于每本书的知识点数量有限，因此选好知识点便成为实现策划方案的重要一步。

原则的确定固然重要，策划方案的落实也不能掉以轻心。因为，对于同样一个原则，各位作者可能会有各自不同的理解；也不排除有的作者由于"惯性"，沿袭自己比较习惯了的写作思路和写作方法。这就需要以大家所认同的策划方案为依据，不断地切磋、磨合。为了统一认识，保证这套书出来后总的格调一致，我们先后召开了五次作者研讨会。其中的三次，出版社的领导和责任编辑都千里迢迢从广州赶来参加。我们认为，为了实现策划方案，这种在沟通上所花的工夫是必要的。真是俗话所说的："磨刀不误砍柴工！"

在进行图书策划时，我们总是希望把自己策划的书打造成为精品。但在实际工作中我体会到，营造精品也不是一件容易的事，它需要我们事事处处以高标准要求，每个环节都要做得"精湛"，不能急功近利，草率应付。譬如，在选定知识点时，我们就要求一个个"过滤"，把那些不够新的"老生常谈"、缺乏代表性的生僻内容，以及枯燥乏味、不能引起读者兴趣的，毫不留情地予以剔除，按精益求精的要求"框定"每本书的内容。虽然，这套书的15位作者都是国内一流的科普作家，已写过不少科普作品，但我们还是要求每位作者写出若干知识点的样稿，并在完成

097

后组织了一次交流；出版社还把这些样稿送到中小学生手中，倾听他们的反映，看他们是否能懂，是否喜欢，然后把意见再反馈给作者。

一套书能否实现策划方案，使它成为精品，其编辑含量也是重要因素之一。为了出好这套书，新世纪出版社调集了社内五六位骨干分别担任各分册的责任编辑。他们严格审稿，不放过任何一个问题，并经常与作者沟通，对提高书稿质量起了保证作用。虽然，在内容的取舍和某些细节的修改上，有的作者与编辑之间也曾有过不同意见，甚至发生过争论，但最后都统一在策划方案的总要求之下。

有的工作看来是细节，是可做可不做的，但也直接影响到书的策划效果。譬如，这套书的封面，出版社就曾拿出几套方案，在社内和作者中间广泛征求意见；书出来之后，这项工作本可画上句号，但出版社却请了4位作者到广州，认真地组织了一次作者与青少年的直接对话，拉近了作者与读者的距离，进一步扩大了这套书的影响。

《e时代N个为什么》首发式上，与小读者在一起

组织一套由众多作者参与写作的书稿，经常沟通是十分重要的。包括主编与作者、主编与出版社之间的沟通，以及每本书作者与责任编辑之间的沟通。因为策划方案毕竟只是原则，而且各人在理解上也可能存在差异，所以在碰到一些意想不到的具体问题时，还需要通过沟通与磋

商来解决。可以说，它是完成好策划方案的"润滑剂"。《e 时代 N 个为什么》这套书，从启动到出版，前后用了将近三年时间，往来信函盈尺。有对选材、表现形式的讨论，有在认识上的交流、切磋和在实践中对策划方案的补充和调整，也有对每篇稿件的具体审稿意见。出版社还为此出了几期"简报"。

《e 时代 N 个为什么》出版后受到各界的好评和读者的广泛欢迎。先后被列为"国家重点图书出版规划项目"、"十六大重点图书"，并得到"中国科协科普专项资金"赞助。后来又相继获得"冰心少儿图书奖"、"广东省优秀科普图书奖"等。

2007 年，经中国科协推荐，《e 时代 N 个为什么》还获得了"国家科技进步奖"二等奖。2008 年 1 月 8 日，党和国家领导人亲自出席的颁奖仪式在北京人民大会堂举行，包括我在内的 15 位作者和 5 位编辑共享了这一令人难忘的殊荣。

这些年来，我参加策划的科普图书还有《绘图新世纪少年工程师丛书》、《实用家庭科普丛书》、《20 世纪创造发明故事丛书》、《少年科技百年图说丛书》、《科学之谜丛书》、《高技术与 21 世纪生活丛书》以及《科学的丰碑》等十余种，其中有多种获奖。在通过策划探索营造科普图书精品之道的同时，也使自己多年的编辑工作实践经验得到了进一步的梳理和升华。我体会到，图书策划是编辑锻炼自己、提升综合素质和积累多种经验的一个绝佳途径。

099

九、梦回"童趣"

2003 年，是人民邮电出版社成立五十周年。纪念文集的编者约我写一篇文章，并点名要写我社引进《米老鼠》杂志那一段往事。我虽感到不好下笔，但作为这段历史的见证人之一，似乎也责无旁贷，觉得有必要把印记在脑海中那段不平常的岁月记录下来。因为它对邮电出版社来说，毕竟是一个带有开创性的转折。从那时起，我社作为我国第一个与国外合资办出版的试点开始新的探索，并作为一个专业出版社首次涉足于少儿书刊的出版。在这中间，有欣喜，有曲折，也有许多值得铭记的人和事。这些不仅丰富了我的人生阅历，对于后来的出版人或许也会有这样或那样的启示。因此，我便提笔写了篇《记忆中的"童趣"》，以了却自己一桩小小的心愿。这篇文章收录在我社为建社五十周年出版的《华诞回眸》之中。

不期而至的机遇

众所周知，邮电出版社一向以出版邮政和电信书刊为主。上世纪 70 年代开始涉足计算机图书，80 年代中期创办了《摩托车》杂志，进一步拓宽了出版思路。这在当时已被视为"立足本专业，面向大科技"的开拓之举。尽管如此，就我本人来说，根本不会想到今生还会与儿童读物打上交道。童年、童趣，只是远去的梦，离我已是那么的遥远。

然而在 1991 年，我却意外地与当时已蜚声中外的"米老鼠"邂逅。那一年的 6 月，以色列的 UDI 公司和丹麦的艾阁萌出版公司取得迪士尼的授权，来华寻找出版《米老鼠》杂志的合作伙伴，这是迪士尼为拓展亚洲市场投石问路所迈出的重要一步。经邮电部介绍，有一天 UDI 的总裁艾森伯格和艾阁萌出版公司的高级代表首次造访位于东长安街 27 号的我社旧址。对于两位不速之客的到来，我们是毫无思想准备的。由于对方一开始就提出"合资"办出版这一敏感的话题，所以我们也十分谨慎。根本没有想到，这次"投石问路"竟成了我社引进《米老鼠》杂志的谈判起点。

从 1％到 100％

直到今天仍然有很多人对《米老鼠》为什么会"落户"邮电出版社而百思不得其解。因此我也常常被人问及此事。在几年前的一次会议上，我与某少儿出版社社长邂逅。当着很多人的面他主动对我说起这件事。他说，合资办《米老鼠》最早找的是他们，他们回答说"这不可能"。但没有想到，这件事后来在邮电出版社却成了"可能"。言谈中，他颇有几分失之交臂的惋惜之情。关于在与我们谈合资办《米老鼠》杂志之前，外方曾与哪些国内单位接触过，当时我们是一无所知的。可能这也属于谈判"机密"，对方守口如瓶。后来随着谈判的进展，我们逐渐了解到，对方此前曾到过广州、上海和北京等地，接触了多家国内知名的少儿出版社，因无结果，最后才找到邮电部，并经邮电部引荐，与我们开始接触的。

为什么找"邮电"，外方开始的想法也很简单。因为杂志出来后是要通过邮政部门的报刊发行网发行的，在这方面，"邮电"肯定有优势。这也是两年的谈判过程中，邮电部报刊发行局的领导一直关注并参与其事的原因。

第一次来我社"探路"的是著名的以色列企业家艾森伯格先生和一位迪士尼专家，德国人。他们问了很多问题，大都是有关我们出版社的。我们一一作了详尽的回答。在听的过程中，他们频频点头。可以看出，来访者对我们的"第一印象"很好，因此第一次见面便提出了希望把迪士尼的出版物带到中国，以及要与我社合作的意向。谈话的起点很高，一开始谈的便是"合资"，而不是"合作"。当时我们如实地告诉他们，关于出版社对外"合资"问题，国家政策还没有"放"，也没有过先例。但当时我社领导层意识到，这是一个不期而至的机遇，很想闯一闯、试一试，

101

借此拓宽我们对外合作的思路和渠道，为出版社的改革开放探一探路。就是基于这样一种想法，或者叫做"愿望"吧，我们在向外方介绍了我国出版方面的有关政策后，表示对这项合作有兴趣，尽管没有这方面的先例，但是"我们可以努力，可以争取"。

"牵手"米老鼠与唐老鸭（1993 年）

人家都说"不可能"，而人民邮电出版社却说"可以努力，可以争取"。可能正是由于这样一种自信和执著，给客人留下了好印象和取得突破的一线希望，于是，他们便把脚步停了下来，一步步走到与我社进行合资谈判的谈判桌旁。

这件事给我最大的启发是，凡是自己认为值得做的事就应努力去做，即使开始只有 1％的希望，也要用 100％的努力去争取最好的结果。今天已具有一定规模，既出版《米老鼠》杂志，又出版其他少儿图书的童趣出版公司，正是由当年的 1％希望，通过无数人执著的努力而争取来的。

品牌与信誉的力量

引进《米老鼠》获得成功，并有幸成为出版界对外合资的第一个试点，首先是得益于改革开放的政策，其次就是合资双方良好的品牌和信誉。《米老鼠》杂志享誉全球，有很高的知名度，它的内容健康向上，远离色情和暴力，这是它能获准在中国"落户"的重要基础。在申请合资的过程中，主管部门对杂志内容的倾向性和导向作用十分重视，进行了深入的考察。邮电出版社虽不是出版少儿读物的出版社，但严谨的作风、良好的信誉，以及一贯遵纪守法的形象是社会所公认的。因此，虽然我们在申办过程中遇到了许多政策性难题，还有由于中外双方在环境、观念以及价值取向等方面的差异所造成的分歧，但对于邮电出版社有能力、有实力办好这本杂志，有关各方却均无异议。领导部门在这方面也给了我们充分的信任。这里，良好的品牌和信誉发挥了重要的作用。

经过一番艰苦的努力之后，1992 年 4 月 2 日，国家新闻出版署、中宣部和国务院新闻办经共同研究后，正式批准我社与丹麦艾阁萌公司合作出版《米老鼠》连环画月刊，试刊一年半，并同意以《米老鼠》杂志社的名义对外。就这样，在中国内地出版的第一本《米老鼠》杂志就在这一年的 6 月 1 日与读者见面了。一时间，它便成了新闻媒体追逐报道的一个热点。《人民日报》、中央电视台、中央人民广播电台等国内各大媒体都发了消息，国外媒体也纷纷作了报道。

《米老鼠》杂志中文版的出版，特别受到国内儿童的欢迎。当试刊号出版的时候，官园少年儿童活动中心一片欢腾。合资双方的代表，还有唐老鸭的配音演员李扬都悉数到场，在送给孩子们的"试刊号"上签名留念。李扬还时不时地学几声唐老鸭的叫声，引来孩子们的阵阵欢笑。

《米老鼠》杂志的出版给邮电出版社带来开拓发展的新的机遇，但也增加了很大的压力。很多人在看着我们到底能走多远。特别是听说另有一个合资试点夭折之后，我们这些具体负责这项引进工作的人就更是如履薄冰。由于中西方文化的差异，我们在内容选择上慎之又慎。好在谈判中我们已定下了杂志内容由中方决定这一条。如果一期杂志需要 10 个卡通故事，一般艾阁萌公司便双倍提供给我们，让我们从 20 个卡通故事里挑选。当时，邮电出版社每天出一本书，每月出十几种杂志。作为出版社编辑部门的业务主管，我只能重点抽阅，但对于新生的《米老鼠》杂志，我却总是一字一句地通读。我在时时提醒自己，不要由于自己的一时疏忽，让好不容易争取到的权利又从我们的手中失去。

中国版《米老鼠》杂志在孕育过程中，大家就谈到了许多关于"本土化"的话题。这决不像是脱了"洋装"换上"中装"那么简单，它涉及如何从中国国情出发，从内容到形式的一系列改造和创新。在这方面，是很有文章可做的，需要我们潜心去研究，去探索。譬如在一次审稿中，我看到有这么一个智力故事，大意是说一个孩子帮家长做家务，讲好的条件是第一天给他 1 分钱，第二天给他 2 分钱，第三天给他 4 分钱，……说如果照此下去，过了若干时间后，他就可以变成一个大富翁了。像这样一个涉及"几何级数"，有益于智力的故事，在西方国家不认为是问题，但从我国国情出发，便觉得在导向上值得推敲。于是我们请编辑部更换了故事的内容，保留了其益智的内涵，效果不错。类似的例子还有很多。

《米老鼠》杂志在中国出版一年之后，基于运作的成功和合作的默契，双方都觉得成立合资公司的条件已趋成熟。给合资公司起个什么名呢？大家来找我。我试拟了几个名字，但首选"童趣"。后来，这个名字得到中外双方的一致认同。1993 年 6 月，童趣出版有限公司经有关部门批准正式成立，从此，不仅《米老鼠》在中国扎下了根，还带动了其他迪士尼卡通读物的引进。人民邮电出版社也由一个纯粹的专业出版社而转变为一个综合出版社，跻身于少儿出版的行列。

104

感谢"童趣"

《米老鼠》的引进和童趣合资公司的成立，是在我国改革开放大环境下所取得的一项成果。或许这样的机遇不可多得，这样的经历也难以复制。但就我个人来说，因为亲历了整个过程，既体会到它的来之不易，也从艰难中得到了许多磨炼，学到了许多以往在日常编辑出版工作中所学不到的东西。因此我要感谢"童趣"，感谢她给了我一次开拓新的人生领域的机会。

过去我们常讲，要开门办社，要寻求社会各方面对出版工作的支持。这一点，我们在申办《米老鼠》杂志的过程中进行了一次大规模实践，体会尤为深刻。我们既没有"硬"的关系，没有走歪门邪道，也没有越过上级设定的政策界限，凭着认真、执著和真诚，赢得了很多人的支持，最终也赢得谈判对方的信任。

在与丹麦艾阁萌公司谈判的过程中，我们看到他们对读者定位的重视。一开始，他们便委托国际知名的咨询公司进行市场调查，详细了解并分析国内不同年龄段少儿读者的分布以及需求情况。他们谈的不是笼统的"少儿"的概念，而是具体到每一个读者层次。他们十分重视市场，并有一套严密的调查、跟踪市场的措施。我在去丹麦访问时，便注意到他们有很多销售点；销售人员经常去"探望"它们，看到架子上陈列的书刊有折页的把它抚平，书刊零乱的把它摆整齐了，快卖完了及时添货，就像呵护自己的孩子一样。

谈判中，合作对方表示已做好在中国前三年亏损、五年持平的准备，并表示今后赚了钱也不拿走，用来扩大经营。另外，为了减轻"童趣"在创业阶段的负担，让它迅速成长起来，双方还商定，在"童趣"无盈利时，双方的总经理、副总经理都不在"童趣"拿工资。这在当时看来，也算得上是有眼光的。

在这里，我要特别提一提两位已经过世的老人：前中国版协科技出版委员会主任卢鸣谷先生以及以色列著名企业家、UDI公司总裁艾森伯格先生。当时卢老已年逾古稀，但他思想开放，对新事物充满热情。在他听到我社想争取作为合资试点时，便给予积极的支持，并为我们做了很多铺路和协调的工作。艾森伯格先生对中国十分友好，他不仅把《米老鼠》引进中国，积极促进《米老鼠》在我社落户，而且常常在谈判出现僵局，甚至已经破裂时，机智地提出了可为双方接受的方案，化解矛盾，把双方重新拉回到谈判桌上来。以上两位老人虽都没有看到"童趣"欣欣向荣的今天，但他们对邮电出版社的友好之情，以及对迪士尼读物在中国生根所作的贡献，是永远值得我们感激的。

105

再续前缘

转眼间，童趣公司成立快 15 年了。尽管我早已退休，没有再接触"童趣"工作的机会，但由此引发出来的对少儿读物的关注和兴趣却无法平息。连我自己也没有想到，告别"童趣"，我又有一段与少儿科普图书的策划和写作"亲密接触"的经历。

迪士尼的读物虽大都不属科普范畴，但作为以少年儿童为对象的书籍,其策划和编写上有不少共同之处。受此启发,我后来相继策划和主编过《图解少年工程师丛书》、《少年创造发明丛书》、《少年科技百年图说丛书》等多种少儿科普读物,这成为我科普作品中的一个重要组成部分。

以上提到的少儿科普读物多以中小学生为对象。我初次接触低幼科普读物,乃是在1999年。当时应浙江少年儿童出版社之约,策划了一套叫《科学之谜》的丛书,并主编了其中"通信世界"这个系列。通过这次实践,我体会到向识字不多的幼儿普及科学技术知识确实不很容易。首先,得抓住他们对现代科技的好奇心理,尽量以科学技术中的"奇"与"趣"来吸引他们,让孩子们能亲近它、喜欢它。否则任何良好的愿望都是难以实现的。其次,是要有孩子们喜爱的形象,有吸引他们的故事情节。在《科学之谜》这套书里,塑造了"天天"和"智多星"两个卡通形象。"天天"就好比是小读者中的一员,他在学识渊博、神通广大的"智多星"的引导下穿越时空,遨游奇妙的科学世界,解开隐藏在其中的一个个谜。这两个卡通形象就是故事中的人物,所起的是串接和引导作用。通过他们不仅把原本相对独立的情节串联了起来,还一步步引导孩子们进入佳境。

过去编书,总想给孩子们多灌输点知识,强调要有多少个知识点。现在知道,这其实是一个认识上的误区。对少儿科普读物,特别是给幼儿看的读物,应以激发好奇心和求知欲为主要目标。趣味性是好奇心的延伸,因而对这类书来说,抓兴趣点比抓知识点更重要。《科学之谜》这套书的落脚点始终放在这个"谜"字上,其道理也就在这里。

一些出版社在出版儿童读物上的成功,还在于它采取儿童所乐于接受的形式。《科学之谜》这套书之所以约请名家来创作卡通连环画,就是要以一种形式美来吸引小读者,使之爱不释手。印证这个观点的还有一个例子,那就是同是浙江少儿出版社出版的一本儿童注音《唐诗300首》。唐诗还是那个唐诗,但出版社却作了精选,每首诗都配了精美的意境图,赋予它以儿童喜欢的形式,结果十分畅销,远远超出了出版者之所料。

科学技术正在飞速发展,并大踏步地走进我们的生活。与我们的童年不同,生活在高科技时代的这一代儿童耳濡目染,已经接触到了许多现代科技,多少有了一点感性认识。特别是由于影视媒体的盛行,更引发了他们探索未知世界奥秘的兴趣。我身边就有这样一个例子。在"嫦娥一号"发射升空的那一天,我家5岁的小外孙从电视里听到预告后,便嚷着要我们提前把他从幼儿园接回来。回到家里，他也像大人一样，守着电视机坐等"嫦娥"升空时刻的到来，还不时地提出像"火箭(燃料)烧完了掉下来砸在房子上怎么办"等一些有趣的问题。见此情景我觉得好笑，继而又为孩子有如此的好奇心和丰富的想象力而欣喜。怎样去保护他们的好奇心，激发他们对科学世界的浓厚兴趣，永远是少儿科普一个值得思考和探索的课题。

但愿美好的梦再一次把我带回童年，去寻觅那童趣，并与孩子们一起翱翔于未来。

十、"客串"讲坛

上世纪 70 年代，我们出版社有个好的风气，就是经常组织编辑交流经验。凡工作上稍作出点成绩的，都让拿出来"展示"一番，要求说出个一二三来。这有个好处，就是促人思考，催人奋进，有利于经验的总结和积累。我也就是从那时起，开始注意积累，并养成了随时"梳理"自己工作的习惯。譬如，对于办得比较成功的讲座、专栏，我都作了总结，就连"写信"这件看来十分细小的工作，我也把它分成约稿信、退稿信、征求意见函、答复读者提问的信等若干类别，分别提出处理原则和注意事项，作为编辑的一项基本功加以总结。每当有新同志来编辑部时，我们这些老编辑就会把自己"箱底"里的那些东西掏出来，无保留地讲给他们听。

"以老带新"曾是编辑出版行业的一个好传统，我曾深得其益。后来当自己也渐渐被称为"老"编辑时，也就不自觉地把这一传统继承了下来，经常承担一些培养新人的工作。被指定让我来"带"的新编辑，先后就有五六位之多。

但是，把编辑工作作为一门学问去研究、去总结，在很长的一段时间里我却没有这种意识，更不曾想到，自己还会有机会走上讲台，去讲自己的实践心得和编辑这门学问。但这样的时刻终于不期而至。

开讲《期刊编辑学》

上世纪 90 年代初，中国科学技术大学设立了信息传播专业。这个专业的课程中，有一门叫"期刊编辑学"，是给毕业班开设的。授课地点安排在北京中国科技大学的研究生院，邀请北京的老师讲课。当时，校方请中国版协科技出版委员会推荐这门课的授课老师，他们推荐了我。对于这一邀请，开始我毫无思想准备，也不知道这门课所安排的 48 个学时该讲点什么、怎么讲。因为是新开的课，没有现成的教本，就连教学大纲也要由授课的老师自拟，经校方批准后执行。总之，一切都要从零开始。

虽然对于期刊，我还比较熟悉，毕竟有 23 年的《电信技术》杂志和 3 年的《电信科学》杂志的工作经验"垫底"。但真要讲课，首先便感到这些经验不够条理、不够系统，很难上升到理论的高度上来。好在从接受邀请到上讲台，中间还有半年的时间，我可以作点准备。在这段时间，我读了许多有关编辑学方面的书和报刊上的有关文章，可以说能找到的都找来了，然后融入自己这些年的积累，终于形成了一个讲课提纲。

"期刊编辑学"这门课大体分为"综述"、"期刊总体构思和质量评估"、"科技期刊的特点及其编辑流程"、"选题与组稿"、"期刊的编辑加工"、"读者意识和作者工作"、"期刊的标准化和规范化"、"期刊编辑的知识结构和基本素质"以及"期刊的封面及版式设计"等 9 讲。作为在办刊路上跌打滚爬了多年的人来说，很多工作都是做了一遍又一遍的，熟练不成问题，但作为一门学问，却必须从中总结、提炼出带有规律性的东西，还需要收集一些典型的案例来支持。以此为动力，我静下心来对 26 年的期刊工作作了一次全面的"盘点"，下了一番"去粗取精，去伪存真"的工夫，第一次把办刊上升到一门学问而认真加以思考。

1992 年 3 月，中国科技大学正式聘我为客座教授。我在那里讲了三学年的课，到 1994 年这个专业的课程结束为止。这段讲课的经历使我获益匪浅。那些当年听过我课的人，后来也有一部分人选择了以编辑为职业的，现在或许正在审书、编刊呢。2007 年 9 月，我在为全国科技编辑图书策划培训班讲课时，就碰到一位福建科技出版社的编辑，在听课间隙，他走到我面前说，他是中国科技大学的毕业生，在校时曾听过我的课。当年的学生成了同行，闻之备觉亲切。

后来，围绕着办刊我还到多家杂志社与编辑做过交流，也发表过一些探讨办刊之道的文章。每讲一次课、每写一篇文章，对我来说都是一

109

次新的学习。因为时代在变化，科学技术在发展，即便讲的、写的是同一个题材，也必须不断注入一些新的观念，剖析和探讨一些新的问题，而不能停留在"老生常谈"上。

在 20 世纪六七十年代，期刊还曾经是紧缺的文化产品，读者对它们实际上并无多少选择的余地。可眼前，却是另一番情景。期刊如林，出现了日益严重的同质化趋势和激烈的市场竞争。在这种新形势下，如何把握好刊物的定位和特色显得格外重要。另外，在崇尚个性化的今天，产品个性化、服务个性化已成趋势，如果我们的刊物不进行读者细分，牢牢地"拴住"自己所定位的读者群，而一味抱守"老少咸宜"和"大众化趣味"的老套，必然会事与愿违，成为谁都不"亲"，谁都不"爱"的无特色"产品"。

另外，一些在历史上曾经盛极一时的期刊"老字号"，其发行份数的节节下降，也说明不断创新的重要性。记得在我刚参加工作的那些年头，装、修收音机十分时髦，很多人以在上衣口袋里放上个烟盒大小的单管机边走边听为新潮，就像今天人们怀揣 MP3、MP4 那样。在那个年代，顺应这样一种潮流的《无线电》杂志就成了"洛阳纸贵"，月发行量一度达到近 200 万册。在纸张供应相对匮乏的当时，还不得不采取凭证限额发行的办法。但电子技术的迅速发展，这种局面很快便有了改变。收音机、电视机相继普及，并从作为身份象征的奢侈品降格为普通家电产品，而且随着价格的大幅度降低，装修收音机、电视机的人越来越少。这可以视做电子业期刊在"行情"上的变化。如果我们预见不到这种变化，或对其变化之快缺乏足够的准备，不能及时"掉头"或调整刊物的内容，就会被读者舍弃。当然，把"头"转向何方，选择一个什么样的新切入点，也是一个需要在深入调查和分析的基础上，慎重作出抉择的问题。在期刊转型的问题上，尤其需要有超前的眼光和另类思维。

细想起来，当年《无线电》的热销，是由于刊物与读者中的装机热形成了很好的"互动"。正是这种互动大大地刺激了读者订刊、读刊的积极性。一旦上述互动的条件不复存在，读者对刊物的"热度"就会降下来。遏制下降的办法就是寻找读者新的兴趣点，以及与读者之间形成新的互动。

媒体的多元化、同类期刊竞争的加剧，早已打破了少数几种期刊独步天下的格局，期刊订数的分流也是必然的。一份期刊要保持"龙头老大"的地位，必然要有鲜明的特色，要有高质量、能吸引人的内容；在形式上，也要能使人眼睛为之一亮。记得20世纪70年代我在《电信技术》当编辑的时候，编辑部里的大部分编辑都自费订了《科学画报》，理由是觉得它很有新意，里面不仅有许多新知，在形式上也让人耳目一新，对我们这些办刊的同行很有启发。后来，随着社会生活的高节奏和读者阅读心理的变化，《科学画报》、《知识就是力量》这些曾经创造综合性期刊发行量奇迹的刊物，也都面临新的严峻的考验，纷纷作出了新的抉择。

现在，有人把今天人们阅读方式的改变归结为"读图时代"或"读题时代"，虽不很全面，但也多少能够反映人们的阅读已经进入了一个与前20年，甚至前10年完全不同的时期，期刊是否也应该改变一下思路，走彰显自己特色的"小众品牌"之路呢？这也是值得我们思考的。

我认为，不管怎么说，一本期刊要想得到社会的重视，首先得自己重视，在办刊上倾注心力。工夫不到，文章不精，形式不新，就难以吸引读者，引起读者的共鸣。所以，有经验的办刊人，都要为每一期刊物的主题和重点文章而深思熟虑，为每一个标题而反复推敲、精心雕琢。要打动读者，首先要打动自己。

科学技术的进步，人们阅读兴趣和阅读方式的变化，在呼唤刊物不断刷新内容、变换形式。唯有对读者的真诚是永远不能改变的。深入读者了解他们新的需求，认真处理他们的每一封来信，回答他们每一个问题，看来是日常细小的杂事，不被一些办刊的人所重视。实际上，它却关系着刊物的兴衰，是刊物立足的基础。我在办刊时作过粗略统计，用来与作者、读者沟通所用的时间约占我全部工作时间的1/3。今天我依然认为这是需要的、值得的。在这方面的投入，最终会在刊物的社会影响、发行量上得到回报。

111

初探"科技写作"

1993年，在邮电部组织的一次学习中，我与重庆邮电学院的聂能院长和张运华书记邂逅。在谈到理工科院校毕业生现状时，大家都觉得与专业知识相比，学生的文字表达能力相对欠缺。正如一次科技写作讨论会上，某工程师所言："在专业方面，我们是大学毕业水平；而在写作方面，仅仅是中学水平。"在实际工作中，学位论文的写作，科技成果的总结、传播与推广，专利的申请，以至各类合同、产品说明书以及宣传广告的草拟等，无不需要一定的文字功底和逻辑表达能力。这方面能力的缺乏，将直接影响到把科技转化为生产力的进程，甚至会影响到科技成果和产品优良性能的发挥。因此，我们都觉得，提高理工科在校学生的科技写作能力，是一个值得重视的问题。

就在那次闲谈中，聂院长和张书记表示，希望我能到重庆邮电学院开个讲座，给即将毕业的学生讲一点有关毕业论文写作的知识。

不久，我便接到了重庆邮电学院发来的正式邀请函。出于与院校建立长久合作关系的考虑，也出于一种探索新领域的热情和使命感，经出版社同意，我接受了这一邀请。

翌年秋天，我来到群山环抱、环境优美的重庆邮电学院，履行一年前与聂院长、张书记的约定。我特意在授课的前两天到达，以便有时间浏览上届毕业生的论文，使讲课能更具针对性一些。

开设的讲座定名为"科技写作概论"，内容包括科技写作的涵义及特点、对学位论文的基本要求、论文选题、科技信息的收集和整理、论文写作的一般方法、论文的语言风格、论文的写作要领等部分。尽管讲课内容与我所从事的编辑工作在理论上不完全一致，但触类旁通，许多在编辑过程中所积累的材料都可用来丰富讲课的内容，或作为佐证和举例。在准备讲课的过程中，我又进行了一次有关科技写作知识的新的学习，使多年来在编辑实践中的一些感悟再一次得到升华。

在重庆邮电学院讲课期间，我还就如何办好学报和大众科技刊物的问题，与该院的同行交流了经验，并被该院办的《数字通信》杂志聘为顾问。

1993 年 10 月，重庆邮电学院的聂能院长郑重地向我颁发了"兼职教授"的聘书。1994 年 3 月，我又应南京邮电学院之邀，在该校开设了"科技写作"课，并被聘为兼职教授。

作为一名编辑，我与大学教学的邂逅，除了上面提到的曾在两所大学开过"科技写作"课之外，还曾为清华大学编辑出版专业的双学位毕业生做过论文指导老师，并参加了他们组织的有关编辑出版论文的答辩。

通过以上一些经历，我感觉到综合素质教育正在受到越来越多的重视。许多大学不仅开设了写作课，还大胆实践，把昆曲、集邮等多种艺术形式引入了校园，陶冶学生的情操，培养学生的多种兴趣爱好。一些大学还相继开设了编辑出版专业，把编辑学作为一门学问纳入自己的教学和研究范畴。这些都是令人欣喜的变化。

后来，顺着开设"科技写作"课这样一种思路，我又以多年来参加编辑职称评定和论文答辩为基础，编写了《编辑论文的写作》，并多次在本社和别的一些出版社试讲，对提高编辑写作论文的整体水平起到一定作用。

延伸脚下的"路"

有人说，在退休的那一天，一生的事业便就此画上了句号。我倒不大有这样的感觉，也不太甘心这么"早"就去画这个句号。当下有一句时髦的话，叫"人生60才开始"，我更愿意把自己的退休当作是一个新的起点。

我不甘心以退休结束自己一生钟爱的事业，也是事出有因的。我常想，以我个人而论，今生今世只从事了编辑这一个职业，前后30余年。虽不算有多大成就，毕竟还是倾大半生之心力，在跌打滚爬之中，在成功与失败的交替之中，一点一滴地增长了学识、积累了经验。因此，也大有敝帚自珍的一分感情。尽管岁月无情，现在不得不从"前线"退下，但总还可以在"后方"再作点贡献的。我希望自己的事业能以另一种形式得以延伸。

转眼间，我离开编辑岗位已有十年。这十年，我就是在上述思想的指导下安排自己的生活的。我不仅写书、编刊，涉足互联网，参加各种科普活动，还迎来我生平中的第二个创作高峰；更主要的是，我找到了一个让自己的事业在年轻人身上延伸的途径。

回忆起在职的那些年，我们出版社每年都要进一批新人。由于我的经历与他们有可比性，也是从学校门直接走进出版社大门的，加上干了多年，也算得上是资深一点的编辑，因此常被安排来为他们"讲课"。确切一点说，是"现身说法"。我喜欢选择"谈心"这种方式，谈经历，谈体

113

会，谈自己对编辑这个职业的认识。我以这种方式与后来者进行心灵沟通，并以此为乐。我真心实意地希望他们能踩着我这块"铺路石"，奔向事业的远方。

退休之后，我决意继续发挥这种"铺路石"的功能。对自己的原单位，我一开始便声言"宣之即来"，"有请必到"，先后就编辑工作和办刊这些专题给年轻编辑讲过几次课；在外面，曾先后应中国青年出版社、电子工业出版社、铁道出版社、北京科技出版社、江西科技出版社等多家出版社之邀，与新一代编辑进行了业务交流。近年来，还多次利用全国科技编辑培训班的讲台以及科普创作研讨班的平台，在更广泛的范围内与全国的年轻同行切磋、交流，为培养后继人才尽微薄之力。

要让自己的事业在年轻人的身上得到延伸，能做的事还有很多。只要有心，便有很多这样的机会。譬如，在我参加的北京科普出版专项基金的评定中，以及各类出版物的评奖过程中，都有作奉献的机会。为提升北京科普出版专项基金的评审质量，我曾建议增加答辩环节。这项建议后来为北京市科协所采纳，也为众多的作者和出版社所欢迎。其实，答辩过程便是学术交流的过程，也是我们围绕着提高出版物质量这一中心与作者和年轻的编辑交流沟通的过程。我想，这也算是自己"争取"来的为延伸事业出力的机会。

我把外出讲课、参加学术交流和各类评审活动等，都当作是一次学习。每次讲课，我都重新写一次讲稿，尽量做到能联系当前实际，并把自己新的心得和感悟融入其中，不希望给人有"炒冷饭"或"老调重弹"的感觉。常言道：要给人一杯水，自己得要有一桶水。为了不断以新的知识充实自己，多年来，我每天都坚持不少于3个小时的阅读时间，继续保持随手积累资料的习惯。我深知，一旦停下脚步，放弃学习，在瞬息万变的信息时代很快就会落伍，就会"出局"。

鲁迅先生曾说，编辑是把"生命碎割在给人看稿、改稿、编书、校字、陪坐这些事情上"的人。他以此诠释编辑的那种默默的无私奉献精神。我想，像我这样已经"退伍"的编辑，作为职业虽已告一段落，但鲁迅先生所提倡的这种精神应该是永存的。即便是有一天，我因力不从心，不再策划、审稿、编稿，但相信编辑的这种精神还会以另外某种方式在我的生命中继续发光、发热。

十一、情系科普

2006年的金秋十月，河北白洋淀已是荷凋人稀。就在此时此地，中国科普作协工交专业委员会召开了一次"科普创作与出版座谈会"。

这是一次极普通的会议，也是一次不寻常的聚会。因为，中国科普作协已经启动换届工作，这意味着我已任两届，前后主持工作逾十年的工交专业委员会也将实现新老交替。此时此刻，我不禁想起这些年所走过的不平坦的路，回忆起许多人为科普作奉献的感人事迹，还有那在我们团队里大家为共同事业所结下的深厚友谊。这中间所凝聚的精神，已成为支持我们开展科普工作的强大动力。

为了铭记这段历史，弘扬为科普事业默默奉献的精神，也为了再一次向十年来曾经支持过工交科普的人和部门表示由衷的感谢，我们向十年来曾作为工交科普年会的东道主和赞助者的人们发出了邀请。没有想到，这样一次短暂的聚会得到如此多的人的关注，使本次会议成为历届年会中出席人数最多，人气最旺的一次。其中有一些人还是千里跋涉而来的。

会议开始，我用了约半个小时的时间，向大家介绍了自1993年至今，历次工交科普活动的东道主、赞助者。这些曾经以满腔热情支持过科普，专事奉献、不求回报的人，他们有的已经退休，有的已退居二线，还有个别的已经过世。我们一一介绍他们，除了表达一种难以忘怀的感激之情外，更重要的是为了诠释和弘扬一种为科普事业无私奉献的精神。

"介绍"引起了人们对一桩桩往事的珍贵回忆，串接起来，十余年来工交科普创作的不平常历程也便历历在目了。

115

艰难的起步

我是1979年参加中国科普作协，成为它的一员的。开始的十余年时间里，我都是参加别人组织的活动，如科普笔会、研讨会等，体会不到开展科普活动有什么难处。真是俗话所说的："不当家不知柴米油盐贵。"直到1992年，我被科普界同行推上中国科普作协工交专业委员会主任这个位置，方知这是一个艰难的使命。

"工交"这两个字，现在觉得有点"老"，有点"土"，但在当时，"工交"还是一个挺响亮的词。一提起"工交"，人们大都知道它是一个囊括电子、纺织、轻工、邮政、电信、石油、冶金、机械、铁路、交通等等的大行业、大系统。在中国科普作协，涉及上述这些行业的科普创作都纳入到一个叫"工交专业委员会"的名下，所以，它算得上是一个较大的分支。与其他各专业委员会一样，它也得不到上级组织的经费支持。没有经费，又要开展活动，这的确有点难。因此，在我接任这个委员会主任之时，它已整十年没有开展活动了。一个组织，没有活动也就没有活力，更谈不上凝聚力了。面对这样的困境，我的第一想法便是设法把活动开展起来，以重聚人气。

116

我想，科普是惠及大众的公益事业，需要得到更多人的理解和支持。有了各方面的支持，活动才能开展起来。于是，我便从做宣传工作入手，让更多的人了解开展科普工作的意义以及目前开展科普活动所遇到的困难。走到哪里，便宣传到哪里。

第一个对我的工作表示理解和乐于支持的，便是时任浙江省余杭邮电局局长的徐福新。这位上上下下都叫他"阿福"的局长，有着"传奇"般的经历。60年代中，他毕业于南京邮电学院，被分配到浙江省余杭邮电局从事机务工作。由于他勤于钻研、肯动脑筋，很快就成为局里的技术革新能手。在电话交换向电子化过渡的过程中，他率先制造准电子、半电子设备取得成功，在江浙一带已小有名气。也正由于这个缘故，20世纪70年代，我在《电信技术》杂志当编辑时便结识了他。后来，他还一度被借调到我们编辑部工作，与我们有过一段共事。由于成天与技术工作打交道，他对科学技术普及工作的重要性相对要了解得多一些，认识也深刻一些。用他自己的话来说，余杭局的发展和他个人的成长，都得益于科学技术的进步和普及。由于有这样一种多年来积淀起来的认识和感情基础，他很痛快地就表示要给科普以支持，并愿意作为工交科普学术年会的东道主。

就这样，我们终于打破了十年的沉默，于1993年10月在余杭召开了一次科普学术年会。由于与上一次年会整整相隔了十年，久违的老朋友相聚之时，喜悦之情溢于言表。大家谈创作，说科普，话家常，气氛异常热烈。

这次年会也引来了许多人对科普的关注。余杭县的县长、书记来了，余杭电信局的上级单位——浙江省邮电管理局的领导来了，还迎来了一位不邀自到的客人——镇江润州电碳总厂的戴耀庭厂长。在会议结束那天，戴厂长专程开车赶到余杭，在会上作了一个最短的发言："欢迎你们明年到我们那里召开学术年会，开展科普活动。"热情的邀请给了代表们一个意外的惊喜，代表们除了报以热烈的掌声，还看到了把科普活动持续进行下去的希望。

志在"搭桥"

117

参加工交科普活动的主要有三方面人，即科普作家、科技出版社的领导和编辑，以及热心于科普事业的企业界人士。为使参加科普活动的各方面人都各有所获，并形成一股1+1+1＞3的合力，我们从一开始便给自己提出了"搭好两座桥"的任务。一座是连接科普作家和出版社的桥，另一座则是连接科普作家与企业界的桥。我也把搭好这两座桥作为自己组织和参加科普活动的目标和价值追求。

拿科普的精品奉献给读者，这既是科普作家的追求，也是出版家的心愿。为了达到这个共同的目标，出版社要发掘好的选题，寻觅能够实现这些选题的优秀的作者；而科普作家呢，一旦有好的点子、好的创意，便希望能找到一个好的"婆家"。我们所组织的一年一次的科普学术年会，不定期举办的科普沙龙以及选题洽谈会、研讨会等，都是为了给科普作家与出版社的科普编辑"搭桥"，促进他们彼此间的交往和合作。十年来，我们在这方面取得了初步成效：先后为十几家出版社推荐了科普选题并参与了部分策划工作；先后牵头组织科普作家参与8套共95种图书的编写。其中，《图解少年工程师丛书》、《生活中的科学技术丛书》、《e 时代 N 个为什么》等都在全国性的图书评奖中获奖。通过这项工作，我们团结了一批有实力的科普作家，向社会推出了一批质量较高的科普图书，为科技知识的传播和文化积累尽了一分责任。

《图解少年工程师丛书》的作者与编辑合影

（左二为刘仁庆教授，左四为丛书责任编辑、广西科技出版社原社长蒋玲玲）

关于"搭桥"，一位作者在写给我的信中这样写道："我是工交委员会'搭两座桥'这一思路的得益者之一。通过你们帮我搭的桥，至今我已出版科普书籍 9 种。这些成绩的取得，应归功于工交委员会。"另有一位科普作家也曾坦言："我虽能写，但写出来的东西不知哪家出版社能为我出版，更没有能力去把大家组织起来写；我很愿意在你们组织的项目中承担一个角色。感谢你们过去曾给了我许多这样的机会。"

企业在把高新科技转化为生产力方面负有重要的使命。在企业的科研、生产环节所不断涌现的科技创新成果，为科普作家提供了科普创作的不竭源泉。从这个意义上讲，科普与企业本来就有天然的联系。在我们的科普作家中，就有一些人把自己的创作基地建在企业，把创作活动与帮助企业解决生产和技术革新中的问题紧密地联系在一起。老科普作家寿震东便是其中较突出的一位。他深入化工企业，一面帮助企业解决生产和科研中的实际问题，一面进行科普创作、开展科普宣传活动，从而得到了企业的尊敬和信任。多年来，他发表了许多与生产实际结合得十分紧密的科普作品，深受读者欢迎；还为工交科普与企业的结合，为争取企业对科普的支持做了许多开创性的工作。

前几年，一种俗称"小灵通"的通信产品风行大江南北。由于它有一定的移动性，具有移动电话的某些功能，而资费却与普通电话一样，因而对一般百姓具有吸引力，很快便推广了开来。"小灵通"因此也成了一个家喻户晓的品牌。至于这种电信产品为什么叫"小灵通"，却很少为人所知。

2003 年，在浙江省首届科普节期间，浙江省科协组织了一场很有创意的对话节目，叫"小灵通漫游未来通信世界"。叶永烈和我是作为浙江省籍科普作家被邀请来参加此次科普节的。由于我们与"小灵通"或"通信"都沾点边，所以被邀作为上述对话节目的嘉宾。同时作为嘉宾的还有人称"小灵通之父"的余杭电信公司总经理徐福新，以及"小灵通"手机生产厂家，杭州"UT 斯达康"的一位总经理。我被临时指定为主持人。

对话是从"谁是'小灵通'？"开始的。会场上 500 多位中小学生中，有的手里就拿着《小灵通漫游未来》这本书，等待着在会后请作者叶永烈为他们签字。在他们心里，对"小灵通是叶先生作品里的主人公"这个答案确信无疑；但会场中另有一些人，手里握着俗称"小灵通"的手机，在他们看来，"小灵通"是这类手机的品牌这个答案，也是十拿九稳的。

"小灵通"到底是谁呢？叶永烈讲了他创作《小灵通漫游未来》的故事，证明"小灵通"确是叶先生笔下一个可爱的卡通人物；接着徐福新先生也讲了一段故事，说的是他如何把小灵通手机从余杭推向全国，从而被人称做"小灵通之父"的 。这说明，"小灵通"也的确是一种通信产品的品牌。叶先生笔下的"小灵通"与现实生活中的 "小灵通"手机到底是什么关系呢？最后谜底是由"UT 斯达康"的那位总经理揭开的。原来，当厂家的决策层在为自己这种新产品的取名争论不休时，便有人提议使用叶永烈先生在科幻小说《小灵通漫游未来》中的"小灵通"这个名字。因为叶先生笔下的"小灵通"不仅形象可爱，而且已经风靡全国，家喻户晓。厂方采纳了这个建议，并通过电话征得叶先生的同意。从此一种叫"小灵通"

119

的通信产品也就不胫而走，在全国很快地推广开了。应该说，这是厂家的高明之处。

从这个例子我想到，科普对于产品的推广有着不可忽视的作用，它不仅可以通俗地诠释产品的功能，使它为广大民众所了解、所利用，而且可以为产品创造普通百姓喜闻乐见的形象，拉近产品与民众之间的距离，增加产品的亲和力。"小灵通"从科幻作品中的艺术形象转换成为一个通信产品的知名品牌，便是一个很有说服力的例子。

这些年，我们主要是通过与企业界联手组织一些活动，和吸收热心于科普事业的企业家参加我们团队的方法，来促进科普与企业的结缘。通过参加科普活动，企业界的朋友认识到，开展好科普活动不仅有助于产品的推广，还能促成企业人员整体科学文化素质的提高，以及良好的企业社会形象的树立。因此，他们把开展科普活动当作是自己的社会责任，给予积极的关心和支持。这些年来，除了上面已经提到的几家企业之外，福建生化制药公司、嘉兴电信、宁波电信、佛山电信等都曾给我们所开展的科普活动以不同程度的支持。

尽管如此，我个人认为，在与企业的结合上，科普群众团体还有很多的工作可做。我们的科普创作也应该进一步转变观念，努力在促进与企业的结合上，在促进科技成果转化为生产力上创新思维，拓展思路，发掘新的创作题材。

友谊与奉献

回顾自己十几年来的工交科普工作和一些创作活动，深感在关键时刻，友谊和支持的可贵。

十余年的工交科普活动就像是一根接力棒，在众多的热心支持者手中传递着，不仅使几近熄灭的火焰重新点燃，而且烧得越来越旺。其中有许多感人的事迹，令我难忘。

1996年，我们一年一度的工交科普学术年会在嘉兴召开。开会那天，会场上来了两位从未谋面的客人。经了解，方知他们是镇江电碳总厂老厂长戴耀庭先生的两个儿子。三年前，由于科普作家寿震东的介绍，这位老厂长曾专门开车到余杭，邀请大家于次年在镇江聚会。1994年我们的工交科普年会，便是由戴厂长安排接待的。为了对这位民营企业家的支持表示感谢，在筹备1996年年会时我们特地发函邀请他出席。不料戴厂长已于一年前过世，因而就有由他两个儿子代父出席会议的感人一幕。会上，一位接任其父担任厂长的来者作了个简短的发言后便离开了会场。讲话的大意是要秉承父亲的遗志，继续支持科普事业。话语不多，却朴实感人，令许多在座的人动容。

　　每年召开一次学术年会，是我们开展科普活动的主要形式之一。每次年会一般都选择一个或两个大家所共同关心的问题作为"主题"，为大家提供彼此交流和研讨的一个"平台"。每次年会虽只开两到三天，但提前半年就开始准备了。除了普遍征文外，还围绕主题约请有研究、有见解的专家到会作专题报告。由于有的放矢，准备充分，每次会都吸引了很多人前来参加。特别令我们感动的是，其中有一些作者多年来一直自筹旅费坚持参加我们的年会，上海卫生学校的徐传宏便是其中的一位。他在写给我的一封信中谈到自己的感受："我每次参加工交年会，内心总是充满像过节似的愉快之情。因为每次我都有可喜的收获。一个是可以听到多个质量极高的报告；二是会晤了老朋友，结识了新朋友，在科普创作的交流中颇受启发；三是与出版社建立了联系……"

121

　　我们所组织的科普活动，短的半天、一天，长的也只三天、两天，安排都比较紧凑。这一则是考虑来参加会的人都比较忙，二则也是为了节省经费。大家都十分看重通过学术会议这种"以文会友"的形式，看重由此所建立起来的友谊。实践证明，在每次会议上，都会"碰撞"出一些"火花"，孕育出若干精品，促成一些有价值的合作。"很多人因此成了好朋友。因此，从某种意义上讲，会下的收获大大胜过会上。

　　就我个人来说，如《图解少年工程师丛书》、《e时代N个为什么》等影响较大的科普丛书的策划与出版，也都是与众多科普作家友谊与合作的结晶。我在退休后，之所以能启动编写《现代电信百科》这一较大的工程，也是由于得到了章昌江、徐福新、杨剑宇、陈忠岳、姜培华、寿永飞、吴正明、张良、徐光辉、钟立铭、陈枫等热心于科普事业的电信企业的企业家的支持。他们也是我开展科普活动的坚强后盾。例如，章昌江在嘉兴电信局局长任内，不仅曾先后当了两届年会的东道主，还把科普年会的内容引进到全市干部科技教育的讲坛；徐福新不仅在我们最困难的时候帮助我们迈出了开展活动的第一步，还多次把他所获得的科技奖金用来支持科普活动的开展。此外，还有许多新闻出版界的领导，如文宏武、汤鑫华、范卫平、欧健、马家斌、张敬德、李建臣等，也都为科普创作与科普出版的联姻，为支持科普活动的开展作出了积极的奉献。这些支持和奉献都给我留下了珍贵的记忆，令我终生难忘。

在这十多年的工交科普活动中，还有许多自始至终都在为科普事业作默默奉献的人。原轻工学院的刘仁庆教授就是其中较为突出的一位。他年过七旬，担任工交专业委员会的委员已历五届。但在我们这个团队里，他始终把自己的工作定位于"服务"。不管是刮风还是下雨，他都骑着一辆已经为他服务多年的自行车，风尘仆仆，为大家传递信息、提供服务。在一年一度的年会上，刘教授的角色始终是"会务"，人们戏称这是"教授级会务"。在大家的心目中，繁荣科普所需要的正是像刘教授那样既热心又有奉献精神的人。

2007 年 10 月，趁中国科普作协换届之机，我也从曾经服务了十年有余的工交科普专业委员会主任的岗位上退了下来，把"接力棒"交给了年富力强的后来者。欣慰之余，自然也有几分惜别的情意。我常常翻阅那本被我定名为"科普情结"的专题相册，回忆曾经历过的蹉跎岁月，以及每一张相片背后的一桩桩、一件件往事。我仿佛又一次被那浓浓的情谊所包围，再一次从余杭出发，重走了一遍十年工交科普之路。

第二编

雪泥鸿爪

一、有关编辑工作的文章、讲稿和论文

谈"咬文嚼字"

"咬文嚼字"一语，往往含有贬义，意思是死抠字眼。但我却以为，对于一个身负书刊把关重任、成天与文字打交道的编辑来说，"咬文嚼字"恐怕还是应该提倡的。

文字工作是很严肃的，有时一字之差便会铸成千里之谬，甚至带来难以挽回的影响。记得 1977 年《电信技术》第一期上，把"自力更生"误为"自立更生"，结果动员了很多人力来为几万份印好的杂志改错。这件事给我们留下的教训是很深刻的。还有一次，某稿中把电话机的尺寸单位"毫米"误成"厘米"，登了出去，结果传为笑谈。一字之差，电话机的体积就被扩大了一千倍。可见，文字工作是很细致的，绝不可掉以轻心。

对于科技书刊来说，有时由于一字、一词的错用，还会导致概念的混淆。在这种情况下，"咬文嚼字"不仅可使字面上的错误得以发现，还有助于排除错误概念，保证文章的科学性。例如，有一篇文章中写道："因为晶体管(PNP 型)的基极电压低于发射极电压，故管子截止。"乍念起来，像是没有什么毛病，但仔细"咀嚼"一下，便觉不妥。"电压"是指某两点之间的电位差，怎么能说某点的电压是高是低呢？看来，这里的一字之差，却模糊了电压和电位的概念。在另一篇稿件中有这么一段话："该点的电位由－3 伏变成－5 伏，升高了 2 伏。"如果细心一点，我们也就不难发现，这里混淆了"代数值"和"绝对值"的概念。"－3 伏变成－5伏"，从代数值来说，应该说是降低了 2 伏，而不是升高了 2 伏；如果出

125

于文章中叙述问题的需要，希望保留"升高"这个概念，那么就应该说成"绝对值升高了2伏"。由此可见，有时候我们改两个字，或添（删）两个字，不只是文章修饰上的需要，可能还直接关系到文章的科学性。

常听到这样一种观点：科技文章，只要人家能看明白就行了，文字上何必细抠。但我总觉得，科技文章虽不像文艺作品那样在修辞上有很高的要求，但是起码的准确、通顺的要求还是应该达到的。要做到这一点，有时候在文字上还得抠一抠。例如，当我们看到"把振荡器的输出电平调到15毫伏"这类语句时，是不是可以因为读者不会把15毫伏电压当成是电平而不加修改呢？我想，为了保持科技书刊的科学性和祖国语言文字的纯洁性，还是抠一抠字眼，把这里的"电平"改成"电压"为妥。如果书刊上用字、用词不严格，都让读者自己去"识别"，去"自动调节"，那么久而久之，势必谬种流传，贻误读者。目前在通信生产维护中存在的某些概念（如电平等）上的混乱，恐怕与以往书刊上发表一些概念、措词不很准确的文章，或缺乏统一的提法不无关系。

减少错别字，是提高书刊质量的一个不可忽视的方面。一本内容不坏的书刊，如果错别字连篇，也会引起读者的反感，使广大读者对它失去最基本的信任。读者对这方面的强烈反应，也是屡见于报端的。

消灭错别字，说难也不难。据《电信技术》近几年来的统计，常见的错别字也不过是五十来个，数量不算多。如果我们总结一下出错的规律，时时提醒，处处留神，错别字是可以大大减少的。这已为很多人的实践所证明。

在常见的错别字中，有一类是错用简化字，例如，把"调整"写成"调正"，"停止"写成"仃止"，"零件"写成"另件"，"圆孔"写成"园孔"，等等。要消灭这类错别字，首先得熟悉我国已公布的几批简化字的正确写法，遇到没有把握的情况，一定要查一查简化字表，不能想当然或凭印象。还有一类字，只要我们斟酌一下它的字（词）意，就可以避免出错。例如，"辐射"误为"幅射"，"旋钮"误为"旋扭"，"扳动"误为"搬动"，"简化"误为"减化"等等，都属于这一类。还有一类字的正误，是需要结合句子才能辨别的。例如"××的"和"××地"中的"的"与"地"常常容易搞错。要判别在某种场合下应该用"的"还是用"地"，就要看它所组成的词在整个句子中是什么成分。如果是定中结构，就应该用"的"；如果是状中结构，就应该用"地"。在稿件中，"小"与"少"也常见混淆。例如，有的文章把"读数减小"说成是"读数减少"，把"液体减少"说成是"液体减小"，等等。还有一些字，写在文章里不容易看出问题，但念它一念，就会发现毛病，觉得有改一改的必要。例如，常见到文章中出现"二个问题"、"二个方面"这类说法，如果念出来，就会觉得别扭，不合乎汉语的习惯。要是把这里的"二"改成"两"，念起来也就顺当了。

公式和符号，在科技文章中用得很多，可以说，它们是科学技术上表达思维和概念的一种"语言"。在进行编辑加工时，我们也应该认真对待，力求准确无误。例如，在电信书刊中使用十分频繁的电平单位"奈"，国际上规定用"Np"来表示，但不少文章中却把它写成"N"（注：国际上规定用"N"代表"牛顿"）；频率单位千赫的符号是"kHz"，但经常看到被写成"kc"（千周）、"KHz"或"kHZ"；电流单位"mA"，有写成"ma"的，也有写成"MA"的；此外，还有直流和交流符号的混淆，继电器和它的接点符号的混淆等等，不胜枚举。我们应该像逐字逐句修改文章那样，去订正上述这类错误。这也是我们编辑加工中所不可忽视的内容。

编辑文字加工中需要考虑的问题很多，我这里罗列出来的，只不过是一些常见的例子，而且所述的见解也十分浅陋。写出来，无非是想以此为例，说明自己的一些观点。总而言之，我体会到文字工作是一项十分严肃的工作，来不得半点马虎；我们当编辑的，应该斟字酌句，丝毫不能因提倡"文责自负"而推卸自己的责任。我想，如果大家都养成"咬文嚼字"的习惯，时时、处处留神，文字差错就会成为过街老鼠，很难从我们的眼底下溜过。

127

本文原载于 1983 年出版的人民邮电出版社建社 30 周年纪念文集《耕耘》

选题——编辑工作的基础

俗话说，"万事起头难"。编辑工作也不例外。那么，编辑工作的"头"在哪里呢？这个"头"就在确定选题，制订选题计划。

选题通常是指出版社计划出版书籍的名称，或者是杂志打算组织文章的题目。而选题计划是出版社（或杂志社）在一定时期内的组稿、编辑计划。选题计划一般分年度选题计划和长远选题计划两种。在选题计划中，不仅要有准备出版（或刊登）的书籍（或文章）的题名，还应包括内容大要、读者对象、作者，以及计划发稿时间、字数等项目。

一、选题的重要性

选题计划是出版社工作的基础。它不仅体现出版社的出版工作方针，反映它的指导思想，而且也规定了它在某一个时期内出书的范围、规模和重点。一个出版社只有努力抓好选题，才能为自己的工作奠定一个良好的基础，才能在激烈的竞争中使自己保持主动，立于不败之地。

一般来说，选题是由编辑首先提出来的，或由他人提出经编辑认可的，因而通过选题，能够反映出编辑的指导思想和业务洞察力，反映出他的思想业务水平和活动能力。正因为如此，有些出版社把编辑能否提出有影响的重大选题，作为对编辑业务考核的一项重要内容。

选题又是编辑工作中最困难，也是最关键的一步。选题搞准了、搞好了，就会给编辑的其他工作奠定良好的基础；选题搞"砸"了，就会事倍功半，甚至产生难以挽回的影响。所以，会做工作的编辑，都是抓住订选题计划这个环节不放，肯在这上面费苦心的。

下面我们还会讲到，一个好的选题不是哪一个人灵机一动便能提出来的，它需要编辑深入调查研究，刻苦钻研业务，需要胆识和眼力。所以我们说，"选题"是编辑的一项重要的基本功。

二、选题的依据

我们出什么书、不出什么书，登什么文章、不登什么文章，都必须建立在对各方面情况的了解和综合分析的基础上，否则提选题就会有盲目性。在确定选题之前，首先必须掌握以下几方面的情况。

1. 国情和国策

我们社会主义的出版事业，是通过出版的书刊为社会主义的物质文明和精神文明建设服务的。要做到这一点，每个编辑首先要对我国的国情和国策有一个基本的了解。对于科技编辑来说，如果不了解当前和今后若干年内国家科技发展的重点和主攻方向，就很难提出符合国家、社会需要的重大选题来。相反，适时地配合国家科技进程出书，就会起到雪中送炭的作用，出版工作就会获得较好的社会效益与经济效益。

对于国情与国策，除了可以通过报纸与主管部门颁发的文件资料学

128

习外，还可以通过参加有关会议，深入进行了解。在某种意义上讲，它是帮助我们把握好选题方向的重要依据。

2. 读者的需求

书和刊最终都是要进入社会，为广大读者所阅读的。所以，当编辑的不是自己喜欢什么就编什么、出什么，而是要以读者的需要为前提。读者是多层次的，因而出版的书与刊也应该是多层次的；读者的需要和阅读心理是在变化着的，书刊选题也应跟得上这种变化。我们常讲，要"急读者之所急，想读者之所想"，也就是这个道理。这种"读者至上"的观念在确定选题时也是值得提倡的。

对读者的需求要作分析，应该把基本读者对象的合理要求作为制定选题的依据。目前，有个别单位为了眼前的物质利益，迎合部分读者的低级趣味出书。这些书有时从印数来看，会给人以一种错觉，似乎它拥有很多读者。但是应该看到，这类书所满足的绝不是出版社的基本读者的需要，而是少数素质不高的人的不合理需求。这类书出多了，出版社会因此而失去基本读者的信任和支持，其损失和影响也是难以挽回的。所以，在确定选题时，对读者需求的分析也是十分必要的。要分析不同层次读者的需要：既要分析近期需要，又要分析长远需要。只有这样，我们才能有计划地有条不紊地去安排选题，真正做到为广大读者服务。

3. 对国内外出版动态的了解和分析

选题的生命力在于它的特色。一本书的选题看上去很好，可是如果步人之后尘就会因此而大为减色。这并不是说，题材相同的书别人出了我们就不能再出，关键在于要有自己的特色。要做到这一点，必须了解本专业的国内外出版动态，至少应该了解同类内容已经出过哪些书，这些书各有什么特点。如果再提高一点要求，还应该了解同类书在今后若干年内的出版趋势。

外界的情况必须与自身的条件结合起来分析，以便在作选题决策时做到扬长避短，充分发挥自己的特长和优势。

4. 图书市场的预测

书和刊首先是精神产品，因而我们特别强调要把出书出刊的社会效益放在首位。但书刊又是物质产品，它最终是要作为商品投放市场的，因而为书刊的再生产而获取一定的经济效益也是必要的。为了求得较好

129

的社会效益和经济效益，尽量做到两个效益的统一，编辑在提选题之前必须了解市场，了解哪些书有销路，哪些书虽然由于读者面窄、销量不大，但受既定读者的欢迎。我们在确定选题时如果能掌握市场走向，书出来后就会适销对路，出版者亦会因此而获取较好的效益。

过去，编辑是不过问市场的，对书出来后销不销得出去并不关心。现在情况有了变化，很多编辑主动了解图书市场，从市场调查中获取有益的信息，来指导选题的制定。我认为，这是可喜的变化。因为图书和期刊只有到了既定读者的手中，为他们所欢迎，我们的书刊才能起到预期的作用。相反，虽然自觉选题很好，但经不起市场的考验，销不出去，这样的书刊，两个效益都是无从说起的。

三、选题的主要来源

选题主要来源于以下三个方面。

1. 出版社领导和编辑基于对国情的分析和对科技发展动向的了解提出选题

一些"工程"浩大的选题，系列书选题和需要组织多人协同完成的选题，大多是从这个渠道来的。

2. 自由投稿

自由投稿与编辑组稿相比，在整个选题计划中所占的比例较小，但它却是一个不可忽视的部分。它可以弥补编辑由于调查面不够广、对作者了解接触有限而带来的片面性。编辑要凭自己的一双慧眼，在大量投稿中作"沙里淘金"的筛选，从中发现一些有水平的稿件，把它纳入选题计划。自由投稿者大多是新作者，因此，在自由投稿中物色选题，也是发现作者，壮大出版社作者队伍的重要途径。

3. 由专家或相关学术部门推荐选题

由于专家和相关学术部门都是某一方面的行家，他们知道哪些科技成果比较成熟，已经具备出书条件；哪些内容社会上迫切需要，应该及时出版。因而，他们提的选题一般都比较准、比较新，在经过论证后，有相当一部分是可以纳入选题计划的。

四、对选题的基本要求

对于选题的基本要求，主要有以下几点：

1. 要体现时代精神

科学技术发展很快，我们的选题也应该跟得上时代的步伐，给人以新的感觉。时代精神不只是体现在书刊的内容上，还体现在它的形式上。例如，近年来随着人们生活节奏的加快，以及各学科之间的相互渗透，在书刊市场上出现了一股以图代文的画报化新潮流，其中以日本最盛。画报化虽然并不是对所有的书都适合，但在重视视觉信息，充分发挥形象思维的作用方面，这是很值得重视的趋势。

2. 要有自己的特色

一个出版社要使自己在社会上有影响、有声誉，必须要形成自己出书的特色。特色的含义是多方面的，对专业出版社来说，应该努力使自己成为本专业的权威出版单位，不仅本专业书的门类要齐，质量也要高，这样才能取得其他出版社所无法替代的地位。如果离开自己的阵地，单纯为了经济效益而东开一枪，西放一炮，就不可能形成自己的出书体系，没有自己的出书特色也就很难确立自己应有的地位。

一般来说，系列书、重点书等"骨干工程"是最能体现一个出版社指导思想、出书质量和特色的。因此，很多出版社都舍得在系列书和重点书上下工夫，对它进行周密的构思，以形成自己固有的特色。

期刊选题首先要求符合这本刊物的性质，其次还要有区别于本刊和其他刊物已发表过的同类文章的特色。没有特色的重复只能浪费读者的时间。要使选题有特色，把握"新、准、好"三个字很重要。"新"就是要有别的文章所没有的新意，无论从内容上还是形式上，都应给人以耳目一新的感觉。即使一些老题材，也可以以新的形式写出新意来。例如，通信中的杂音和干扰是一个老话题，但是由于电信技术的发展，它的内容、形式和解决方法都有了很多变化，所以还是有新内容可写的，何况对同一个问题还可以从不同角度、不同深度上予以剖析。所谓"好"，就是要以质取胜，力求高出其他同类文章。关于"准"，下面还要专门来谈，这里不再重复。

选题特色的形成，是建立在编辑对本社出书出刊方针的深入理解基础上的。那种什么赚钱出什么，什么热门登什么的做法是永远形成不了自己特色的。特色的形成也不是一蹴而就的，它需要在了解和分析本事物与它事物特点上下工夫，需要经验的积累。

3. 要有明确的针对性

131

在确定一本书的选题时，应该明确是写给谁看的，是着重从理论上给人以启示呢，还是着重于在实践上给人以具体指导，或两者兼而有之。现在有的书专业人员看了觉得太浅，得不到启发，而一般读者又觉得名词术语堆砌，难以卒读。这种上不上、下不下的书，反映了在确定选题时，对针对性考虑不够。还有一些科技书不管是写给谁看的，都从历史、原理讲起，一直讲到应用，讲到未来。这种重复不仅造成篇幅的浪费，而且在有限的篇幅中，使得内容分散，不能突出重点。对于一些实用性专业书刊，譬如家电维修方面的书或文章来说，更需要强调针对性。读者看它是想解决实际问题的，如果"隔靴搔痒"，读者是不会满意的。

4. 注重结构比例和总体效果

每一个编辑都可以根据本人的分工，提出一批自己认为有价值的选题。但是，出版社在作选题决策时不仅要论证每本书的出版价值，还要从宏观上考虑各类图书的比例，使它具有合理的结构，满足社会各方面和多层次读者的需要；既要着眼于当前的需要，又要适当考虑长远发展的需要。

有的同志认为，书只要是有用的都应该列入选题。这话听起来似有一定道理，其实不然。因为对于一个出版社来说，其编辑力量和物质力量都是有限的，如果列选的标准仅仅是"有用"，不分轻重缓急，提一本出一本的话，就有可能会因战线过长，使重点书、急用书得不到足够的力量保证，因而质量下降或不能及时出版，而不好不坏的书却出了很多。期刊也是如此，如果来什么文章登什么文章，没有总体构想，刊物就很难给人留下深刻印象。

所以，选题必须考虑总体效果，把微观论证和宏观决策结合起来。

5. 要处理好两个效益的关系

在确定选题时，社会效益和经济效益都是需要考虑的，但是，判断选题优劣的首要标准是它的社会效益。前两年，书刊整顿的深刻教训之一便是，在出书出刊上如果一味追求经济效益，"一切向钱看"，必然会偏离社会主义的出版方向。我们应该尽量谋求社会效益和经济效益的统一。一般来说，受到社会和广大读者欢迎的书，经济效益也是好的。譬如，邮电出版社再版了13次、总发行量达到300多万册的《怎样修理晶体管收音机》一书，便是两个效益统一的典型例子。我们应该在作好社会调查，积极对图书市场作出预测的基础上，提出一批两个效益俱佳的畅销书。在这个问题上必须强调超前意识。因为一本书从列选到出版，都需要一段或长或短的时间，所以我们着重研究的，主要不是现在市场畅销什么，而是哪类书今后将会畅销。

有些单位提出"不出赔钱书"，这未免失之偏颇。这个口号不仅会影响编辑确定选题的注意力，有可能与一些有分量的选题失之交臂，而且无形中对作者的创作活动起到不良的导向作用。受这种指导思想左右，也就很难形成合理的出书结构。

有些书，赔点钱也是应该出的，关键在于要赔得值得。那些社会上迫切需要的、有影响的学术著作和形成出版社出书体系的一些选题，即使亏损也是应该考虑的。

现在大家谈论经济效益，大多是指出版社通过出书和出刊在经济上的直接效果，即盈亏情况。其实，真正的经济效益还应包括出版物为社会利用所创造的物质价值，这后者往往是难以用具体数字来计算的。例如，出版一些有重要理论价值的学术著作，往往由于印量不多，造成出版社亏损。可是，它对科学技术发展将产生的影响，给生产进步所带来的好处，却很难估计。所以在研究一些具体选题的社会、经济效益时，应该有战略的眼光和较长远的打算。

五、确定选题的步骤

选题的确定通常需要经过提出选题、论证选题和进行选题的决策三个步骤。

1. 提出选题——从调查研究入手

前面我们已经淡到，选题的制定是基于对国情、国策的深入了解，以及对社会和读者的需求、对图书市场走向的深刻认识。所有以上提到的几个方面，都是一些与编辑出版工作关系十分密切的信息。掌握这些信息，是编辑提出选题的前提，是进行选题决策的基础。

要想掌握这些重要信息，需要多看、多听，并充分运用各种行之有效的调查研究手段。

调查研究是一种有目的、有方向的信息收集活动。例如，负责学术著作编辑工作的同志，应该多参加相关的学术会议，多接触有关专家、学者。通过这些活动，不仅可以了解到当前科学技术的发展动向，以及

133

我国现阶段科技发展的水平和主攻方向，还可以结识一批相关领域学有所长的专家、学者，了解他们在做什么，想什么。所有这些，对确定选题都是十分有用的。

读者是我们的服务对象，满足读者多层次、多方面的需求，是我们编辑工作的出发点和最终归宿。我们编辑出版的书刊，只有经过广大读者检验，为广大读者所接受，它的潜在功能才能充分发挥出来，才谈得上获取一定的社会效益和经济效益。因此，我们应该把调查研究的重点放在读者身上，了解他们的需求、阅读心理以及今后读书活动的动向。目前，有些出版社对编辑深入读者调研作了明确规定，不仅有时间要求，还提出了调查重点。这种重视对读者的研究的做法是值得提倡的。

走出去，到读者中去面对面地听取意见，这固然是了解读者，增加与读者的感情交流的一种办法，但这并不是唯一的办法。例如，有些期刊每天都要收到许多读者来信。这是一个不可忽视的信息源。在这些信件里，有对刊物提出这样、那样要求的，有评议刊物内容的，也有碰到疑难问题请求编辑给予解答的。读者对刊物的要求，无疑是我们制定选题的重要依据，但后两方面也很重要。从读者对刊物的评论中，我们可以看到读者兴趣之所在和他们所关心的热点，据此我们可以调整刊物的报道重点和各类文章的比例。有些编辑善于根据一些"热门话题"提出选题，很受读者欢迎。什么是"热门话题"，也需要通过调查研究才能确定。一般来说，有经验的编辑都很重视与读者的联系和感情交流，经常倾听他们的呼声，在了解读者疑难的同时，善于捕捉有关选题的信息。对读者的意见和问题要进行归纳、分析，找出其中反映比较集中、有代表性的问题作为制定选题的参考。

在实际工作中，常常会遇到这样的情况，即由于缺乏有说服力的材料，编辑对有些内容是否列选举棋不定，或者在总体上认为可以列选，但对应该突出什么重点，抓住什么特色，心中不是很有底。这时，可以采取专题调查的方式。所谓专题调查，是集中对某一两个或若干个问题有目的地征询意见。可以采用开专题座谈会的方式，也可以采用列出一些问题定向发调查信的方式。专题调查由于问题提得集中，比较容易深入。

与制定选题计划有关的信息都是随时随地在发生的，它要求我们时时留意，处处留意，做一个有心人。譬如，一般读者逛书店是为了买自己需要的书；而编辑逛书店除了买书之外，还应把它看成是了解图书市场，了解读者购书心理的一次调查。要知道，好选题的提出不是靠灵感，而是靠编辑对自己掌握的大量信息所作的准确分析和判断。

2. 论证选题

编辑在调查研究过程中发掘出来的选题，要通过逐级论证，选出最优者列入出版社的选题计划。

所谓选题论证，就是通过一定的组织形式，对所论选题提出的依据进行核实和逻辑推理，从而确定它的可行与否。

选题的论证是分层次进行的。首先是责任编辑的论证。这一层次的论证一般都是与调查研究一起进行的。责任编辑在进行选题调查的过程中，总是不断地对调查中获得的信息进行归纳、分析和比较，并下一番"去粗取精，去伪存真"，"由此及彼，由表及里"的工夫，最后提出自己所满意的选题来。这一层次的论证工作做得好或坏，能集中反映责任编辑调查研究的深入程度和他的诸方面的能力和水平。因此，可以说这是代表编辑水平的论证。

第二个层次是编辑部的论证。编辑部对每个责任编辑所提出的选题不能简单地把它们归归类上报了事，而必须结合本部门的出书范围以及近期和长远的选题构思，对责任编辑上报的选题作出宏观判断，看重点是否抓住了，比例结构是否合适，选题的总体规模与本编辑部的人力是否相适应，等等。应该指出，不是凡有用的书都能列入出书计划的。那种只考虑客观需要而不顾及本部门的实际能力，把战线拉得过长的做法，必将造成力不从心的后果，并将影响到出书的质量。编辑部也需进行微观论证，即对每个选题作具体分析。但这不是从头做起，而是在责任编辑选题报告基础上进行的。在某种意义上说，它是对责任编辑所提选题的基础材料(即论据)和观点的一次验证。

选题论证的第三个层次是出版社的论证。这是在社长和总编辑领导下，对各编辑部报上来的选题的科学性、可行性所进行的高层次论证。社一级的论证是在责任编辑和编辑部论证基础上进行的。如果前两级论证能严格遵循出版社有关选题的指导思想和对选题的宏观控制，那么前两级论证的结果应该大部分被认可，只有少数需要进行调整。如果社一级论证的结果在很多方面都否定了前两级的论证，就说明出版社对选题论证的指导思想宣传交底不够，或前两级论证工作做得不够细致。

参与出版社一级选题论证的人应该是掌握足够的信息、具有一定的编辑出版工作经验和具有一定分析判断能力的人。必要时，还可以适当邀请社外专家参加。要注意发挥论证班子的集体智慧，避免采用简单的行政手段来决定选题的取舍。

3. 选题的决策

选题的决策是在选题论证的基础上进行的。它的根本目的是使选题进一步优化，从总体上取得最佳的社会效益和经济效益。

选题决策要民主化，也就是说要依靠群体的力量。因为选题决策牵涉到的问题很多，需要各方面的人的积极性和智慧，需要多种信息作为基础。例如，出版社的选题规模必须根据本社实际生产能力(包括编辑力量以及绘图、校对、印刷等配套工作的实力)。因此，决策班子里应吸收全盘掌握生产情况的人参加；出版社出书重点放在哪里，应该有什么样的比例结构，这些更是政策性强，需要有多种信息支持的课题。如果决策班子里人才单一，就很容易出现决策片面性的弊病。显然，决策班子里也应吸取谙知图书市场的人参加。

六、选题决策中的几个问题

1. 选题决策中的超前意识

从决定选题到出书，少则一年半载，多则三五年。如果确定的选题只是眼下的"热门"，而两三年后已是"明日黄花"了，这样的选题有什么生命力呢？这是我们强调选题决策要有超前意识的原因之一。

任何事物都是在运动和发展着的，特别是科学技术领域，更是一日千里。这就要求我们在制定选题时不仅要看到某个学科的现状，还要了解它的发展趋势。要把一部分出书力量放在若干年后将对科技发展起决定性作用的领域。日本的一位同行曾谈起过这样一件事：在日本还是模拟通信占绝对优势的年代，他们通过与许多科学家的接触，预感到未来将是一个数字化的时代，于是他们早早地着手组织这方面的书。结果，他们第一本介绍数字通信技术的书问世之日，也正是日本通信数字化起步之时。因而这本书的出版产生了很大影响，很多专家都来向他们祝贺，赞扬他们的远见卓识。可见，超前意识是编辑出版工作适应时代发展的

136

一种需要。

2. 选题决策中的竞争意识

图书的竞争，首先是质量上的竞争。有些人不同意这个观点，认为有些出版社不重视质量，差的书不是照样卖得出去吗？这或许是事实，但我认为这只能说是短期行为。一旦市场上这方面的好书多了，它就会相形见绌。质量低劣的书出多了，读者对该社的书便会产生一种不信任感，其影响是很难挽回的。

当然，时效上的竞争也十分重要。在某些时候，它对两个效益将起决定性的影响。一本介绍 BASIC 语言的书，出在各行各业都在普及计算机，而有关资料奇缺的年代，其影响比今天出版同样一本书要大得多。要在时间上领先，就要求编辑对周围事物增强敏感性，善于及时发现和捕捉一些重大的题材，并不失时机地将它们充实到自己的选题计划中去。

此外，在竞争中注意扬长避短，彰显自己的特色也是十分重要的。有的出版社提出"人无我有，人有我新，人新我快，人快我好"的十六字选题方针，其内涵恐怕也是这个意思。这是适应竞争形势的经验之谈。

3. 选题决策中的胆与识

在选题决策中，对于社会效益和经济效益都显而易见的选题，是比较好下决心的。而对于那些投入大，眼前又见不到效益的选题，就颇费斟酌了。在这方面，特别需要决策者有长远的眼光和足够的胆略。敢于将那些暂时得不到利益，但对奠定出版社出书基础，形成出版社出书体系和扩大其社会影响有显著作用的选题列入计划，这是符合出版社长远利益的。看准了的，该拍板的就拍板，该承担一点风险的也不怕承担。犹豫徘徊、墨守成规，是很难作出重大选题决策的。胆是以识为基础的，如果选题决策者孤陋寡闻，只凭主观意志去定选题，那是肯定要失败的。

大家都能想到的选题，搞的人必然多，除非很有特色，否则是很难在竞争中取胜的。因此，我们还要想别人所想不到的选题，独辟蹊径，使得经我们手出来的书能给人以耳目一新的感觉。

4. 选题决策中对两个效益的考虑

在确定选题时，如果以"不出赔钱书"为准则，显然是不妥当的。因为它将会使一些学术价值高但经济上亏损的书得不到出版的机会。但是，不考虑经济效益也是不现实的，因为这不仅关系到出版社的生存和发展，

137

而且一定的经济效益也是出版社依靠自身力量扶植有价值学术著作出版的经济基础。

因此，在选题决策中，要从宏观上处理好两个效益的关系。

(1)要尽量扩大两个效益都好的选题的比例。对于大部分书来说，它们的社会效益和经济效益是一致的。这些书的特点是选题对路，符合社会和读者的需要。例如，人民邮电出版社1989年出了一本叫《电话用户手册》的小册子，没料到这本不起眼的小书在一年多时间里竟印了两次，累计印数达50余万册。取得了很好的社会效益和经济效益。这是为什么呢？是由于编者抓住了近几年电话(特别是住宅电话)迅速发展的时机，迎合了广大电话用户了解电话新业务的迫切需要。由此可见，两个效益是可以兼顾的，关键是需要找到它们的结合点，抓住合适的出书时机。

(2)该赚的一定要赚，该赔的也舍得赔。对于一些读者面较宽的书和刊，不仅不应该亏本，还应该有一定的利润指标。相反，一些读者面比较窄，但对科技发展有重大影响的书，即使赔一点也是值得的。这类书给社会带来的潜在经济效益往往寓于社会效益之中。至于哪些书该赚，哪些书该赔，要具体情况具体分析。

138　　　　(3)坚持把社会效益放在首位。目前，一些平庸、甚至有害的书，从发行量上看可能也不小，但这类选题仍然是我们通过优化要排除的对象。我们对于读者的正当兴趣爱好，应该尽量满足；对于一些读者的不正当要求和低级趣味不能迎合，而要正确地进行引导。从这个意义上讲，选题决策中也存在一个导向问题。

5. 选题决策中的原则性和灵活性

选题决策中的原则性就是坚持正确的出版方针，坚持四项基本原则，坚持按规定的范围出书，这是保证正确的出书方向的前提。选题决策中的灵活性表现在拟定的选题计划要留有余地，以便随时可以根据客观情况的变化进行调整和补充。只有在选题决策中既灵活又有原则，才能在选题的竞争中始终立于不败之地。

本文原载《科技出版》1991年第3、4期

审读与编辑加工

一、"审读"在编辑出版过程中的地位与作用

审读的目的是对组来的或投来的稿件进行鉴别、评论和判断，并最后作出取舍的决定。

人们常说，编辑对于来稿有"生杀予夺"之大权，指的主要就是这一环节。由于它决定稿件的"命运"，因此也可视作为编辑工作的一个中心环节。

科幻作家凡尔纳平生写了 100 多部作品，享誉全球。但他的处女作《汽球上的五星期》开始却不为人所识，先后被 15 家出版社退稿。一气之下，他便把稿子往火堆里一扔，想一烧了之。幸好被妻子抢了回来，再次投寄给第 16 家出版社。不料这家出版社的编辑却慧眼独具，使他的书稿得以问世。凡尔纳以此为契机，继续他的科幻小说创作，一发而不可收，最后终成大业。

1951 年，北京《新民报》萌芽副刊的编辑晏明，从他所审读的大量来稿中发现了当时年仅 13 岁的北京二中学生刘绍棠。在晏明的帮助下，这位中学生写在作文格子里的文字变成了铅字，他的人生也从此迈出了关键的一步

　…………

类似的例子还很多。这说明，审读既是决定稿件命运的关键，也是沙里淘金，发现精品佳作和有潜力作者的重要一环。审读是对于编辑的眼力的严峻考验。由于编辑的眼力、判断能力不够，视金为沙，与许多好作品"擦肩而过"的事也是常有的。

审读也是一个承上启下的环节。选题、组稿是审读的基础；编辑加工则是以审读为基本依据而展开的，是审读的延伸。

审读要对稿件作出鉴别、判断，将它分成采用、退稿、退修几类。对于那些编辑一时还没有把握作出判断的，还可请专家复审，以作出最后定夺。

审读不仅是给出结论，还应为下一工序提出建设性的意见。如对退稿提出不能采用的主要理由；对退修的稿件指出需要修改的地方，与作者商榷；对采用的稿件，也可提出在编辑加工过程中应注意的问题和进

一步完善的意见等。

二、怎样做好审读工作

1. 首先，要以全局观念把握好书稿总的倾向。

这是对书稿作出正确评价的基础。要防止舍本求末，把注意力集中在一些细小的问题上，而置一些重大的、原则性的问题而不顾；也要避免求全责备，与一些优秀之作失之交臂。

综合评价的重点是：

· 政治倾向。防止因追求"票房价值"而将糟粕当作精华。

· 学术水平。学术水平的高低主要看它有无创见，即有无新的思想、新的观点、新的论据、新的成果等。如果没有新意、没有特色，那就无多大的出版价值。

"有比较才有鉴别。"要通过比较发现有创见的作品，并杜绝重复出版。

一部作品的学术水平除了看它有无创新点之外，还要分析它在理论上的观点、论据是否站得住脚，出处是否可靠等。

· 可读性。是指要使既定读者容易读、容易懂，读起来有兴趣。可读性意味着文化覆盖面和群众基础的扩大，不能将它与文化追求的低俗化相等同。

2. 要客观公正。

编辑是一部书稿的第一读者，但不是一般的读者。因为他要决定书稿的命运，因而要求他像法官一样公正。

编辑不能以个人好恶、个人兴趣作为处理书稿的标准；尊重名家，但不迷信名家，在决定稿件的录用与否上凭质不凭名；不能让平庸之作作为交易中的"照顾对象"而进入市场，也不能在各种诱惑面前失去选稿原则而随波逐流。

3. 要有换位意识，能站在读者的立场上审视书稿。

三、审读对编辑素质所提出的要求

1. 要有深厚的专业知识根底。

这是对书稿作出比较和正确判别的基础。编辑的专业知识水平不高，就识别不了伪科学，就有可能让劣作、平庸之作混迹其中，或与此相反，出现误"杀"无辜的现象。

当然，要求编辑样样专、样样精也是不切实际的。在遇到自己判别起来有困难时，可借助专家的力量。特别是对于一些学术性较强的专著，组织专家"外审"有时是不可缺少的一步。

2. 要有较宽的知识面。

书稿来自各个方面，涉及的专业面也相当广泛，即便是编辑有专业分工，同一专业也会包含诸多学科。只有博学，才能适应稿件的多样性需要。另外，现代科学技术各个领域存在相互交叉、相互渗透的趋势，这也要求编辑具有较宽的知识面。

3. 要有能公正地作出有悖于本人个性、感情和兴趣的决断的心理素质，真正做到以稿件的质量作为决定取舍的唯一标准。

4. 要有眼力。

编辑的眼力首先表现在对稿件的识别能力。他应能从众多的稿源中选出最有分量、最适合当时社会需要和读者需要的稿件。这是一种从"沙里淘金"的能力。对于稿件作出基本评价后，还应能对稿件的处理提出中肯的、切中要害的意见。

眼力也表现在能发现有潜力和有培养前途的作者方面，不以名取人。

眼力还表现在对市场的洞察力，能准确把握图书的出版时机。

141

眼力以深厚的科学文化知识为基础，但也离不开实践，离不开自觉的、有意识的磨炼。

四、"编辑加工"的地位、对象和目的

编辑加工是审读工作的延续。它以已经决定录用的稿件为对象；对于不具备加工基础或需要作者配合作重大结构调整或修改的稿件，需要在进行调整或修改后，才能进入编辑加工环节。

就像一个产品，由毛坯变成成品时需要加工一样，对于初步决定录用的稿件也需要进行加工，使之成为合格的出版物。可见，编辑加工是保证出版物质量的重要环节。

编辑加工是编辑的主要职责之一。其目的是对已选定的稿件进行所谓的"补漏拾遗"和"锦上添花"，使之在付印之前全面达到对书稿的质量要求。

编辑加工是编辑运用自己的学识和娴熟的编辑业务技能来完善作者作品的过程。这里既需要学识，又需要热情。正如鲁迅所说的："我的生命，碎割在给人改稿子、看稿子、编书、校字、陪坐这些事情上。"说明编辑加工既是编辑的职责，又是一种无私的奉献。我们不能借口"文责自负"而忽视在这一个环节上的责任。

五、编辑加工的方法

编辑加工没有一套固定的"套路"。现列出以下要点，可供编辑加工时参考。

1. 抓住重点，由大及小；

2. 立足读者，找准起点；

3. 摘出问题，不漏疑点；

4. 细查勤问，逐个落实；

5. 瞻前顾后，注意呼应；

6. 逻辑脉络，必须理清；

7. 遵照规范，统一标准；

8. 朱笔改稿，责任分明。

在进行编辑加工时，不能拿到稿子下笔便改，而应该在落笔之前，先通读一遍原稿，形成编辑加工的思路，明确加工的重点，然后由大到小处理稿中的问题。

142 在编辑加工中，忌改作者的观点和风格。不能把原本风格各异、多彩多姿的各类稿件改成千篇一律。要提倡找根据，查出处，核实每一个可疑的资料和数据，而不能想当然，或望文生义；防止脱离原稿，越俎代庖；切忌改错添错，或将对的改成错的；要着眼一个"细"字，一丝不苟，精益求精；在改稿中要特别注意一致性问题，以及对图的编辑加工。

编辑加工不是有的人所理解的只改个把错别字和加几个标点符号，而是全面完善稿件的创造性劳动。在近年来组织的各类图书评奖中，除了重视原创性外，编辑含量也引起了人们越来越多的关注。因为它是图书成为精品的一个不可缺少的条件。由于编辑加工的工夫不到，在评奖中原本呼声很高而最后被拉下"马"的例子不在少数。这在提醒我们，编校质量切不可掉以轻心。

本文为作者在 2002 年全国科技编辑研讨班上的讲稿

谈科技文章的准确性

科学技术刊物担负着介绍科技成果，传播科技知识和提供科技信息的重要任务。科技刊物既然是姓"科"，对它的科学性自然要有特别严格的要求。离开了科学性，文章就不会有说服力，科技刊物也就失去了它的立足之地。

一篇科技文章要达到它的预期效果，首先要求它在概念上和思想方法上是准确的、可靠的。没有准确性也就谈不上科学性。我认为，目前在科技刊物的编辑工作中，对准确性还没有给以足够的重视，有些问题很值得我们去作深入的探讨。

一、概念的准确性

在科技文章中，专业名词和术语是用得很多的。可以说，它是构成科技文章的不可缺少的"元素"。作者和编辑要通过文章把新的科学技术知识传递给读者，准确而贴切地运用专业名词和术语，是达到这一目的的一个必要的条件。

例如，在电工、电信和电子技术领域里，经常用到电压和电位这两个名词。它们之间是有差别的，如果稍不留意，就会导致概念的混淆。下面举两个例子。

例一、"由于该 NPN 型晶体管的基极电压低于发射极电压，因而截止。"

例二、"电阻 R_j 的电位是 3V。"

前面一个例子中的"电压"系"电位"之误。因为，电压是两点间的电位的差值，如果不说明比较标准，只讲某点的电压是多少，是没有意义的。显然，这里是想说明该两点对地的电压，即电位。类似这种在概念上的混淆，我们在编辑加工时应该把它们订正过来。

第二个例子也是由于没有真正把握"电位"这个概念。在电子电路中，我们讲的电位，一般是指某点与地（或指定参考点）之间的电压。一个电阻有两个端子，如果在它上面有电流流过，这两个端子对地的电位就不一样。因此，我们笼统地说某元件的电位是多少也是不确切的。

在科技书刊中，类似上述概念混淆的例子还可以举出很多。例如放大倍数和增益、电压和电平、绝对值和代数值、功率电平和电压电平等

143

等。对于这些容易混淆的概念，我们在科技书刊的编辑工作中应该特别注意，并及时予以澄清，否则就会以讹传讹，对读者、对工作都会带来不良影响。上面提到的电压电平和功率电平，是电信工作者经常接触到的两个既有区别，又有联系的概念。由于很长一段时间里，书刊上各有各的解释，造成了混乱。一位从事电信维护工作的同志告诉我，在一次长途电路的测试中，由于搞测量的同志对这两个概念模糊不清，误将电压电平当成功率电平，结果把电平调高了，引起了全电路的振鸣。为此，那位同志提醒我："你们当编辑的要给读者以准确的概念，不能今天这样说，明天那样说；这本书这样说，那本刊又那样说。这样在读者中就会引起混乱。"我觉得，他的告诫是很有道理的。

二、单位、符号的准确性

1984 年召开的"全国科技出版系统法定计量单位宣贯会议"建议，从1986 年起在出版物上贯彻实行法定计量单位。现在时间已过去了三年，但至今科技书刊上这方面的问题仍然不少。例如仍有少数文章把频率单位"赫"称为"周"的，用英尺、英寸表示长度的，等等。单位名称不合规格的情况也很普遍，例如电阻 10 千欧写成 10k，电容 1 000 皮法写成1 000p，等等。其实，k 和 p 在法定计量单位中是用来构成十进倍数的词头符号，k 代表 10^3，p 代表 10^{-12}，根本没有代表单位的意思。所以，以10k 代替 $10k\Omega$，以 1 000p 代替 1 000pF 也是不妥当的。另外，量和单位符号的正、斜体，大、小写，上、下角标位置以及数字用法等不合规定的情况也相当普遍。之所以如此，是由于我们对符号的标准化还缺乏足够的认识。认为这无关大局，即使不准确读者也能明白，何必在这方面下工夫呢？其实不然。科学技术本身就是要求准确、严谨的，如果我们对文章中大量使用的单位、符号之类处置随便，甚至前后都不统一，就会影响文章的效果，降低读者对书刊的信赖度。

我曾经碰到过这样一件事：一位作者论文中有 $K_{op} = f(k_{op})$ 这样一个公式，我们给他印成了 $K_{op} = f(K_{op})$。在看清样时，作者提出要改，但我们没有给改过来。作者对此很有意见，他说："这样一个字的疏忽，不仅读者看不懂我想要表达的意思，而且还会认为我对自己作品缺乏严肃认真的态度。"我认为，作者的批评和担忧是有道理的。

在电信书刊中，接地符号、电源极性标记等，在整个文章中或许是属于枝节，但如果搞得不准确，其影响却是很大的。过去我们曾碰到过这样的事：一篇介绍无线电制作的文章在电路图中漏了接地符号，结果读者装了机器不能运转找到编辑部来。这说明，单位、符号也是科学技术文章的一个组成部分，对它的准确性同样需要有一个严格的要求。

三、语言表达的准确性

在科技出版物中，准确的科学技术内容需要通过准确的语言文字来表达。科技文章除了与其他文章一样，要求文字通顺、条理清楚和有一定的逻辑性外，还特别要求语言准确，符合科学技术的规律。下面通过几个实例来说明上述观点。

例三、"按下预置键，R_0、C_0 被充电。"

例四、"由反相器 F_5、F_6、R_{13}、R_{14} 组成了施密特触发器。"

例五、"5 脚外接的时间常数为 0.16 秒。"

例六、"功率晶体管选用时应留有余量。"

例七、"气体推动活塞膨胀作功。"

例八、"80 年代初，我国推出了 EEL-1 型耳机，属于国内首创。"

例九、"今天，借助计算机和高技术的威力，人类古老而美好的愿望已成为现实。"

145

电容有储存电荷的本领，可以充电、放电，这是人所共知的。而电阻却没有这样的功能。所以例三中说 C_0 被充电是对的，但把 R_0 也带上便不符合科学道理。

例四是由于标点使用不当影响到了文章的准确性。作者的本意是讲，组成施密特触发器的是反相器 F_5、F_6 以及电阻 R_{13}、R_{14}，但从文字上看，R_{13}、R_{14} 也成了反相器了。可见，标点运用失当，有时也会影响科技内容的准确性。

例五、例六都是由于省略了不该省略的成分，造成概念的不确定性。例五中，外接的显然不是"时间常数"，而是某个电路（这里是指 RC 电路）。现在把这个主要成分省掉了，道理就不通了。例六也一样，没有说明应该留有余量的是晶体管的哪个参数，这就给读者带来理解上的困难。

例七至例九说明，逻辑表达上的问题，也会影响文章的准确性。例七把因果关系搞颠倒了。例八前后矛盾，以致令人难以捉摸。我国推出的产品，如属国际首创确值得一提，而后面明确无误地告诉读者，是"国内首创"。既然是国内首创，这里的"我国"恐怕就该换成某厂或某公司，否则就不合逻辑。像例九这样值得推敲的句子我们也是常见的。且不说其中存在用词不当的地方，仅就计算机与高技术并列来看，也是不够确切的。因为计算机应该属于高技术的范畴。现在文字上的并列就把原来在概念上的包含、从属关系变成为平行的关系，这显然是不妥当的。可见，在科技文章中，语言的准确性不单纯是一个修辞问题，是为了"锦上添花"，它也是准确传递科学技术信息所必不可少的条件。

准确性是科技文章的基本要求。它不仅要求每个科技书刊的编辑有高度的责任感和严谨的工作态度，而且要求有一定的业务水平和文字表达能力。否则，就难以作出正确的判断，即使看出问题，也不一定能把它改正过来。

本文原载《科技出版》1989 年第 2 期

从更改栏名说起——谈科普期刊的特色

不久之前，听说《无线电》杂志把两个主要栏目的栏名给更改了："视频技术"改成了"电视与录像"，"音频技术"改成了"音响"。这是不是最佳选择，我不敢断言，但有一点似乎是肯定的，那就是改比不改好。因为，改了能体现科普的特色。

对于电子学和通信方面的专业人员来说，"视频"和"音频"，都是极普通的概念，而对于青少年无线电爱好者来说，就不尽然了。在他们看来，"电视"、"录像"、"音响"这样一类的词似乎更形象，更直观，更使人感到亲切一些。既然杂志是办给他们看的，我们就应该考虑他们的实际水平和接受能力。正是从这一点出发，我是很赞成《无线电》更改栏名这一举动的。

在科普期刊的编辑工作中，我们经常会碰到这样的情况。有些科学技术道理，用专业术语和公式只需几行文字就可以表达清楚，但我们并没有这样做，而是想方设法运用大众化的语言，采用铺垫、比喻以及由浅入深、由表及里等写作技巧去加以解说。为什么要这样弃简就繁呢？这也是科普的对象和特点所决定的。如果我们把对专业科技人员讲问题的方法用到科普上，肯定是会把读者吓跑的，不能达到科普的目的。因此，我认为，了解自己刊物的读者对象，时时刻刻注意到我们刊物的内容以至表现形式是否适合于他们的口味，这是关系到刊物办得是否有成效的一个重要因素。

目前，不少科普刊物都辟有报道国外新技术信息的栏目，有的还刊载翻译或编译文章。其中有搞得好的，也有不那么成功的。其关键也在于能否把握住科普刊物的特色。从选什么题材到以什么样的面目出现，都不能忘记我们办的是一本科学普及杂志。例如，某综合性科普刊物每年第一期都要发表一组文章，综述去年国际上各个领域的一些主要科技成就。这无疑是个不错的主意。加之写这些文章的都是行家里手，在权威性上也是毋庸置疑的。但美中不足的是，有的文章里面专业术语大量堆砌，令一般读者望而却步；有些文章甚至连专业人员也难以卒读。可见，科普刊物仅有好的选题、好的设想和有权威的作者还不够，还应该注重科普的特色，否则是达不到预期效果的。国外和国内都有一些科普作者在从事将高深的科学理论和最新的科技成果通俗化的工作，这是一项值得称道的工作，它具有十分深远的意义。如果我们的科普杂志都能根据自己既定读者对象的实际水平，把经过科普作家消化并加以通俗化的新的科学知识及时地传递给读者，那肯定会受到广大读者的欢迎。

147

科普的特色不是抽象、孤立的概念，它必须与刊物的方针、任务和宗旨结合起来考虑。例如，图文并茂是科普期刊应该具备的特色，但并不是图多便一定能体现科普的特色。例如，有些科普刊物为了引起读者的兴趣，安排了一些画页。其中有些画离开了刊物的宗旨，既不起普及知识的作用，又无科学的内涵。这与我们所提倡的图文并茂决不是一回事。好的报头、插图和尾花可以使文章增色，特别是那些构思巧妙、含意深刻的报头和插图不仅起到活跃版面的作用，而且发人遐想，使人回味无穷。它甚至起到了文章所起不到的作用。要做到这一点，绘图者必须首先"吃透"文章的内容，然后利用艺术手法渲染以至延伸文章的主题，使内容美与形式美融为一体。但目前我们很多科普刊物离这个要求还有相当一段距离。有些刊物的做法是，文字编辑把标题告诉美术编辑，美术编辑便根据自己对标题字面的理解画上一些人、物或景。其中，不乏与主题不搭界和千篇一律之作。由此可见，对科普特色的理解不能停留在表面上、形式上，而应该从科普的根本任务出发加深对它实质的认识。

目前，日本等一些国家的科普书刊兴起一股"画报化"的潮流，出现了许多有如"图解×××技术"一类以画为主的书籍，以照片、图画为主的科普刊物。我想，其本意也是为便于读者接受和适应高节奏社会生活的实际需要。虽然，画报化眼下未必适合于我国的国情，但在科普刊物中充分利用形象思维这一点还是值得我们借鉴的。我们应该更多地把眼光投射到形象化表达这样一个领域，使刊物办得更生动活泼，更为读者所喜闻乐见。

一本有特色的刊物，不用看它的封面，读了它的文章便能说出它是属于学术刊物、科普刊物还是情报性刊物，甚至能从它的文风、版式等特色说出它的刊名来。现在有些科普刊物不十分注意自己的科普特色，介绍新技术知识的科普文章无异于情报性刊物，翻译味道很重，读起来生涩难懂。一些专业名词术语明知读者不易接受，也照搬无误。这样的文章，其效果是可想而知的。情报性刊物和科普刊物，其读者的层次和知识结构都是迥然不同的，不注意这一点，想用同一锅里的"菜"去调众家之"口"是办不到的。

科普刊物虽然也可以有一定的新闻性，但毕竟与报纸不同。读者想从刊物中得到的，主要是科学技术知识，而不是消息。科普文章即便是涉及一些事件，一般也多是作为引子或举例来处理的(科技信息除外)。现在，有些科普期刊离开普及科学技术知识这一宗旨去报道新闻人物、会议消息，介绍厂家企业以至名胜古迹，我认为都是不足取的。科学性应该是科普刊物所共有的一大特色。

不仅科普刊物相对于其他类别的刊物要有自己的特色，即便是同属科普刊物，也应该各有各的特色。只有这样，我们的科普百花园中才会有生气，才会呈现万紫千红、千姿百态的景象。一本刊物要办出自己的特色，需要有一个符合办刊宗旨的明确思路，用什么样的稿件，不用什么样的稿件，都要有一定之规，绝不能社会上热什么，我们就登什么，更不能以"票房价值"为转移。否则，必然会东一榔头西一棒子的，把刊物搞得不伦不类。例如，一些以介绍世界新科技知识为宗旨的综合性科普刊物，突然登起家电维修的文章来，还附有一张张电路图，这样就把整个刊物的思路打乱了，格局也被破坏了。曾几何时，一些刊物受"烹调热"的影响，也登起菜谱来。如果结合菜谱讲一点做菜配料的科学道理也未尝不可，但实际的情况往往不是如此。问题在于我们办刊的人有时只看到某个内容有广泛的读者群这一个侧面，而没有注意到自己的刊物是不是适合登这方面的内容。"科幻"虽也属科普，但不见得凡是科普刊物都适合于刊登科幻作品。

总而言之，我认为任何一本科普刊物都应该有自己的特色，自己的风格，只有这样，才能在当今科普期刊林立的情况下，立于不败之地。从长远的观点来看，没有特色的期刊是没有生命力的。对于一个科普作家来说，在写作科普作品时，也应该首先考虑好是给谁写的，准备在哪儿发表。不论在哪里都能用的"万能稿件"是不存在的。

另外，一本科普刊物特色的形成也不是一朝一夕的事，它要求刊物的编辑不断积累和探索。在这一过程中，内容的调整、充实以及形式的改变都是不可避免的，但都不能离开刊物的宗旨，不能离它既定读者的需求。调整充实也好，形式的改变也好，都应该使刊物更富有特色，更具有魅力，而不是无限制地扩大地盘，搞成一本"大杂烩"。

我们讲刊物要有自己的特色，并不是说一经形成的东西都要一成不变。相反，我们要跟踪时代的发展和科学技术的进步，不断以新的思路、新的内容向读者普及科学技术知识。只有刻意求新，独辟蹊径，才能不断使自身得到完善和发展。

149

本文原载《科普创作》1990 年第 3 期

编辑与高新科技

20 世纪是科学技术空前辉煌和科学理性充分发展的世纪，人类创造了历史上最为巨大的科学成就和物质财富。现在，人类正在经历一场新的全球性的科学技术革命。

这场科学技术革命正在对人类的社会经济以至生活方式带来无比巨大的影响。无疑，它也将波及出版业。它不仅将改变传统的编辑、出版、销售方式，还将对出版业的传统观念带来巨大的冲击。我们应当顺应高新科技发展的潮流，积极探索发展出版业的新路。

一、高新科技发展对出版业的影响

1. 高科技发展正在缩小传统书的空间。

在 20 世纪，广播(第二媒体)、电视(第三媒体)和因特网(第四媒体)的相继出现，正在逐步缩小传统书、报、刊(第一媒体)的空间。

从此，人们获取知识的渠道多样化了，各媒体之间出现了相互竞争、相互渗透而又彼此联手的局面。

2. 高新科技发展正在改变人们的阅读方式和阅读习惯。

①从面对纸质书本到面对屏幕；

②从平面到立体；

③由单向性变为交互性(从被动转为主动)。

3. 多媒体技术丰富了书的内涵，赋予编辑以更多的创造空间。

①什么是多媒体技术

多媒体技术是以电子计算机为中心，集文字、声音、视像为一体的技术。

②多媒体技术的魅力

多媒体呈现在读者面前的是立体的、形象生动和富有感染力的知识，它同时作用于读者的听觉和视觉，能够大大增强信息传播的效果，调动起读者的阅读兴趣。

150　　多媒体不仅大大丰富了书的内涵，还扩大了编辑人员的创造空间。

4. 因特网打破了书的"疆界"，使图书从信息的采集、编辑、出版直到发行等一系列过程都发生了根本性变化。

①因特网是个庞大的"信息超市"，任何人都可以通过它出版和发行文件，或用公告牌公布有关发行信息。从因特网上我们可以得到许多有用的信息，当然也有糟粕。一批网上"淘金"者，和一些以互联网为主要依托的"创作室"应运而生。

②网上出版具有信息更新快和便于检索的特点，因而在出版的时效性和查阅的便利性方面超过传统书刊。

③网络书店已经出现，网上销售将成为未来图书销售的一种主要形式。

④因特网上鱼龙混杂，目前还没有找到一种"聪明的"软件能对它们进行过滤与选择；因特网还使信息进入跨国配置时代，有可能因此而进一步拉大贫富差距；知识产权的保护问题十分突出。

5. 信息高速公路计划的实施，使得图书、报刊能与电话、传真、有线电视、E-mail 等在一起进入信息传输的快车道。它们通过同一渠道、同一界面进入人们的家庭和办公室。

换句话说，信息高速公路使电信业和大众传媒出现了彼此融合的趋势。

信息高速公路的概念是 90 年代初提出来的，很快就得到世界众多国家的广泛响应。有人把它看做是继电子计算机出现后的第二次信息革命。

信息高速公路以大容量的光纤、光缆为主干道，可以大大加快信息的流通速度，拓宽信息通道。例如，90 年代用计算机网络传送 33 卷《大不列颠百科全书》需要 13 个小时，而用信息高速公路只需 4.7 秒。

出版业进入信息高速公路时代后，不仅可大大加快图书到达读者眼前的速度，而且也降低了传播的费用，使传统的发行体制发生了一场革命性的变革。

信息高速公路与多媒体技术一样，也使阅读成为双向性的，并充满乐趣。

6. 数字化已成为这个时代的一个重要特征，成为未来出版业的新的发展趋势。

40 年代，电子计算机的出现不仅使出版业告别了铅与火，代之以声与光；而且，由于数字存储技术的发展，使单位空间的信息储存量大大增加。一张不足 4 英寸的光盘可容纳下一套《大英百科全书》和一整年报纸的全部信息，一张 3 英寸的光盘能装下 10 部《辞海》。

建立在数字技术基础上的电子图书的出现不仅改变了书的形式，也极大地丰富了书的内涵。另外，它的出现还使一向以收集、整理、存储和提供信息资料为己任的图书馆发生了革命性的变化。人们称未来的图书馆为"无墙图书馆"。由于图书借阅方式的改变，"秀才不出门，全知天下事"将成为科学的现实。

综上所述，电子书的出现，以及多媒体、因特网、信息高速公路等高新科技的发展，冲击了传统图书的市场，并从观念上以至具体的编辑、出版、发行运作上对图书出版业带来巨大影响。但是，普遍认为传统图书不会消亡，理由是：

①对于读者来说，有形的传统图书具有良好的触感和亲和性，能满足人们的"恋物癖"。而且，它具有保存久远，易于阅读的优点。正如未

151

来学家彼得葛力佛所说的："书，是永久保存人类文明的最佳媒体。即使是最持久的电子媒体，也只有 20～25 年的寿命，因此造成许多档案只能在不生产的机器上阅读的弊病。"

②传统书与电子书各有其特长和适应范围。

一般来说，前期投入大、发行量大的大众生活类、娱乐类图书以及工具书，适于制成电子出版物；而专业面较窄，印量不大的，还是以出版传统书为好。

③实践证明，传统书与电子书互动，往往能取得较好的市场效果。

④电子书易被盗版，知识产权的保护一时间还是个难题。

二、高科技时代对编辑工作提出的新要求

1. 要求编辑不断学习，加快知识更新的速度。

2. 要求编辑有较强的获取信息的能力。

我们正处在一个"信息爆炸"的时代，各种信息浩如烟海。昔日编辑靠"剪刀、糨糊再加一枝笔"，现在已经不够用了。今天的编辑要能熟练地使用计算机从信息库中检索信息，或悠游于互联网之中。掌握的信息越多、越新，选题策划就越有基础。

3. 电子出版业是高智能、高投入、高风险的产业，因而更需要强调创意和策划，需要将编辑工作的重心前移。质量依然是出版业的生命和编辑工作的主要着眼点。

4. 高新科技的日新月异，以及新出版方式的崛起，都要求编辑有更高、更全面的素质和更广博的知识。

今天，人们社会生活的科技含量在不断增加，科学已走出高雅的殿堂，走近普通百姓；各学科之间的相互渗透日见明显，社会科学与自然科学的界线变得模糊……反映在出版业上，近年来，出现了一批融社会科学与自然科学于一体的图书，深受读者的青睐。为了适应上述这种趋势，就要求学文的编辑要懂点自然科学，熟悉高新科技；学理工的编辑要懂点人文。

另外，电子出版物、多媒体出版物都是立体出版物，不仅要求编辑懂专业、熟悉一般的编辑业务，还要求他们知道点美术、音乐方面的知识。

总之，高新科技为出版业注入了新的活力，开辟了新的、广阔的天

地。但在另一方面，它也对编辑的创造力和综合素质提出了更高的要求和严峻的挑战。

本文为作者2004年在中国青年出版社讲课的讲稿

谈练笔

在编辑岗位上，我已度过近三十个春秋。作为一个编辑，我记不清曾经处理过多少作者的稿件，回答过多少读者的问题。但有一点却是深深感受到了的，那就是在"为人作嫁"中，我认识到自己劳动的价值。这些年来，我也断断续续写过一些东西，从"豆腐干"大小的文章到成本的书。作为一个作者，我也尝到了丰收的喜悦。在编与写的"两栖"生活中，值得总结和回味的事情很多。这里，我想仅就编辑的练笔问题，谈一点自己的体会和看法。

一、编辑需要练笔

编辑的主要职责是处理稿件。从制定选题、组织稿件到进行文字加工，都可以看成是稿件的处理过程。一个编辑的业务水平和工作能力，集中地反映在他处理稿件的能力上。如果对这种能力进行分解，其主要因素便是眼力和笔力。

眼力主要是指鉴别稿件的能力。这种能力在决定稿件取舍，评价稿件质量以及对稿件提出恰当的修改方案上，起着重要的作用。

眼力固然重要，但要最终实现编辑意图，还得依靠笔力。编辑运用自己手中的生花妙笔，可以修正作品在语句上的错误，使生涩难懂的文章变得通俗浅近、妙趣横生，甚至可以为作品补漏拾遗，增添文采。

我们经常会碰到这样的情况：看人家的文章觉得毛病挺多，就是不知从何改起，重新组织文字更是困难。这是笔力不济的表现。当编辑的，如果不能驾驭文字，眼高手低，是很难做好工作的。

练笔，不仅是编辑的一项基本功锻炼，是提高书刊质量的必要措施之一，而且，通过练笔，编辑还能亲身体验作者劳动的甘苦，增加与作者的共同语言。因此可以说，练笔是编辑职业的需要。

二、编与写的关系

编辑是以他人的作品为劳动对象的，做的是给别人稿件补漏拾遗、

153

锦上添花的工作。因而，编辑职业的本身，就要求我们有一种奉献精神，肯将自己的才华和心血倾注于别人的作品之中。正如鲁迅所说的："我的生命，碎割在给人改稿子、看稿子、编书、校字、陪坐这些事情上。"认清这一点是十分重要的。只有这样，才能摆正编与写的关系。

编辑以编为主，这似乎没有异议。但对于编辑在为他人"作嫁衣裳"的同时，可不可以也为自己做几件"新衣裳"的问题，却有不同的认识。有人认为，编辑写东西是不务正业，是"打野鸭子"，甚至把它与"名利思想"画上等号。而另有一些人则认为，编与写本来就有着天然的"缘分"，搞好了，它们能够互相促进，相得益彰。我是同意这后一种看法的。近代许多有成就的编辑，大多有写作的经历，有的甚至一直过着"两栖"的生活，这似乎也印证了这后一种观点。

不可否认，编辑中也有处理不好编与写关系的。他们只关心写作，而把编辑这个正业当作副业来对待。这自然是不可取的。但是，我们也不能因为这种个别现象的存在，就不敢积极、大胆地支持有条件的编辑从事写作活动，否则将会因噎废食。

154　　我认为，一个编辑的业余写作，只要把握住了以下几点，就应该理直气壮地予以支持：

(1)对社会、对人民有益；

(2)对提高编辑业务水平有利；

(3)坚持在业余时间进行，不影响本职工作。

这第一条，是对编辑社会责任感和职业道德的基本要求；第二条突出了编辑练笔的目的性，反映了编辑练笔与作者写作在着眼点上的不同；这第三条是要求编辑处理好编与写、本职工作与业余工作的关系，不能喧宾夺主，甚至本末倒置。

三、如何练笔

我认为，练笔和练其他的本领一样，都需要结合自己的具体情况，选择一个适当的"突破口"，有目的、有计划地进行。拿我自己来说，由于一开始就在一个专业期刊编辑部工作，很需要了解国外的最新技术动向。当时我想，了解国外情况需要熟练地掌握外文，编改别人的文章需要具备一定的文字功底，最好能把两种基本功的锻炼结合起来。于是，我选择了从翻译开始的路子，开始翻译一些"豆腐块"大小的消息，后来也翻译一些大文章并搞一点编译。通过几年的实践，不仅外语阅读速度有了明显提高，也锻炼了自己的笔力，可算是一举两得。

翻译和编译固然也有用词遣句和准确表达意思的问题，但毕竟受原文的束缚。为了全面锻炼自己的笔力，后一个时期我又从编译转为创作。通过写作可以学习的东西很多，譬如如何捕捉信息，如何选材与构思，如何把深奥的科学道理用通俗易懂的语言表达出来，等等。这些本领，对于一个科技编辑来说都是十分有用的。

练笔是着眼于练，还是着眼于发表文章，这是摆在练笔者面前一个十分重要的问题。我个人选择了前者。有一次，某刊约我写一篇文章，如果只是为了发表，用我手头的资料就可以了，但我并没有走这条"捷径"，而是重新搜集、查证材料，用了近一个月的业余时间写了一篇仅两千字的短文。论"效率"，的确不高，而我却乐此不疲。因为通过写这篇短文，我不仅学到不少新知识，而且探索了新的写作风格。

练笔是一项十分艰苦的劳动，没有这种精神准备是很难坚持下来并取得显著成效的。它需要投入时间，人家看电视、休息时，你可能还得伏案"爬格子"。"为求一字稳，耐得三更寒"的这种体验也是常有的。要培养自己练笔的兴趣。构思文章、写文章有乐趣，删改文章也同样有乐趣。有时自己写成一篇长文章，总觉得有点拖泥带水的，经过用心删改，成了一篇比较精炼的短文，其收获也是很大的。

有人认为，练笔就是写文章发表。这种认识并不全面。常言道："处处留心皆学问。"练笔也是如此。写编者按语、内容提要、工作总结、退稿信、约稿信等等，都应看成是练笔的机会。编辑是搞文字工作的，要养成斟字酌句，不放过一个标点符号的习惯。只有处处练、时时练，才能练就一身过硬的本领。

写文章不是做文字游戏。正如陆游在谈写诗时所说的："功夫在诗外。"要练好笔，还要多看、多读、多思考，逐步加深和拓宽自己的知识。另外，经过一个阶段的努力，及时总结自己的心得和经验也是必要的，它有利于进一步的提高。

本文原载《科技出版通讯》1992 年第 3 期

155

论编辑能力的培养

当一个编辑，是难还是易，向来有两种不同的看法。这些年来，认为编辑好当的看法很有一点市场，以至一些刚刚踏上编辑岗位的人，也误以为自己用不着学习，便可以胜任工作的。其实，对于编辑好当、谁都能当的说法，是对编辑职业的一种误会，说明出此言者对编辑工作的了解还很不够。

说编辑好当的人多半认为，当编辑无非是给人改改错别字，加几个标点符号而已，而看不到编辑所进行的一些深层次、高难度的工作。我当编辑快三十个年头了，甘苦备尝，深感当编辑之不易。编辑工作岂止是改改错别字，加几个标点符号呢！从某种意义上来说，它比当工程师、研究员、教员还要难一些。因为，要当好一个编辑，必须具备多方面的综合素质和多种能力。对于科技编辑来说，不仅要有一定的专业知识作为基础，还要有相当的中文水平、外文水平和逻辑思维能力；不仅要能坐得下来，钻得进去，还要有一定的组织活动能力；不仅要有一双既能识人(选择作者)又能识"货"(鉴别稿件)的慧眼，还要有一枝能为别人稿件改错补漏、锦上添花的生花妙笔；不仅应该是一个知识渊博，能自如驾驭各类文稿的行家里手，还应该是通晓国情、国策，善于在复杂情况下作出正确判断的人……依我看，要做到以上这一些是相当难的，它需要我们勤于学习，自觉、刻苦地磨炼，并倾毕生之精力。

在上述对编辑的诸多要求中，我认为，以下三方面能力是最基本的，即眼力、笔力和组织活动能力。下面我想结合自己的实践，对这三种能力作一粗略的论述。

一、编辑的眼力

编辑的眼力是很重要的。伯乐善于识马，一个好的编辑应该善于识稿、识人。编辑的工作对象是作者已经写就的稿件。他要从来自各方面的众多稿源中，选出最有分量、最适合当时社会需要和读者需要的稿件来出书、上刊。这是一项"沙里淘金"的工作。如果没有眼力，眼前就会是一片漆黑，分不出高低、优劣。就有可能与一些好的稿件失之交臂，却为平庸之作开了"绿灯"。一个有眼力的编辑，不仅善辨稿件之优劣，作出恰当的选择，而且在稿件选定之后，还能以锐利的目光发现文稿中的瑕疵，为加工修改提供依据。

编辑的识稿能力是以他的学识水平和所掌握的各方面信息作为基础的。对于科技编辑来说，要鉴别一篇科技文章学术水平之高低，并对它的针对性、实用性等作出评价，如果没有对该学科知识一定深度的了解是难以办到的。一般来说，有关的知识掌握得越多、越深，鉴别的能力也就越强。当然，要决定一部作品是否出版，还需要了解社会和读者的需求。所以，敏锐的眼力还有赖于对客观情况的深入了解。我们把调查研究作为编辑的一项基本功来要求，其原因也在于此。

编辑的眼力还表现在他"识人"的本领上。目前书刊所采用的稿件中，有相当一部分是靠编辑组织来的。因此，选择什么样的人来写稿，就成为与出版物质量息息相关的一个重要问题。有人说，选好作者是成功的一半，我看这话并不过分。一个训练有素的编辑，不仅会在他的周围聚集起一个各专业学科齐备、实力雄厚的作者群，而且对于这些作者的长处、短处，他也是了如指掌的。有了这样一个基础，他才能"知人善任"，把写作不同题材、不同体裁稿件的任务，赋予他心目中最合适的作者。作者选择得准与不准，是对编辑眼力的重要考验。此外，编辑的眼力还表现在他发现新作者的能力上。一些现在知名度很高的作者，想当初也不过是"无名小辈"，他们开始写的作品也不是那么成熟的。一个有眼力的编辑，能透过表面现象看到这些新作者的潜在素质和能力，敢于起用，敢于委以"重任"。这个"敢"字，也反映了一个编辑的胆识。

157

既然，编辑的眼力是以一定学识为基础的，因而眼力的提高还得有赖于不断学习。编辑要不断以新的知识充实自己，使得自己的眼光能跟得上时代的发展。学识是眼力的基础，但不是全部。眼力可以说是一种鉴别能力，它是在对众多事物的一次次比较中锻炼出来的。因此，眼力的提高离不开实践，离不开自觉的、有意识的锻炼。

二、编辑的笔力

如果说，作者的选择、稿件的鉴别主要是靠编辑的眼力，那么，完善稿件，使之全面地达到出版要求，就得靠编辑的笔力了。

稿件中，思路不清、逻辑混乱的地方，编辑要把它理清楚；读者看起来费力的地方，编辑要把它改得通顺易懂；一篇过于冗长的文章，编辑要删繁就简，使它变得精炼；斟字酌句，纠错润色，更是编辑的"家常便饭"……所有这一切，都用得着编辑的笔力。

在编辑工作中，我们通常所说的"眼高手低"，指的就是能看出别人写的稿件中有哪些毛病，但要自己动手来改，即不知如何下笔，落笔如同千斤。这就是笔力不济的表现。我认为，笔力不能只理解为驾驭文字的能力，还应该包括逻辑思维能力。一篇文章、一部书稿条理是否清楚，逻辑性强不强，将直接影响到它出版后的阅读效果。正因为这个缘故，在审读书刊稿件时，要特别注意它的结构，留意图与文以及各部分文字之间的关联和呼应。如果缺乏逻辑思维能力，就不可能结合上述要求对稿件作出准确的判断，理顺它的逻辑关系。

要增强自己的笔力，必须多读、多写。编辑固然是以"为人作嫁"为己任，但这不等于说编辑不能给自己做一两件"衣服"。相反，我认为，从编辑的职业要求来看，练笔是应该鼓励的。编辑通过写作，不仅可以体会到作者劳动的甘苦，与作者有更多的共同语言，而且可以大大提高自己驾驭稿件的能力。编辑笔力过硬，就有能力为作者的原作增姿添彩。这也是编辑对作者的一种具体帮助。

常言道："宝剑锋从磨砺出，梅花香自苦寒来。"练笔同样也是很苦的，需要有一种持之以恒、百折不挠的精神。

三、编辑的组织活动能力

从某种意义上讲，编辑工作也是一项系统工程。要使整个系统很好地运转起来，必须做好组织工作。经验证明，一个编辑，如果只熟悉编稿而不懂得或不屑做组织工作，便将会事倍功半，难以取得所预期的工作效果。

编辑的组织活动能力，首先表现在他能否通过组织发动，集思广益，把好的选题开发出来，把高水平、高质量的稿件吸引过来、组织到手；其次，是他能否调动各方面积极因素，为提高书刊质量服务，并把分散在各地的读者反馈信息及时地收集上来。可以说，每本书乃至每篇文章，从组稿到出书、出刊，都有一系列组织工作要做。重点书、工具书和系列书，在组织工作上的难度及所投入的力量就更大了。

组织活动能力对编辑的重要性，是由编辑工作的性质所决定的。因为，编辑编的稿件不是他自己写的，而是由社会各方面提供的。为了得到理想的稿件，需要做很多组织工作，例如开展征稿活动、走访专家和

158

相关部门、召开选题论证会等等。即便是进入审稿和稿件加工阶段，仍然有一些组织工作要做。例如，一些专业理论性较强的稿件，编辑审起来有困难，就需要借助社会力量。一个编辑，如果在他周围有许多各有所长的好帮手，而他自己又能通过强有力的组织工作调动各方面的积极性，那么，他即便是在知识或实践方面有些不足，也会在一定程度上得到弥补，他的编辑工作就会做得有声有色。有人主张编辑应该是个社会活动家，从这个意义上讲，我看也是有道理的。

编辑组织活动能力的培养主要是靠实践。一个编辑，不仅要有计划地做好编稿工作，还要安排好各项有助于书刊质量提高和发行推广的活动，并使之成为促进整个编辑流程达到良性循环的有力措施。

本文为作者1991年在编辑培训班上的讲稿

悠悠笔墨情
——回忆在《电信技术》工作的日子

不知不觉，《电信技术》已步入不惑之年。我在《电信技术》先后工作了20余载，虽称不上是"元老"，也算是一个"老兵"了。

20多年的笔墨耕耘，留下的，除了一大摞经我加工后发表的稿件和自己的几行习作外，最值得我追忆并聊以自慰的，便是我与众多读者和作者的友谊。因为，它使我感受到自己劳动的价值，体会到"为人作嫁"的意义。

谈起与读者的友谊，不禁使我想起在《电信技术》当主编时的一桩往事。记得有一天，一位身着戎装的女青年推开编辑部的门，说是来见我的。看到我诧异的神色，她便笑着作了自我介绍："我叫姜国智，是青海部队的一名通信战士。这次回东北老家，路过北京，特地来看望老师。"随即从挎包中捧出糖来请大家吃，说这是她的喜糖。

姜国智，多么熟悉的名字！她是我千百个没有见过面的读者中的一个。她常给编辑部来信，把她在工作中碰到的一个个难题告诉我们，请求我们给予解答。我很为她的钻研精神所感动，几乎回复了她所有的信。我还从中选取一些有代表性的问题组织文章发表，加上副标题"兼答姜国智同志"。恐怕，这些就是小姜与《电信技术》建立感情，把我称为"老师"

159

的缘由吧!

当时,《电信技术》有个好的传统,就是编辑一年当中必须有两三个月时间深入基层,深入读者。我在当载波编辑的时候,还在天津和苏州两地的载波站设了联络点。我常到这两个点上去,或带着来稿中难以判断的问题去做试验,或携着还散发着油墨香味的新刊在那里组织评议。在学习他们经验的同时,我也启发、帮助他们进行总结,鼓励和支持他们写作。据粗略回忆,在这两个点上,先后成为《电信技术》作者的,就有十余人之多。

那几年,作者写稿不仅没有稿费,连邮资也是自贴的,但他们还是不断地给我寄稿来。给我留下印象最深的是老作者袁振彝同志。他写的稿工整而清晰,每次来稿都寄了"挂号",信封上贴满了邮票。对此,我一直很过意不去,后来征得出版社领导的同意,给他寄了几次邮票,作为邮资补贴。

1976年,《电信技术》组织了有关"载波九项指标测试"的连载文章。为了保证刊出文章的准确性和权威性,编辑部邀请了老作者刘凤仪、向子曦等四位同志帮助把关。他们与我一起带着稿子走南闯北,到一些地方边做试验,边征求对初稿的意见,一干就是两个来月。当时没有生活补贴,连住宿条件也都十分简陋,但这些同志从无怨言。由于大家的共同努力,我们澄清了一度陷入混乱的有关"电平"和"稳定度"的概念,受到邮电部主管部门和读者的高度评价。后来,这个连载还结集成册,成为载波维护人员必读的书。前不久,我在成都见到年已古稀的向子曦同志,谈及这段往事,他还记忆犹新,感慨万千。

《电信技术》上记载着我国电信事业发展的历程,也留下了《电信技术》几代编辑辛勤耕耘的足迹。大家或许知道,而今声名远播的嘉兴邮电局,是从搞PCM起家的。现在的局长徐张奎便是这个项目的带头人。当时正值"四人帮"横行的年代,他的工作十分艰难。但邮电出版社一直支持着他。我作为《电信技术》的一名编辑,也在那时第一次来到这南湖之滨,总结并报道他们的经验。与徐张奎同志的友谊也由此而始,直至今日。

如果我们仔细回顾一下,当时很多有影响的技术革新项目,都是《电信技术》率先发表的;一些后来颇有知名度的作者,最早也是由《电信技术》介绍给广大读者的。40 年来,《电信技术》一直在起着这种"桥梁"作用。

老作者刘庚业逢人常说,他是邮电出版社培养出来的。虽说这是过谦之词,但也多少能反映一点当时编者与作者之间那种相濡以沫的关系。记得还在刘庚业当电路技术员的时候,我的一位同学推荐了他,说他是很有一点经验的;至于投稿,他没敢想过。我通过那位同学给他鼓了一把劲,让他把油印的经验寄给我,经过无数次书信往来和一字一句的修改,刘庚业的名字终于出现在《电信技术》上了。从此他便一发而不可收,与他的老师金德章(现为浙江省邮电管理局局长)联名写了大量的文章,后又汇集成书。现在,金、刘两位都早已走上领导岗位,但他们仍时常惦念着《电信技术》,不忘当年的笔墨情谊。

往事如烟,值得记忆的人和事是很多的,但我不想占用更多的篇幅。在纪念《电信技术》创刊 40 周年的时候,我谨向所有在过去漫长的岁月中,曾给我以帮助,与《电信技术》同舟共济的读者和作者致以崇高的敬意,让这篇短文带去我的问候,我的祝福!我离开《电信技术》已有八个年头了,现在,在她的周围又聚集了许多新的读者,新的作者,他们朝气蓬勃,正在创造着《电信技术》的明天。在此,我也向他们表示良好的祝愿!

"路漫漫其修远兮,吾将上下而求索。"愿《电信技术》在"求索"中前进,在开拓、创新中走出一条有利于自身发展的更宽的路。

本文原载《电信技术》1994 年第 1 期

161

半个世纪的情结
——纪念《电信科学》创刊 50 周年

转眼间,《电信科学》即将走完半个世纪的历程,迎来她流光四溢的华诞。《电信科学》创刊于 1956 年 7 月,1960 年 5 月停刊;直到 1985 年,在"千呼万唤"中又重新上路,开始了她新的历程。一本在国内通信界信誉和口碑都非常好的杂志,由于一个今天看来不成为问题的问题便停刊了,而且一停便是 20 余载,使 50 年的历史留下了一半的空白,历程之艰难可见一斑。

一

我初识《电信科学》，是在我就读的北京邮电学院图书馆里。在阅览室众多的期刊中，《电信科学》是最能吸引我的。用现在的话来说，是因为她的"前沿"，还因为她的平实。我很难说清当年都曾得过她哪些"雨露滋润"，但却还隐约记得，从那里我学到了不少有关晶体管的知识，受到有关卫星通信、集成电路、激光通信等新科技的启蒙。20世纪50年代，正是通信领域发明不断、捷报频传的年代，当时的《电信科学》不仅起到了报春的作用，还曾默默地把先进的科学思想、科学方法以及新的科技知识，播撒到整个神州大地。

二

1962年，命运之舟把我载到了一个与文字结缘的文化之乡——人民邮电出版社。她是诞生《电信科学》的地方。那时，《电信科学》虽已停刊，但周围的人还时常提起她，惋惜、遗憾之情溢于言表。当时，在我周围有许多学富五车的老编辑，可能因为我常拜读《电信科学》，在这些人中我特别想知道这本权威杂志的编者到底是谁。有一次，顺着一位同事的目光，我看到一位满头银发，低头颔首匆匆而行的长者。这位同事告诉我，他便是《电信科学》的元老沈肇熙先生。我与沈先生很少有接触的机会，只听人说他是留过洋的，学识渊博。后来又知道，他除了打鼎《电信科学》之外，还曾编过像《无线电常识》那样屡次得奖，至今累计销量已达数百万册的好书。1987年，出版界设立了"韬奋出版奖"，那是出版界的最高奖赏。沈先生便是全国为数不多的几位首届"韬奋出版奖"的得主之一。这是沈先生的光荣。由于沈先生的名字常常是与《电信科学》联系在一起的，因此，我想这也是《电信科学》的光荣。现在，命运多舛的沈肇熙先生离开我们已有13个年头了，但提起《电信科学》，很多知情的人都会想到他，忘不了他。在纪念《电信科学》创刊50周年的时候，我们十分怀念沈肇熙、石榘年等《电信科学》先行者们，是他们为《电信科学》奠定了这么好的基础，开创了《电信科学》人敬业勤业、严谨务实和朴实无华的一代新风。

三

像许多其他刊物一样，《电信科学》的创刊极其平常，并未引起多少人的注意；但她的一度失去（停刊），却引来许多人的牵挂以至忧虑，这

162

里既有普通读者，也有为数不少的专家、学者。据我所知，在《电信科学》停刊的 20 多年里，恢复《电信科学》的呼声不绝于耳。在没有她的日子里，人们益发感到她的珍贵，感到她存在的价值。1983 年，在武汉东湖召开的中国通信学会全国代表大会上，人们再一次呼吁恢复《电信科学》。由于代表们的强烈要求，会议终于破例作出了恢复《电信科学》的决定，并责成人民邮电出版社尽快着手筹备。一本杂志的复刊能牵动如此多人的心，不能不说，这是对所有曾在这块土地上耕耘过的人的莫大安慰，也折射出了人们对《电信科学》的无比厚爱。我亲历了这次决定《电信科学》复刊的会议，深切地感受到业界对《电信科学》的期盼。因此，当领导决定让我去筹备《电信科学》的复刊时，便有一种沉重的使命感。1985 年元月，《电信科学》终于在上级领导的关怀下，承载着众多嘱托，在我们这些从未办过《电信科学》的"新一代"编辑的簇拥下，踏上了新的征程。

四

　　《电信科学》从创刊之日起，便像她的刊名所昭示的那样，一直把报道新的科学理论、新的科学方法以及新的科学成果作为自己的主要使命。求新，是她的一个重要特色。但《电信科学》有别于一般学报类期刊，她更重视理论联系实际，致力于将高深的科学技术作深入浅出的诠释。这样可以拉近现代科学与一般读者的距离，使中高级科技人员、院校师生都能读懂。将高深的科学知识讲得浅显，有些人还怕掉"份"，而《电信科学》却乐此不疲。正是由于《电信科学》在办刊上独辟蹊径，才形成了自己的特色，从而有了自己稳固的读者群。

　　为了保证刊物的科学性和权威性，《电信科学》十分重视团结业界的专家、学者，与他们结交朋友，虚心向他们请教。《电信科学》有一个由国内著名电信专家、学者组成的编委会，他们帮助与指导编辑部的工作，与编辑们共谋《电信科学》的发展。

　　说起复刊后的《电信科学》编委会，我至今仍怀有十分深厚的感情。在那里，曾经聚集了像梁健、葛彦、赵梓森、冯重熙、袁保宗、钟允若、钟义信、樊昌信、陈太一、邬贺铨、武士雄、雷震洲、毕厚杰、汤庭龙等一批国内知名的专家、学者，他们既是《电信科学》的智囊，又是《电信科学》的热心作者。《电信科学》不少有分量的文章，特别是综述性文章就出自他们之手。他们中间的不少人还甘做《电信科学》的一个普通评刊人，

163

跟踪每期杂志的质量。邬贺铨同志就是其中的一位。他当时在成都邮电部第五研究所工作，收到每期《电信科学》后，他都要花很多时间从头到尾地阅读，然后写出详尽的评刊意见。数年如一日，令编辑们感动万分。已经过世的邮电科学研究院的老院长梁健、南京通信工程学院的老院长陈太一，是《电信科学》特别热心的组织者和支持者，他们积极倡导科学与文化的融合，为提高刊物的文化品位作出了很大贡献。在纪念《电信科学》创刊 50 周年的时候，我们要感谢不同历史时期《电信科学》编委们的鼎力支持，感谢各方面专家对《电信科学》办刊所作出的无私奉献。《电信科学》的"权威性"，正是因为有这么多的热心专家作后盾而形成的。这是《电信科学》的宝贵财富。

重视文章的可读性是《电信科学》的一贯传统。为了做到深入浅出，让更多的读者能领略现代电信科技的内涵和风采，编辑们在约稿和改稿上都很下工夫，其中不乏经反复改写、雕琢而后成为精品的例子。在兼顾求新和可读性这两个方面上，《电信科学》积累了丰富的经验。正是这种延续至今的心系读者、精益求精的好作风，才使《电信科学》不断获得诸如"中文核心期刊"、"双效期刊"、"通信科技期刊一等奖"等诸多殊荣。

《电信科学》作为电信业一本有影响的专业期刊，在发现和扶持年轻科技人才上也默默地做了很多工作。记得在《电信科学》复刊后不久，她便支持了通信界的首届研究生年会，独家刊出年会论文，为年轻学子展示才华、发表学术成果提供了平台。这次年会的两位年轻的发起人便是现在《通信学报》的编委会主任、博士生导师杨义先和"中国联通"的副总经理李正茂。《电信科学》还十分重视吸纳年轻的专家加入编委会。记得在 1987 年前后，当时在业界刚崭露头角的王晓初、张维华、杨义先等年轻专家的名字便已添列在《电信科学》的编委名单之中。青年专家的加盟，给刊物增添了生气和活力。另外，《电信科学》在选稿、用稿上也不拘一格，重视对年轻作者的培养和扶植。不少后起之秀的第一篇论文或成名之作是在《电信科学》发表的。应该说，这也是《电信科学》的骄傲。

多年来，《电信科学》坚持"开门办刊"，重视与广大读者的沟通和交流，并主动征集来自读者的反馈意见，把它当作是改进自己工作的重要动力。记得，复刊后几次在外地召开的《电信科学》编委会，都留出一天时间组织学术报告会，或安排专家与当地读者见面，这在读者中引起了很好的反响。《电信科学》还常年在读者中开展评刊活动，及时根据读者的意见调整刊物内容。所有这些，都是《电信科学》能够做到贴近读者的基础。在纪念《电信科学》创刊 50 周年的时候，我们还要特别感谢广大读者多年来对《电信科学》的关怀、支持和厚爱，是他们滋养了《电信科学》，推动《电信科学》走上不断创新之路。

五

我离开《电信科学》这个岗位已经十多年了。随着改革开放的深入，刊物面临的大环境已经发生了很大的变化，竞争日趋激烈。我高兴地看到，《电信科学》的新一代办刊人在继承了《电信科学》优良传统的同时，正直面挑战，搏击市场经济大潮，探索新的办刊思路，努力把《电信科学》办成一本权威性、指导性、知识性、实用性兼备的精品期刊。在纪念《电信科学》创刊 50 周年之际，我衷心地祝愿她前程似锦，在改革创新的道路上重续佳绩，再创辉煌。

本文原载《电信科学》2006 年第 5 期

二、有关科普创作的文章、讲稿和论文

科普作品的选材

科普，常被比作引导人们进入科学殿堂的"桥"和"船"。这个比喻是很精辟的。好的科普作品能起到开拓人们思路，激发人们进行科学探索的作用。我自己就是不断从科普作品中汲取营养，并受到它的启发而开始涉足科普创作的。我觉得，一篇科普作品是否对人有启发，题材是个很重要的因素。我对选择题材有几点体会。

一、要开拓人们思路

我最早接触科普写作是在 1963 年。当时在一本英文杂志上看到一篇介绍新记录方式的文章，觉得很有意思，就把它编译过来，写了篇《电子笔》的短文，登在《无线电》杂志上。没想到，这篇做补白的习作发表后，却收到了好几封读者来信，与我讨论有关这种记录方式的细节，有人还做了这种记录方式的应用试验。通过这件事，我认识到科普作品应重视选取那些具有开拓意义的题材，启发人们向科学技术的深度和广度进军。

二、要"雪中送炭"

当前，科学技术的发展是异常迅速的。就拿电话机来说，一百多年来，它经历了巨大的变化。目前，全世界电话机的拥有量达五亿部之多。千姿百态的电话，集电子计算机、电视、大规模集成电路等最新科技成果之大成，已是现代生活必不可少的工具。我们的通信科普工作应该紧紧跟上这种发展形势，及时选取那些对我国社会主义建设有积极作用的题材，为发展我国的科学技术"雪中送炭"。

例如，在 1974 年，我从某厂看到一部刚从国外带回的书写电话机，它同普通电话一样，只占用一对电话线，又能说(听)，又能写，很适合在我国使用。因此，我编写了《书写电话》的科普文章。文章发表后，立即收到一个工厂来信，认为这篇文章为他们开发新产品提供了线索；青海有个工厂觉得这种电话的原理可用于改善边远地区的通信，特地派人来搜集资料。通过这件事，我又一次体会到：科普，即使是专业科技人员，也能从中获取新的"信息"和相邻学科的知识，有助于他们开阔思路，发展科研和生产。

三、要有新意

科普作品的题材十分广泛，可以写发生在我们身边的现象，也可以展示科技令人神往的明天，甚至可以通过科学幻想，使人们受到启迪。

不管是写眼前的，还是写未来的，都应该有特色、有新意。那些已经为很多人写过的老东西，也未必都到了"无写处"的地步。老树可以萌发出新枝。这是因为，科学技术的发展是日新月异的，几乎每时每刻都有新东西产生，这就为科普创作提供了取之不尽的题材，可以做到常写常新。何况，同样一个题材还可以从不同的角度和不同的深度加以剖析，从而把科普引向深入。就拿"电话"来说，国内外以此为题材的专著何止几千种，科普作品也不在少数。但我总觉得，还有很多值得一写的题材。前几年，从广播中听到马季、郭启儒合说的相声《打电话》，有一番感触。相声讽刺了那些利用电话聊闲天、说废话的人。应该说，这是一个源于生活的好题材。我想，从科学道理上讲一讲为什么随便占用电话会造成损人害己的后果，岂非更有说服力了？电话人人会用，但真正懂得电话、能够合理使用电话的人并不多。所以人们习以为常的现象，也还是有"科普"的必要，关键是要善于从现实生活中捕捉题材，写出有特色、有一定深度的作品来。例如，我们经常看到有人打不通电话时，就使劲敲打电话机，这显然不是科学的做法。科普作家季卜枚就敏感地注意到这种现象，写了《不能屈打电话机》一文，收到了很好的社会效果。

新的科学技术成果，本身就具有"新"的特点。可是，如果大家竞相报道，而不注意各自的特色，就有可能写成千篇一律的文章。所以，写新技术、新成果的科普作品，也不一定就具有"天赋"的新意。例如，装在汽车、飞机等移动体上或人们随身携带的电话，是近几年来发展起来

167

的新技术，具有"新"的特点。可是，如果所有的文章都是停留在描述它如何一拨就通、一叫就到，就难免会有重复。所以，应该逐步引导读者深入了解其内涵，使他们不但能知其然，而且还能知其所以然。这样进行科普创作，才能不断推陈出新，争取更多的读者。

本文原载《科普创作》1984 年第 4 期

科普文章的编译

国外新技术、新工艺和新产品的不断引进，对我国的现代化建设起着积极的作用，但也产生了我们如何掌握和消化吸收这些先进技术并为我所用的问题。

普及国外先进科学技术，可以通过开展学术交流、办展览以及翻译国外科技著作和科普作品等多种途径。我认为，"编译"是介绍国外先进科学技术和知识的一种有效的手段，应该引起我们的重视。这里，我想结合自己的创作实践，谈一点对编译工作的粗浅认识。

一、编译工作的现实意义及要求

168

要消化吸收国外先进技术为我所用，就少不了要从浩瀚的国外科技文献资料中，去寻找入门的钥匙和揭示其奥秘的关键。虽然，我们可以把一些重要著作翻译过来，供有一定基础的专家和工程技术人员阅读，但就更大范围的普及来说，则由于国情的不同和读者水平的差别，往往效果不十分理想。而采取编译的手法便可以解决这一矛盾。因为编译者不仅可以通过广泛的涉猎，选取适合于我国国情的题材，而且还可以经过编译者的咀嚼、消化，把它以我国读者所容易接受的形式介绍出来，而不必受原文的约束。有时，甚至可以参考多篇同类国外作品，经编译者独具匠心的提炼和组织，使之产生原文所远不能及的效果。好的科普编译作品能帮助读者了解和掌握国外科学技术的精华和关键，使许多人节省了找资料的时间，和因语言障碍与知识结构不同所造成的阅读困难。

由上可见，编译工作有很大的现实意义，而要做好也是很不容易的。它绝不是有些人所认为的，只要懂点外语，看点国外资料就能东拼西凑而成的。编译过程是一个艰苦的再创作过程。写好一篇编译文章不仅要求编译者有一定的外文阅读能力，而且要求他对所编译的科技内容比较精通。否则，自己都消化吸收不了，又怎样去引导读者入门呢？编译者还要对所涉及内容的国内现状(包括需求情况和采用这项科技成果的难点)有所了解，对读者对象的水平和接受能力了如指掌，如果不对路是达不到预期效果的。另外，编译并不是照原文一字一句地译过来，而是要有取舍、有综合、有增删、有引申，这就要求编译者具有驾驭材料和组织材料的能力，以及较强的逻辑性和文字素养。真正称得上是"再创作"并能在读者中产生巨大影响的编译作品，就应该有这样高的要求。即使我们现在还不能达到上述要求，也应该朝这样的目标去努力。只有这样，我们的编译水平才能一步步提高。

二、科普编译需要把握的几个基本点

1. 关于结合国情

目前，我国在科学技术领域的许多方面与发达国家相比，还有相当一段差距。在介绍国外先进科学技术和产品时，我们必须看到这个差距，以及由于这个差距的存在，我们在对某方面的需求上，轻重缓急上，以及广大人民的知识和实践经验上所存在的差异。如果不顾国情和客观实际，不作取舍，不加分析地把国外报刊上介绍的东西都生搬过来，肯定会失败的。要么曲高和寡，要么隔靴搔痒，这样的编译文章又怎么可能受到读者的欢迎呢？

就拿尽人皆知的电视机来说，目前一些发达国家的科普刊物较多地报道高清晰度电视、大屏幕电视、立体电视等新一代的电视，而有关电视修理的文章却很少。这是由于这些国家的电视机价格与工资收入相比相对比较便宜，因此电视机的修理技术并不受到重视，坏了就再买一台新的。这是他们的国情。而我国电视机价格相对来说比较昂贵，彩色电视还供不应求，这样，介绍电视修理的知识就有它现实的意义。如果我们不顾国情，大篇幅地报道目前我们还可望而不可即的一些东西，而忽视类似"故障修理"等读者迫切需要的内容，那就会脱离读者。我想，我国有关收音机、电视机修理的书和电路图集等多年畅销不衰，与我国的国情不无关系。

我们也可以通过编译介绍一些前沿科学技术和我国中期和远期将要发展的东西，但同样需要从国情出发，摆正位置，在选材上掌握好轻重缓急。只有结合国情，我们的作品才能起到雪中送炭的作用，在我国的

169

四化建设中发挥出更大的效用。

2. 起点的掌握

编译比翻译有较大的自由度，编译者有根据读者对象的差别选择起点的自由。例如，参考同样一些国外介绍计算机知识的文章，编译者可以以此为素材编译出适合不同层次读者阅读的文章。当然，这并不是说我们在编译时可以随意选取"蓝本"，最好还是从国外水平相当的一类刊物选取素材，这样编译过程相对要省力一些。把国外专业文章编译成科普文章的事也是常有的，它要求编译者对本专业有相当的学识，否则落笔时就不知深浅，甚至会出现谬误。

掌握好起点的另一层意思是，我们在选取素材进行编译工作时，一定要以我国读者的知识结构和实际状况为基础，在落笔时把起点调整到我国读者的现有水平上。例如，在编译有关普及计算机知识的文章时，应该注意到在一些发达国家计算机已进入办公室、家庭以及中小学课堂，而我国目前能接触到计算机的人还是少数。我们应该认真对待这一客观情况，看到我们和这些国家的读者之间存在的差距。因此，即使我们根据国外科普刊物上的材料进行编译，发表在我国的科普刊物上，也同样存在着一个起点问题，不能想当然地"平移"过来。

3. 扩充与压缩

在编译工作中常常会碰到有些国外资料，题材很吸引人，但涉及我们感兴趣的内容时，它却一笔带过；而那些与主题关系不甚密切的描述或带有广告性的内容却占了相当大的篇幅。这类题材弃之可惜，照搬无益。这就需要进行必要的扩充与压缩。

压缩是指把与主题无关或关系不大的内容剔除，留下精华。扩充是指对文章中讲述不清或过于轻描淡写而使读者不易理解的关键内容，在编译过程中加以补充。有时为了增加一段有分量的内容，编译者需要翻阅大量资料，并围绕主题对这些资料进行"编织"加工。

科普编译作品除了对说理不够透彻的地方要进行文字补充外，还要注意运用插图。有时，增加一两幅插图可使所介绍的科技内容更加形象化，起到大段文字所难以起到的作用，使文章大为增色。

我编译的《指尖上的"世界"》，介绍的是我国当时还没有开始使用的"可视图文"系统。对于读者来说还十分陌生的这类通信手段，光用文字描述不容易讲清楚，于是我决意补充一两张插图。我用了一天时间专程到北京图书馆寻找图片资料。配上了图，才把这篇文章发出去。

4. 铺垫与引申

要把新的科学技术知识交给读者，少不了要引导读者上几个"台阶"。"台阶"要一步步上，太高了，太陡了，读者上起来就会有困难。在我们编译国外科普文章时，必须充分注意到这点，否则读者会读不下去，甚至望而却步。

上面已经谈到，我们参考的国外科技文章的起点，有时要高于我国读者的实际水平。为了使读者接受得了，我们在引用这些材料时，往往需要作必要的铺垫，也就是要先给读者一些有关的更基础一点的知识，使读者容易迈入门槛，然后再一步步地登上去。例如，在介绍计算机的原理时，可以先讲一般笔算的步骤，然后再与计算机类比。这样读者就很容易接受。这种铺垫花费笔墨不多，却能起到推动读者登堂入室和加深印象的作用。

对待科学技术中的专业名词，先对它作一点深入浅出的解释，这也是一种铺垫。

编译文章是以国外报刊上的有关文章作为"蓝本"的。有时为了深化主题，编译者也可对所述内容作一些引申。例如，可以联系有关新技术在我国的现状及发展前景，增添读者阅读文章的亲近感；可以阐述编译者对一些有争议问题的观点；可以补充一点背景材料或作一些横向的分析比较，等等。

不管是铺垫还是引申，都应紧紧围绕作品的主题，以有利于读者对问题的理解。离开主题添枝加叶只会使文章变得松散，使读者注意力分散，甚至不知所云。

5. 综合与提炼

目前我们在报刊上见到的编译文章，不少是以国外报刊上的某篇文章为蓝本，一对一地译过来的。尽管也有成功的例子，但毕竟较多地受到原文的束缚。对原文中材料不足或说理不够深透之处，由于编译者所占有的材料有限，往往不好下笔补充，最终影响到编译的效果。所以，一般来说，一篇出色的编译文章往往是取材于多篇国外资料(甚至是不同文种的资料)，博采众长，在综合和提炼上下过工夫的。

171

在综合和提炼之前，编译者应在广泛阅读的基础上确立自己的观点，并形成思路。然后选取那些与文章主题关系最紧密、最有说服力的材料，根据已形成的逻辑思路加以组织。对于那些与主题和思路联系不紧的内容要坚决舍弃，千万不能因为这些材料来之不易，只从"有用"这点出发把它堆砌在文章里。这样做，只能冲淡主题，使本来十分严密的逻辑结构遭到破坏。

6. 编译作品的思想性

国外科普作品中固然有一些无论在思想性、科学性、趣味性以及写作技巧上都堪称上品的佳作，但也不乏低级庸俗、荒诞离奇和"挂羊头卖狗肉"的东西。这就要求我们在选择编译素材时，分清精华与糟粕，严格进行筛选，而不能认为凡发表在国外科普报刊上的都是好的，拿来就用。

"他山之石，可以攻玉。"我们介绍国外先进科学技术，其最终目的是武装我们自己，极大地发展我国的生产力。通过科普宣传，激励我国人民，特别是青少年读者致力于发展我国的科学技术。一篇成功的编译作品不仅给人以科学知识，而且能振奋人的精神。例如，一些思想性强的科学家传记，曾激励过不少青少年走上成才之路；有些作品虽然反映了国外某项科学技术与我国的差距，但由于编译者的正面引导，也能起到鼓舞人们赶超国外先进水平的热情。相反，如果读者看了某篇编译作品后产生了自卑感，觉得我们样样不如人家，那就没有达到我们介绍国外先进科学技术所要达到的最终目的。我这样说，并非提倡给编译文章"穿靴戴帽"，离开文章的主题去讲一番大道理，而是认为编译作品要有正确的指导思想贯穿全文。

我在编译《电信革命》一书时曾碰到过这样的情况：原文作者在谈到"印刷术的发明"时称："十五世纪中叶发明了近代印刷术。印刷的历史比这还要早好几百年，在日本法隆寺，至今还藏有公元 770 年木版印刷的百万塔陀罗尼经……"作者在原文中只字未提"中国是最早发明活字印刷术的国家"这一历史事实，显然，这不是历史唯物主义的态度，是不公正的。而作为编译者，我们有责任让我国读者了解历史的真实情况。不仅要了解近代机械印刷的起源，更应该了解"四大发明"之一的印刷术，是我们祖先对人类的伟大贡献。为此，我在编译中加了一段译注，补充了我国宋代平民毕昇首先发明活字印刷的史实。我认为这样做可以使读者进一步了解中华民族光辉的历史，激励人们的爱国主义精神，共同为振兴中华而献身。

本文原载《科普创作》1988 年第 6 期

科普作品的要求及其写作

一、对科普作品的基本要求

科普作品有许多类别，而且题材不同、表现形式各异。但是，对于科普作品也有一些共同的要求，如思想性、科学性、通俗性和趣味性等。一般来说，读者所喜爱的科普作品大都是熔这四"性"于一炉的作品。

1. 思想性

思想性是科普作品所体现的总的思想倾向。它不是空洞的，而是通过作品的选材、构思和形式表现出来的作者创作作品的指导思想。有时，作品中举什么例子，打什么比喻，也都能反映出作品在思想性上的高低。

科普作品是传播现代科学技术的。但有的作品却背道而驰，宣传迷信，或推销"因果报应"一类东西，夹杂着不健康的思想倾向。在讲述科学技术发展史时人云亦云，妄自菲薄，不能理直气壮、恰如其分地反映中华民族在这方面的成就和贡献等等。这些都属于思想性方面的问题。

有件事给我的印象特别深刻。过去我们在谈到电话的发明时，都众口一词地把发明者的桂冠戴在美国人贝尔头上。可是，德国人不忘自己民族的科学文化，在法兰克福建了一座纪念碑，来纪念比贝尔早 15 年，为创造最早的电话机而建树功勋的李斯博士。在我国，很多人只知道我国古代有四大发明，却很少有人知道在电话发明这件事上也有我们先辈的贡献。在国际电信联盟 1976 年出版的《电话 100 年》这本书里，就曾提到早在公元 968 年，中国人就发明了"竹信"（音译）这种东西，它算得上是电话的最早雏形。尽管，近代电话的发明专利为贝尔所取得，但百余年来纠纷不断，直至 2000 年，美国国会还作出了"翻案"的决定，宣布真正的电话发明人应该是梅乌奇，使贝尔一下子便从发明家沦为"窃贼"。但这一决定立即遭到了意大利政府的反对，至今仍是悬案。

从这件事可以看出，每个国家都有自己的民族科学文化传统，有自已值得骄傲的东西。近年来，我国在许多科技领域都有了长足的进步，甚至取得了某些突破性进展，这些都为我们科普创作提供了绝好的题材，值得我们重彩浓墨地去写。科普作品也应该起弘扬民族精神，激发读者爱国热情的作用。

科普作品中的思想性还包括要与党和国家的科技政策保持一致，以及严守国家机密等方面内容。

2. 科学性

科学性是科普作品存在的基础。首先，真实可靠的材料，是科普作品立论的基础。要防止道听途说、以讹传讹。若干年前关于"永动机"的种种报道，以及"故宫幻影"一类缺乏真实可靠材料作为依据的所谓科普，不仅起不到任何普及科学知识的作用，相反会混淆视听，产生误导。

科学是实事求是的学问，因而科普创作也必须抱着严肃的态度。我曾看到一本叫《船舶邮花集》的书，竟把生于1473年的波兰天文学家哥白尼说成是"古希腊人"，不仅搞错了国籍，还将时间倒转了两三千年。还有一本儿童读物说企鹅是生活在北极的。这些都是在科普创作上缺乏严肃性的表现。

174   表述的准确性是科学性的一个重要方面。在这方面存在的问题也不少。譬如，有人将放大器的作用说成是对"能量"进行放大，把从－3伏变为－5伏说成是升高了2伏，把电压和电位的概念混为一谈等等，都是不准确的表述。

科普文章不仅要求概念准确，文字表达也要准确。有一篇科普文章，题目叫做《水》。开头的第一句话便是："我们每天都离不开自来水。"作者的本意是想开门见山，一语道出水与人类生活的密切关系。可是没想到由于语言表达的不准确，却会引来种种质疑：山区、农村没有自来水，不是照样生活吗？问题就出在，这里水的概念被"偷"换成了"自来水"。

语言的不准确有时会使人对文章的可信度产生怀疑，甚至可能被视作奇谈怪论而贻笑大方。例如，有人形容电线杆"高耸入云"，还有对一些药物的效果的种种夸大表述，都使人难以置信。另外，还应该注意中文的习惯说法，如可以说增加若干倍，而不能说缩小若干倍等等。一个文风严谨的作者，在遣词用句上也都是斟酌再三，力求准确的。

3. 通俗性

通俗性是对科普作品的一个重要要求。可以说，整个科普创作的过程就是把专业知识通俗化的过程。通俗化是以既定读者所容易接受、容易理解的语言和形式普及科学技术知识，使之达到最佳的传播效果。

通俗化是个相对标准。同一个题材，普及对象不同，其通俗化的要求也不尽相同。因此，根据读者对象的不同，掌握好科普作品的起点十分重要。起点的确定既要从既定读者的实际水平出发，能为读者所接受，又要略高于读者现有的知识水平，使他们经过咀嚼、消化后有所收获，有所提高。

对于以国外的资料或报道为基础的新科技介绍，要特别注意我国的国情，以及我国读者的接受能力、实际水平等与国外的差别，不能直接照搬。有时为了取得较好的效果，还需要在引进过来时适当加些铺垫，甚至进行再创作。

深入浅出是对各种题材科普作品的一个共同要求。要把比较高深难懂的科学技术知识讲得通俗浅近，就要求作者对所述问题有较深的理解，否则就难以下笔。即使勉强成文，也很容易把基本概念搞错了。另外，为了把问题讲通俗，往往需要广征博引，占有大量资料。这就是通常大家所说的，"要给人一杯水，自己必须有一桶水"的道理。

175

在科普读物中，专业术语的通俗化十分重要。不要使这些专业术语成为向广大读者普及新科学技术知识时的"拦路虎"。在写作中，我们要灵活运用比喻、举例等各种各样的手段，将一些专业术语既讲通俗了，而又保持它在概念上的准确性。要做到这一点，也要求作者有较深厚的专业根基。

下面是几个把科学技术知识通俗化的例子。

《电信技术》1978 年第 10 期上发表的《电子计算机概述》一文中，作者一开头先简单讲了讲"人是怎样进行计算的"，然后将计算机的运算过程一步一步与人的计算进行比较。通过这样的对比，读者就比较容易理解计算机的运算过程，达到了通俗化的效果。这是计算机刚开始普及时的情景。今天，计算机已获得广泛应用，人们对计算机的了解比那个时候要多得多，因而普及的起点就可以相应提高。

"门电路"在数字技术中应用十分广泛。因此，如何向初学者通俗而又准确地讲清各种门电路的概念是十分重要的。《漫话门电路》一文对此作了较好的描述。文中是这样写的：

"为了安全起见，有些住宅的门装有两把锁，起双保险作用。只有同时打开这两把锁，门才能打开，这在逻辑上便构成'与'的关系。还有一种门，装着使门自动关闭的弹簧，门后装上钩子。平时把门钩勾上，门就开着；把门钩摘下，门就自动关闭。在这扇门上，门与钩在逻辑上便构成'非'的关系。"

作者在这里采用比喻的方法，把原来大家不那么熟悉的"与"和"非"的逻辑关系讲通俗了，讲形象了，容易给人们留下较深的印象。

4. 趣味性

知识性科普作品需要趣味性，大概是不会有人反对的。但对于技术性科普作品要不要有趣味性的问题，却存在不同看法。有人认为，技术性科普作品主要是靠针对性和实用性来吸引读者，不必讲求写作技巧。这种看法有它对的一面，但总的来说是不够全面的。

先说它对的一面。的确，技术性科普作品的针对性和实用性十分重要，因为这类作品的读者往往带着"什么？怎么？为什么？"等许多在生产和生活实践中碰到的问题，到作品中来寻求答案，如果你提出的问题是读者想要知道的，你的回答又能结合实际，"对症下药"，读者自然就有兴趣把它从头到尾读下去。这样的作品，即便在写作技巧上差一些，读者也会持原谅的态度。

上面我们所说的针对性和实用性，可以说是科学技术内在的趣味性。在技术性科普读物中，这种内在的趣味性占有十分重要的地位，但这决不是趣味性的全部含义。

要使作品为读者所喜闻乐见，除了要充分调动科学技术内在的趣味性外，还应重视写作技巧，使大家读来不觉枯燥，甚至还能把读者一步步引入"胜景"，激发起追求科学真理、探知未知科学世界的热情。

要使科普作品写得生动有趣，就要求作者有广博的知识并占有较多的资料，包括历史的、文学的、美术的，而且还要会综合运用这些材料来丰富自己的作品。正如朱光潜先生所言："凡是艺术创造都是平常材料的不平常综合。"好的科普作品也该是如此。例如，在一篇介绍"卫星电视转播"的作品中，作者特别提到卫星转播肯尼迪遇刺事件和东京奥林匹克运动会实况这两件曾经轰动整个世界的事件。这不仅有力地说明了卫星电视转播在政治和文化生活中所起的重要作用，也在一定程度上增加了读者的阅读兴趣。在一篇题为《电话是谁发明的》的文章中，作者提到了一桩持续十余年的有关电话发明权的诉讼案，使这段历史蒙上了一层传奇色彩，吸引读者一步步看下去。在讲到我国邮驿的历史时，有人引用了唐代诗人杜牧的名句："一骑红尘妃子笑，无人知是荔枝来"，作为当时邮驿已经相当发达的佐证。这类贴切的引用都起到了增添作品艺术性和趣味性的作用。

在谈及趣味性的时候，我们应该特别强调趣味性与科学性的有机结合，不能为趣味性而趣味性。有些作品虽然词藻华丽，说古论今，但远离主题。这样的"趣味性"丝毫不能增强科普作品的效果。另外，"趣味性"要在正确思想的指导下，不能将低俗当"通俗"，让低级趣味的东西侵蚀我们的作品。

二、科普作品的写作技巧

科普作品有各种不同的体裁，如浅说、漫话、自述、趣谈、对话（包括技术问答）等。不同体裁的作品，在写作要求和写作技巧上也有所不同。下面尽量选取一些带共性的问题来加以讨论。

1. 开头与结尾

俗话说："万事开头难"。写文章也是如此，写好开头并不容易。

"开头"是文章的引子，是作者给读者所提供的思路的起点，也是文章展开的基础。因此，开好文章的"头"很重要。好的开头能一下子就把读者吸引住，使读者乐于循着作者的思路一步一步深入文章的内容，起到引人入胜的作用。

下面介绍几种常见的开头方法。

开门见山

这是在文章开头时就点出主题或主题词，然后一层一层推开的方法。例如，《奇妙的生物声呐》一文开头第一句话便是："声呐是水下探测、定位、导航和通信的主要工具。它能透过茫茫海水，把水下目标告诉给人们。"然后，作者笔锋一转，把人们的视线引向姿态万千的生物世界，列举了许多生物用声呐探测目标的例子，给人们以很多启示。

可见，开门见山并非一开头就全盘托出，叫人一览无遗。而在"山"后尚有"曲径通幽"处，引导读者一步步览尽"奇峰幽谷"，进入令人忘返

177

的胜景。当然，要做到这一点也不很容易，它要求作者在科学技术知识上和文字表达能力上都有相当的功底。

以故事情节开头

许多故事(包括传说、寓言)都蕴含着丰富的科学哲理，而且大多有一定的趣味性。因此，选择一些与主题有内在联系的故事作为文章的开头，不仅能自然地引导读者进入主题，加深对主题的理解，而且能诱发大家的阅读兴趣。

著名的桥梁专家茅以升在《桥梁远景图》中便出色地运用了这种开头方法。他在文章的开头简单地讲述了天河鹊桥的传说，然后风趣地说："这'鹊桥'就是喜鹊搭的一座桥，它们是杰出的桥梁工程师——你们想想看，这天河该有多宽啊！同时也可见桥梁的重要。虽是神仙，也还需要桥。"最后这句话，便是作者的"点睛"之笔。这种点出主题，交待作者写作意图的方法是多么的自然，多么的洒脱，真叫人拍案叫绝。

采用这种方法开头时，故事(包括神话、寓言)要精心选择，切忌选择那些与主题脱离或关联不紧的。这样做，有时看来很热闹，很有趣，但对科学知识的普及起不了多大的作用。另外，这里的故事情节只是作为讲述文章内容的引子，必须简洁明了，为我所用，而不能喧宾夺主，本末倒置。

以名人名言或俗话开头

许多名人名言或俗话都是家喻户晓、很有群众基础的，如果我们借用它们为普及科学技术知识服务，往往也会收到很好的效果。特别是对于那些内容枯涩或读者不易理解的题材，用这种开头方法会使读者增加亲切感和阅读兴趣。

例如，在讲"图像通信"时，我们可以从图像通信的科学定义出发来讲述它的科学道理，也可以用上面讲到的这种方法引导读者深入主题。例如，我的一篇讲图像通信的文章是这样开头的：

"'百闻不如一见'，这是我国的一句俗话。这句话包含着深刻的科学哲理。有人曾经作过统计：人类通过视觉所得到的各种信息三倍于通过听觉所得到的信息，因而……"

"百闻不如一见"，这是一句尽人皆知的俗话，用它来说明视觉信息的重要性，并进而引出传送视觉信息的图像通信来既亲切又自然，也具有一定的说服力。它比作者一开始就讲许多抽象的大道理更能吸引读者。

以提问开头

在科普作品中，以提问开头，甚至通篇采用问答式写法的例子很多。如果你提的问题是读者迫切需要了解的，而问题的提法又耐人寻味，读者就乐于跟着你的思路去寻找问题的答案。随着问题的一层层展开，答案的一个个获得，就能使读者围绕作品的主题得到很多知识。

一篇介绍电话发明史的科普作品是这样开头的："电话是谁发明的？这同无线电是谁发明的问题一样，曾经有过不少争论……"乍看起来，这样的提问并不巧妙，太直了。但紧接着问号，作者却布下了疑团。很多读者看到这里就会想：电话不是贝尔发明的么？还有什么可争论的。于是便会在求知欲和好奇心的驱使下，去寻找问题的答案。这正是作者写这篇作品所要达到的目的。

以提问方式开头，要根据作品的主题确定好提什么问题，怎么提，并且要考虑好如何根据开头的提问一环扣一环地深入主题。提问要自然、生动，引人入胜，课堂式的一问一答不能形成一篇作品。

以新闻时事开头

新闻富有真实性，并能给人以一种现实感，特别是那些新奇的，甚至带有点神秘色彩的新闻，会引起人们极大的兴趣。

179

例如，《极目千里》是一篇介绍一种新的通信方式——图像通信的科普文章。文章的开头讲述了不久前在东京召开的一次别开生面的国际会议的情景。然后指出，这就是世界上第一次国际电视会议。接着便由电视会议这种通信方式为切入点，一连介绍了几种传送图像信息的通信方式，说明他们的特点。

以上这种讲述问题的方式符合人们从具体到抽象、从近到远的认识问题的规律，因而一般能取得较好的效果。

以强烈的对比开头

《电子算盘——运算器》一文是这样开头的："大家知道，一秒钟是很短暂的。可是，电子计算机在这短短一秒内却能完成十万次、一百万次、一千万次，甚至上亿次运算……"而这些工作，如果"让一个熟练的计算员用纸和笔夜以继日地不停地运算，要若干年才能完成"。接着，作者笔锋一转，便顺理成章地点出了本文的主题："电子计算机之所以有这样惊人的计算速度，其秘密就在'电子'二字上。"这就为进一步讲述运算器作了很好的铺垫。

开头的鲜明对比，使人们对计算机这个神算手的高强本领有了较强烈的印象。这时，读者会自然地提出：它为什么会有这么大的本领，以及这样迅速的运算是由谁来完成的等问题。于是文章便因势利导，"顺流而下"，围绕着运算器这个主题展开。

文章开头的方法远不止上面讲到的几种，例如还有以假设或结论开头的，有以自述方式开头的等等，这里就不一一介绍了。

下面简单谈一谈文章的结尾。

科普作品的结尾具有总括全文，耐人寻味和富有启发性的特点。就像一些有经验的教师在讲完一堂课的内容后，总得留几分钟时间进行小结那样，一篇文章在结尾时也常常要用简练的笔法对全文作一概括，以进一步加深读者的印象。

耐人寻味和富有启发性的结尾使人在读完文章后留有余味，发人思考，有的还能激励人们去探知未知的科学技术领域。例如，甘本祓在《茫茫宇宙觅知音》一文中，讲述了一个又一个有关"宇宙人"的扑朔迷离的故事，提出了一个个令人迷惑不解的问题。所有这一切，都围绕着"在宇宙空间有没有人类知音"这个问题。虽然，作者未就此作出肯定的回答，但在文章的最后，却写得如此耐人寻味，如此富有感召力。文章的结尾是这样写的：

"既然我们像不能肯定那一切的那样，不能否定这一切，那我们没有理由不期望、等待和行动。

所以，我们要说：等待吧，朋友！等待那使你神往、振奋的一个又一个喜讯！探索吧，朋友！探索那地球外生命的奥秘和宇宙中的知音！

幻想是美好的，而探索却更加美好……"

2. 比喻的运用

有人说，比喻是"文学园地里的花朵"。在科普园地里，比喻同样起着十分重要的作用。巧妙的比喻，将使得一些深奥的科学道理变得易于为人们所接受，使平淡的叙述变得有声有色。恰当而新颖的比喻不仅能加深人们对科学知识的印象，还给人以一种美的享受。

两千多年前，阿基米德在向人们讲述杠杆原理的时候曾经说过："给我一个支点，我能移动地球！"他那大胆而新奇的比喻，直到今天还为许多物理老师所引用。它使人们能深刻而形象地理解杠杆的作用，以及它将产生的巨大价值。在历史上，类似这样精辟而绝妙的比喻很多，它们可以称得上是科学文化宝库里的一颗颗明珠，闪烁着不灭的光芒。

一种常用的比喻方法是"以物喻物"。例如，有人把集成电路比作"显微镜下的城市"。显微镜下才能看见它，说明集成电路之"小"；城市，街巷纵横，高楼林立，说明集成电路虽小，但是很复杂的：里面比蛛丝还细的布线连接着二极管、三极管和电阻、电容等，就犹同城市的街巷把千家万户沟通……

说到光纤，人们常用头发丝作比，说它"比头发丝还要细"。其用意也是给人以一个具体的"细"的概念。讲电位差的时候，常常用连通器作比喻。因为连通器是看得见、摸得着的，可以通过演示使人建立起明确的概念，而电位差却比较抽象。用连通器原理作比引出电位差的概念，正是以物喻物，以具体事物比喻抽象事物的一个典型例子。

其实，现在许多学术名词本身就包含着比喻，例如半导体技术中常用的"空穴"、"位垒"中的"穴"和"垒"都是一种比喻。航天技术用语"太空垃圾"是把废弃在太空的卫星以及其他航天器残骸比作"垃圾"，这也是十分贴切的。因为这些残骸是废物，有碍环境，这正是垃圾的主要特征。

除了以物喻物外，还有以人或生物现象来比喻事物的。例如有人把电路中的电流与人体内的血液循环相比，把血管比作导线，把心脏比作电源。还有人把电话与神话中的"顺风耳"相比，把交换机比作专为天下有情人穿针引线、成人之美的"红娘"等等。

这种拟人的方法或以生物现象作比的方法赋予事物以生命和活力，给人以一种极大的感染力量。

比喻，不单在科普文章的文中常用，就是在标题中，也少不了要用到它。在标题中应用贴切而又出人意料的比喻，犹同奇峰突起，对读者有很强的吸引力，能更加突出标题的"点睛"作用。

例如，我们可以直接用"移动通信"、"图像通信"、"通信卫星"、"会议电视"等作为题目介绍这些新的通信技术，但是如果采用比喻的手法，以"萍踪波影"为题喻移动通信，以"天外月老"为题喻通信卫星，用"屏幕上的聚会"和"欲穷千里目"为题隐含会议电视和图像通信，是否既能避免

181

标题的重复，又可突出科普文章的特色呢？这些生动的比喻，还能赋予这些新的技术以生动的形象，使作品增添一点文学色彩。

下面谈谈用比喻时应该注意的几个问题。

首先，比喻要贴切。贴切的比喻才有感染力，相反，比喻不恰当，就会使人感到不可信，影响到科普的效果。例如，有人把青蛙张开嘴，说成是"青蛙张开血盆大口"，就叫人难以相信。这哪里是青蛙的形象！有人把煤比作"黑色的金子"，这也很贴切。这是因为他抓住了比喻事物和被比喻事物的共同特点——都是"宝"。金子的贵重人所皆知，而煤浑身是宝很多人并不一定知道。作者以金子比煤，用意是想说明煤的珍贵用途，以引起人们对它的重视。这种比喻正是抓住了问题的实质，耐人寻味。

第二，比喻要新。一个比喻如果反复被应用，就会失去新鲜感，甚至落入俗套。例如，"新秀"、"佼佼者"、"异军突起"采用的都是拟人的方法，开始用时大家看了觉得很新鲜。现在大家争相引用，就失去了它原有的魅力。

第三，比喻的语言要美。比喻本身是一种艺术手法，不但应该具有内在美，还应有形式美。例如，用"鸿雁"比喻辛勤为人们传递信息的邮递员，用"顺风耳"比喻电话，用"家庭图书馆"或"指尖上的世界"比喻可视图文（Videotex）等等，不但很形象，而且也富有美感。相反，类似像上面讲到的把青蛙的嘴说成是"血盆大口"不只不贴切，也不那么美了。

还应该指出，比喻事物和被比喻事物只是在某些点上相似，而并不完全相同。例如，以水波比喻电磁波就是如此。因此，我们在应用比喻来说明我们所要叙述的问题时，必要时还应指出它们之间的不同点，以免引起读者误解而有损于作品的科学性。

3. 由近及远，由浅入深的写作方法

大家知道，人类认识客观世界，总是先认识身边的东西，先熟悉那些与自己关系比较密切的事物，然后推而广之。如果我们的作品，能够遵循人类认识事物的这一规律，就比较容易为人们所接受。这在写作一些介绍高深科学技术知识的作品时，尤其应该重视。

事实证明，不管多么复杂的理论或技术，只要我们对它深入了解了，总可以在我们周围平淡无奇的事物中找到它们的影子。也就是说，找到二者之间的相似之处。这样，我们便可以选择一个合适的"突破口"，然后步步深入。

例如，脉冲测试器和雷达，都是利用电脉冲在遇到障碍物时被反射回来这一现象的，这与蝙蝠在黑暗中飞行时识别目标的方法具有相似之处。因此，从讲人所皆知的蝙蝠的这种本领入手，再引出一般人所不太熟悉的脉冲测试器或雷达，就十分自然。科学的神秘感被打消了，换来了一种亲切感。

在进行科普创作时，敏感地捕捉那些生动的、有趣的素材，选取那些对深入主题有用的东西写入作品，往往能达到较好的效果。例如，我在写作《萍踪波影——漫话移动通信》一文时，就利用当时刚放映过的美国电影《车队》和罗马尼亚电影《沸腾的生活》中的两个镜头作为引子。文章是这样开头的："观看过美国电影《车队》的人或许还会记得，驾驶员们在疾驰的货车上，利用装在车内的电话相互交谈的情景；欣赏过罗马尼亚电影《沸腾的生活》的人，也可能曾被厂长随身所带的电话机所吸引……所有这些，都在告诉我们，一种新的通信方式已悄悄地深入到我们生活之中，它就是所谓的'移动通信'方式。"

《车队》和《沸腾的生活》中所提供的生动屏幕形象给人们的印象是深刻的，但许多人未必能把它们与移动通信这种新的通信技术联系起来。作品从两个电影镜头写起，意在利用读者所熟悉的形象，逐步深入主题。它不仅会引起读者的阅读兴趣，牵动读者的联想，还会使读者感到这项新技术并不神秘，产生一种亲切感。有些读者还可能会产生进一步了解这种通信方式的要求。当然，描述众所周知的一些情景绝非作品之最终目的，不过是以此为基础来推开思路，引导大家进入"柳暗花明"的境界而已。

183

记得在洛杉矶奥林匹克运动会期间，国内许多人在电视机前观看着正在大洋彼岸进行的体育比赛实况时，不禁会问：为什么千里之外的实情实景会即时地呈现在我们的眼前？如果我们写一篇科普作品，就从奥运会的实况转播谈起，介绍一下卫星转播电视的原理，想必是会受欢迎的。最近在电视新闻上连续报道了两起因误食工业用盐而中毒的事件，如果我们的科普作品能从这两次事件入手，向大家讲一讲如何区分工业用盐和食用盐，其效果也会是十分显著的。从人们现实生活中所碰到的实际问题切入，亲切自然，容易被人接受。

由近及远、由浅入深，是指要从"近"处引读者入门，在"浅"处让读者起步。但是，如果只在近处停留，在浅处徘徊，那也是达不到普及科学知识的目的的。有些作品，讲了很多生动的故事和人们感兴趣的新闻，但迟迟不能进入主题，不能很好地利用"近"的、"浅"的事例去说明比较"远"的、"深"的内容，这样人们在看完这篇作品后也就得不到很多知识。如何从近处向远处延伸，从浅处向深处过渡，是科普创作中的一个重要技巧。在这方面，有许多成功的写作经验可供借鉴。其中，合理安排结构和内容，使之符合认识事物的规律，乃是一个很重要的原则。

4. 纵贯横通，广征博引

我们从事某项专业工作的科技人员和专家，并不是提起笔来都能写科普文章的。原因很多，其中的一个原因是由于专业工作着眼于纵向的深入，一般接触的面是比较窄的。搞交换专业的人，对光通信就不一定关心，甚至同是搞交换的，你研究的问题和他研究的问题也大相径庭。而写作一部科普作品，所需要的知识面一般比较宽，需要将知识纵横贯通，进行"编织"。例如，有时为了帮助读者了解来龙去脉，引起阅读的兴趣，不仅需要在作品中穿插一些古往今来的历史知识、掌故，列举一些有说服力的实例，甚至用得上别的学科的一些知识，而且在创作手法上也与写学术论文不同，比较讲求写作技巧，在文笔上有较高的要求。所有这些，都要求科普作者把学路放宽，占有更多的资料。你占有的资料越多，写作时自由度就越大，写出来的东西也就越有说服力。

1983 年是"世界通信年"，我借用一组反映通信历史和现状的邮票，写了一篇题为《邮票上的通信——为"世界通信年"而作》的文章。这篇文章全文不到 2 000 字，但它所涉及的知识面比较宽，包括通信的起源、传说以及近代电话和卫星通信这两个有代表性的领域。所涉及的知识有中国的，也有外国的。写作这样的文章，首先要搜集材料，搜集到的材料还需要经过选择和提炼，最后把它们"编织"成一个知识网。

5. 插图的运用

插图以其鲜明的形象和艺术感染力，在科普作品中占有不容忽视的地位。一些科普作品如果没有插图的辅助，甚至就无法把问题讲清楚。例如，一篇介绍新型电视机或收音机的科普作品，如果既没有电路图，又没有结构图，就只能停留在概念上的介绍，要进一步说明其原理和特点是有困难的。一本介绍现代电话机的书，如果不配有各种各样新式电话机的照片或插图，就不能给人以直观的感觉；在讲解电动机或发电机原理时，更是离不开图，如果只靠文字，便很难使读者明白你要说的道理。

图是一种视觉信息。好的插图包含着十分丰富的信息量，往往能起到文字所起不到的作用。正因为如此，许多国外科普刊物（包括一部分图书）中，图和照片所占的比重越来越大。以日本为例，几本发行量很大的科普期刊，如《牛顿》、《夸克》、《宇宙·技术·原子·自然》和《21世纪哥白尼》等，都是画报化的刊物，以图片为主，配合少量的文字说明。以1984年7月号的《夸克》为例，它里面登了一张小汽车构造的立体分色剖视图，一层一层地向你展示汽车上各部位所用材料的变化，使你一看就能明白。如果改用文字描述，不知要费多少笔墨，而且还未必能交待清楚。

构思巧妙的表格也能与插图起到异曲同工的作用。在科普作品中，我们也会经常用到这种表现方式。

目前，科普创作中重文不重图的现象比较普遍。有的作品虽配有若干张图表，但仅仅是点缀，看不出它与文章的呼应。这与有些作者没有认真考虑插图构思，而让不懂得文章科学技术内容的美工人员随意配图有关。图文并茂绝不仅仅是为了追求形式上的"热闹"，它是传播科学技术知识的客观需要。

插图有写实的，也有利用夸张、比喻等手法虚拟的。而后一类插图往往还会在传播知识的同时，起到启迪智慧和开阔思路的作用，从而给作品增添趣味性。例如，《人民日报》登了方成的一幅漫画作为一篇国外访问记的插图。漫画上画了一个地球，在东、西半球上各伸展出一个像阳台那样的平台，上面各站着一个人，互相用电话问候。漫画的题目用了唐诗中的一句话，叫"天涯若比邻"。这幅画形象地反映了在通信发达的今天，地球上相隔万里的亲人、朋友都能随时建立联系，如同近邻一样。

在一些新技术的入门书中，插图的地位更加重要。有的甚至全书采用图解的方法，通过图的形象来帮助大家建立起概念，深入未知的世界。

185

三、科普作品的创作要领

1. 明确读者对象和作品所要达到的目的

在创作一部科普作品之前，首先必须明确读者对象以及通过这部作品所要达到的目的。特别是对于技术性科普读物，要求它们有较强的针对性和实用性，因而更有必要强调这一点。有些作品由于读者的对象不明确，或对于既定读者对象的实际水平和要求了解得不够深入，结果写出来高不攀，低不就，达不到预期的目的。所以，我们要求作者在创作一部作品之前尽可能多做一些调查研究，深入了解读者，了解作品所要涉及的一些技术领域的现状及其发展。

2. 选取题材，确定写作提纲

什么叫题材？简单地说，题材就是用来表达主题的材料。一般来说，可供利用的题材十分广泛，问题在于如何恰当地加以选择。首先，选材必须紧密围绕作品的主题。有些材料虽然孤立起来看很有意思，却与整个作品关联不紧，这样的材料就应坚决舍去。

实用性是技术性科普作品的一个重要特征。读者阅读这类作品的目的是为了掌握和运用作品所传授的知识，去解决生产和生活中的实际问题。因此，我们在选择题材时要尽量结合生产和生活的实际，着眼于培养读者分析问题和解决问题的能力。

有了表现主题的充足材料还不够，还需要对这些材料进行编织加工。因此，一般作者在写作作品之前都要列出较详细的写作提纲。提纲既要能反映作品的主题和重点，又要能看出作品叙述问题的思路。提纲可粗可细，但对于写作经验尚不十分丰富的作者来说，写作提纲搞细一点是有好处的。必要时，在每个部分还可把主要论点、论据，甚至举什么例子也都简要地列出来。这样，在具体写作时就比较容易把握住方向，避免信手写来，离题万里。

3. 衔接、过渡和呼应

一篇作品的提纲(或大小标题)确定之后，还应该考虑各部分之间怎样衔接，怎样过渡，以及如何解决前后呼应、图文呼应等问题。衔接不紧，过渡得不自然，都会影响到作品的逻辑性、条理性和说服力。前后不呼应或图文不呼应，也是许多作品中常见的毛病。它反映作者对整个作品缺乏一个比较缜密的布局和构思。

4. 标题的"点睛"作用

有人把文章的标题比作人的一双眼睛。标题不仅给人以第一印象，而且透过它，还可以反映作品的概貌。科普文章与专业论文的不同特点，有时通过标题也可反映出来。好的标题可以令人耳目一新，一下便把读者吸引过来；而枯燥乏味、千篇一律的标题不但不能引起人们的阅读兴趣，而且也难以起到"点睛"的作用。因此，我们对文章中的每个大小标题也都应下工夫认真琢磨，使它们能体现出科普作品的特色来。

俗话说："文无定法"。科普作品的写作也没有一定的公式可循。我这里谈的仅仅是个人的一点浅见，仅供参考而已。

　　　　　　　　　　本文为作者1993年在电信教材编写培训班上的讲稿

对科普图书策划的再认识

图书策划已成为当前出版界的一个热门话题。人们在谈论出精品的时候，也常常把它与策划联系在一起，认为精心的策划是出精品的前奏和基础。且不说是不是所有精品都源于策划，或者策划是否一定能孕育出精品，我们仅就图书出版的角度来看，注重策划应该说是一种进步，一种观念上的转变和认识上的飞跃。

在市场经济条件下，出版业的竞争不断加剧。在激烈的角逐中，人们越来越清醒地看到，最终决定胜负的因素是图书的质量。那种市场上热什么出什么，跟在别人后面亦步亦趋，搞低层次的重复，是没有出路的。尽管有时也能取得一点蝇头小利，但最终将会丢了特色，失去市场，在竞争中败下阵来。相反，那些注重特色、精于策划的出版社则精品迭出，声名远播。两种观念，两样做法，就会产生两种不同的结果。孰优孰劣，不言自明。

图书策划虽然在总体上得到了出版界多数人的认同，但对于策划的概念、范畴以及具体做法，还有深入探讨和进行再认识的必要。这里，我想结合科普图书的策划，谈几点粗浅的看法。

一、准确的读者定位是选题策划的基础。

策划不能理解为只是提出一个"叫得响"的选题，还应该做包括确定

187

读者定位在内的许多工作。大家知道，同样一个题材，可以派生出多种形式、面向不同层次读者的作品。例如，以动画片《狮子王》为蓝本，人民邮电出版社就出了13种不同版本的书。每个版本都有自己所选定的读者群，结果13种书都有市场。同样，我们在策划科普图书时，也需要在广泛的读者调查基础上，确定合适的读者定位，并进而摸清这一层次读者的需求。这是科普图书策划工作的出发点和基点。

例如1995年，人民邮电出版社根据中国电信发展的需要，提出出版普及型"口袋书"的设想。在进行读者分析时发现，不同层次的读者对电信新技术、新业务的普及有不同的需求，如果硬要把他们统在一起，用同一套书去满足他们的需求，那编出来的书必然会"深一脚、浅一脚"，或出现顾此失彼的情况。因此，我们决定兵分两路，出版两套书，一套面向社会广大电信用户，定名为《电信用户手册》，另一套面向具有中等文化程度的电信职工，定名为《电信新技术新业务丛书》。读者定位确定后，书的内容取舍、起点和表现形式的确定就有了依据。实践证明，这两套书由于读者定位的准确，出版后有很强的针对性，深受读者的欢迎。由于一再重印，也为出版社创造了很好的效益。

188　　　　我们常常听到读者反映，一些面向社会的科普读物，由于专业名词堆砌，使人难以卒读；一些少儿科普读物因为缺少儿童的语言，很难"走近"小读者，也无法调动起他们的阅读兴趣来。出现这些问题，都是由于对"读者对象"没有吃透，或者对读者对象的定位重视不够。事实上，读者定位的失当，或者南辕北辙，都将使书的失败成为定局。

二、特色定位是科普图书策划的重要内容。

人们常说，科普创作应该"立足于'科'，着眼于'普'"。而重视科普图书的特色定位，正是要在"普"字上作文章。目前，单纯回答科学技术问题，干巴巴地讲知识的科普读物很少有市场，而那些贴近时代，贴近生活，给人以启迪的多姿多彩的科普读物却备受青睐。特色定位就是要善于调动各种使既定读者容易接受和乐于接受的方式和手段，达到普及知识的目的。特色，首先是要有科普特色，其次是要刻意求新，有区别于其他同类科普作品的新内容、新观点、新角度、新思路和新的表现手法。

特色是一个综合性、整体性的概念。因此，要策划一本有特色的书，需要图书策划者和作者有较深厚的知识根底和多方面的综合素质。

三、图书策划不是对传统选题、组稿工作方式的否定，而是一种重心的前移和对运筹及创意的强调。

在传统的图书编辑、出版运作中，也包括读者调查、选题论证、作者物色、编稿及审稿等各个环节。而今天我们讲图书策划，也离不开这些工作。与传统做法不同的是，策划把工作重心作了前移，强调了总体的创意和设计。中国有句名言，叫"运筹于帷幄，决胜于千里"。图书策划就是做"运筹帷幄"的工作，其目标便是营造精品，占领市场，即"决胜于千里"。它要求我们改变走一步看一步的做法，要求我们在迈出第一步之前，把第二步、第三步都设想好，以至对书投放市场后的社会效益和经济效益也提出要求，作出科学的预测。

重心前移的目的是要加强预见性和对整个过程的可控性。这对于营造精品图书或策划丛书、套书一类大型图书尤为重要。

四、图书策划是强调编辑的早期投入和主动参与，是优势的互补。

从历史上看，编辑从等稿上门到主动组稿是一大进步，而从主动组稿到系统策划又是前进了一步。迈出这两大步，意味着编辑已从被动应付逐步转向主动"出击"，并在图书这种特殊商品的生产过程中发挥更大的主观能动性。

189

编辑的前期介入不能理解为给作者的写作划定种种条条框框，更不是越俎代庖。编辑的前期介入是发挥自己的某些优势，从一些方面为作者提供帮助。同时也从中充实自己，提高驾驭图书内容的水平和能力。因此，这是一种优势的互补。编辑不仅可以把自己了解到的有关读者需求和市场走向的信息介绍给作者，而且可以通过自己的组织工作，集思广益，为作者的创作活动提供有益的启示。

五、科普图书策划是一项系统工程。

科普图书的策划包括收集信息、确定选题、组稿、编稿，一直到印刷、出版、宣传、营销等一系列环节。任何一个环节的失误，都会对策划的最终效果带来不良影响。在这些环节中，选题和组稿是核心。

选题策划切忌虎头蛇尾。一个好的选题、好的构思、好的框架的提出固然不易，但一步步将它们落实则往往更有难度。对科普作品，既要求有科学上的准确性，又要求有面向大众的可读性和趣味性，本身就是很有难度的。加上作品如林，还要不落俗套，写出特色，更是难上加难。所以，实现策划意图，也是一项十分艰巨的任务。就拿从物色作者到请出作者这一环节来看，就需要做大量的工作。如果这一步工夫不到，再好的构思和设想也都成为雾里楼台，空中楼阁。

大凡科普读物，策划者都有"图文并茂"的要求。实际上，要真正做到这一点也非轻而易举。真正的图文并茂不是简单的图配文，更不是画几个人、几朵花点缀一番，而是挖掘图与文的一种内在联系，让图的引入不仅起到活跃版面的作用，更重要的是起到揭示科学技术内涵，弥补文字表达不足的作用。要做到这一点，除了要求文、图的作者配合默契之外，还要求他们彼此进入对方的角色。依我看，目前能做到这一点的科普图书不是很多。这说明，一个好的构想的实施绝不是一件很容易的事。

综上所述，一部精品图书的诞生固然离不开独具匠心的创意，但也少不了对每一环节、每个步骤的悉心照料。在图书策划中要重视可行性的研究，防止提出一些不切实际、难以兑现的构想，使策划变成纸上谈兵，流于形式。

190
六、在丛书、套书或大型图书策划中，要特别重视体例统一和规范化的工作。

重视体例的统一和规范化，是着眼于图书的整体感与和谐美。有些书虽然出于多人之手，由于精心的策划，可以做到不落痕迹。应该指出，我们强调体例的一致性和规范化，不是要求统一作者写作的风格和特色。策划工作所要做的，是在不抹煞每个作者作品风格、特色的前提下，求得某种协调和统一。譬如，对每一部分内容限定字数、提出一些大家所共同遵循的基本要求，这些都是大型的图书策划工程中所必需的。

七、要防止科普图书策划中的误导。

高水平的策划往往是出精品的前奏。但策划工作一旦走入误区，也会带来种种负面效应。例如，市场走向无疑是图书策划的重要依据之一，但作为一种精神产品的图书，也不能让市场牵着走。它在适应市场的同时，也应起到引导市场的作用。同是看重市场，也有高低之分。如果只看重眼前的市场，而忽视潜在的市场，就会在策划中出现短期行为。另外，为了抓时机，抢市场，重视出书时效是必要的，但如果以牺牲质量换取时间，那便走入了误区。

图书策略的水平在很大程度上决定于编辑的综合素质。如果编辑对自己策划的选题心中无底，对有关专业知识知之甚少，就很难与作者对话，并以自己的真知灼见确立自己在策划中的主导地位。因此，图书策划无论是对编辑，还是对作者都提出了更高的要求。

当前，由于中央的重视和全民科技意识的提高，科普创作和科普出版都呈现出了前所未有的兴旺景象。这种局面来之不易，我们应该加倍地珍惜它，使它健康地发展起来。进一步加强科普图书的策划，让更多的精品占领图书市场，引导市场，这是历史赋予我们出版工作者和科普作家的光荣使命。

本文为 1997 年中国科普作协工交科普学术年会论文

网络时代的科普创作

20 世纪 90 年代，互联网走进我们的生活，成为推动全球经济、技术和文化迅速发展的强大动力。在信息传播领域，它也形成了强大的冲击波，被人们认为是继图书、报刊、广播和电视之后出现的第四媒体。近年来，网络媒体的强劲发展势头已大大超出了人们之所料。现在，全球每天都有 60 万人加入互联网"王国"，成为这个全新世界的"臣民"；在网上流通的信息，每 6 个月就要翻上一番。互联网发展速度之快，也可以从它与其他媒体发展历程的比较中看出：无线电广播从问世到拥有 5 000 万听众，用了 38 年的时间；电视拥有同样的观众用了 13 年时间；而因特网从 1993 年向公众开放到拥有 5 000 万个用户，只花了 4 年时间。因此，有专家预言，在今后的 10 年至 20 年时间里，因特网作为第四媒体的影响力，有可能超过传统媒体。我国是互联网发展最快的国家之一：1997 年 10 月上网人数还只有 62 万，但根据 1999 年 12 月统计，上网人数便已达到 890 万，两年时间增长了十四五倍。

互联网的迅速发展，向传统媒体提出了强有力的挑战。网络图书已初露端倪，以互联网为依托的书刊编辑、出版、销售体系正在改变着传统出版的模式。出版、发行方式的多元化和数字化发展趋势，对我们科普创作也提出了新的要求。它要求我们积极地去探索从传统出版向网络出版过渡的新思路和新手段。

首先，我们应该看到，网络媒体的突出优点之一，便是跨越时空的传播。网"撒"到哪里，网上的多媒体信息就能传播到哪里。特别是最近一个时期，无线因特网技术的发展，更使网络得以无限延伸。人们即便是离开了个人计算机，也能通过手机、寻呼机和形形色色的无线终端设备，在移动中上网。这种改变具有十分深刻的意义。以往，我们在进行科普创作的过程中，少不了要从一大堆书籍资料中寻寻觅觅，去获取自己所需要的信息；而今天，互联网就是世界上最大的信息库。世界各大报刊、电台，各国政府和主要国际组织，以及知名大学、图书馆都上了网。在网上，我们可以快捷地从信息的汪洋大海中获取对自己有用的信息。可以预见，在今后几年里，将会有越来越多的科普作家到互联网上去"冲浪"，或在那里发表自己的作品。互联网正在改变我们科普创作人员的工作方式。

第二，互联网是在多媒体技术基础上发展起来的，因而它能向大众传播图文并茂、声像兼备的多维信息。互联网的这一特征对科普创作提出了新的、更高的要求，即要求在我们的作品中充分地、有效地利用多媒体融合的信息传播手段，来为普及科技知识服务。不仅要有好的创意，还要求我们熟悉各种媒体的特长，以及将它们应用于网络制作的一些基本知识。只有这样，各种手段才能配合默契，相得益彰。从理论上讲，采用动画技术有利于增加信息量和内容的表现力，并能激发起受众的兴趣。但由于受网络带宽的制约，这种手段的运用也是有限度的。我们必须结合客观的技术条件和经济因素加以考虑，使各种手段用得恰到好处。

我们应该看到，由于电视、互联网的出现，人们的阅读习惯发生了很大变化。人们的兴趣已从读书，转向既读书，又读图、读屏。面对荧屏，敲击键盘，已成为这一代青年人的时尚。有人说，这意味着"读图时代"已经来临。人们喜欢读图，不仅是由于图真实、直观，包含的信息量大和具有强烈的视觉冲击力，而且还由于它为生活日益高节奏化的人们，在学习知识的同时带来了轻松和愉悦。诚然，最喜爱读图的是少年儿童，但现在这种爱好有向青年人，甚至老年人蔓延的趋势。我们的科普创作能否迎合读者这种阅读兴趣和阅读习惯的转移，是我们的科普作品能否取得成功的关键之一。尽管，这些年来我们一直在提倡"图文并茂"，但

192

是由于观念的陈旧、人才的紧缺，以及创作手段的落后，这方面的差距仍然很大。今后，我们要在网络上创作科普作品，就必须有意识地加强图和动画的创作力度，研究它的创作规律，以充分发挥互联网的多媒体效果。

第三，注重时效是网络媒体的重要特色，也是它的一大优势。与传统媒体不同，互联网上的信息可以随时更新；发生在世界任何一个角落的任何一个重大事件，都可以借助互联网的力量，在瞬息之间传遍全球。如果我们的科普创作能跟踪科学技术的发展，对重大科学事件进行通俗易懂的解释，对一些老百姓所关心、所感兴趣的科学技术问题作出及时的解答，必将大大增强科普的效果。就拿《十万个为什么》和名目繁多的百科类图书来说，出书过程少则一年，多则三两年，书出来后总会留下一点遗憾，那就是一些最新的东西未被包括进去。而网络媒体允许我们随时把新的东西补充进去，还可以修改原来的东西，使我们的作品尽量少留一点遗憾。

对于互联网的时效性，我们不仅要认识它，还要充分地利用它。要通过增强我们的敏感性和科技、文字素养，使它能在我们的作品里得以充分体现。例如，前一个时期北京出现沙尘暴天气，新闻媒体和互联网上很快便有了报道，但对于什么是沙尘暴，它是怎样形成的，以及如何防范等老百姓十分关心的科普知识，报道就相对较少，也不够及时。如果我们的科普创作能充分利用网络的时效性，以互联网为阵地进行跟踪报道，必将会收到很好的效果。由此可见，网络的时效性对科普作品的时效性提出了严格的要求，这对科普作家来说是一个严峻的挑战。

第四，网络媒体与传统媒体的根本区别，还在于它的交互性。网络媒体的出现宣告"我讲你听"这种单向传播模式的结束，而代之以"重在参与"的双向性信息交流。今后，我们的科普作品上网，不仅可以将同一个题材作品演绎成不同的版本，以不同的深度、广度和形式，满足不同层面读者的需要，而且可以设置一些版块，让读者参与进来，或建立起读者与作者之间直接交流、对话的渠道。所有这些，在互联网上都是很容易做到的。但为了有效地利用互联网，需要精心的设计和观念上的创新。科普创作如何适应交互性媒体的特点，并利用它增加科学普及的效果，是摆在我们面前的又一个新的课题。

交互性，有利于缩短作者和读者的距离，有利于及时得到信息反馈，这对作者完善自己的作品和提高写作水平都十分有益。目前，一些文艺界名人纷纷走进网站的"聊天室"，与他们的崇拜者和观众通过屏幕进行面对面的交谈。这种交流对科普同样是需要的。我相信，在不久以后，我们的一些科学家和科普作者也会与自己的读者建立网上信息走廊，围绕大家所感兴趣的科学技术问题进行有益的、饶有趣味的对话。

交互性不是网络所特有的，在视频点播、可视图文以及可以上网的移动电话手机中，我们都可以看到它的应用。可以说，交互性是一种时代的潮流，是 21 世纪个性化社会的一个重要特征。

现在，互联网正如日中天，处在迅速的发展之中。上面谈到的它对科普创作从观念、内容到方法上的影响，尚十分粗浅，难免挂一漏万。在这里，我只想说明这样一个观点，那就是任何一种新的媒体的出现，都意味着对传统观念的挑战以至决裂。互联网对科普创作从观念、内容到方法上的冲击和启示正说明了这一点。我们的科普创作只有顺应时代的发展，走创新之路，才有可能走出困境，求得新的发展。

本文为 2000 年全国科普创作研讨会论文

194

科普的创新

"科普"二字有十分广泛的含义。我在本文中所谈的，是有关科普创作和科普出方面的问题。这里采用"科普的创新"作为标题，不是有意把概念扩大，而仅仅是为了简化行文。这在进入正题前是特别需要加以说明的。

一、创新意识

任何一项事物，它的产生和发展，都是与周围环境密切相关的。可以说，是一种依存关系。科普的创作与出版也不例外。现在，科普创作与出版的环境比起一二十年前来，已经有了很大变化。首先，近一二十年，科学技术进入一个高速发展的时期。可以毫不夸大地说，每天打开报纸、杂志或电视，都会发现又有新的科技成果问世，仿佛一觉醒来，我们周围的世界又有了许多令人惊喜的变化。第二，自然科学各学科之间以及自然科学与社会科学之间的相互渗透日趋明显。第三，媒体出现了多样化的趋势，特别是近年来被称为第四媒体的互联网的出现，以及多媒体出版物的闪亮登台，使传统的纸媒体出版物受到严重的冲击。第四，随着时代的进步，人们的阅读兴趣、阅读习惯正在发生变化，出现了各种个性化需求。

客观环境的变化要求我们的科普创作和科普出版改变观念，伴随着一个新科技时代的到来，努力寻找新的创作题材，采用新的创作思路和创作方法，不然就会丢了市场，失去读者。今天，我们已经远离"书荒"年代，在读者面前，有多种媒体可以选择，即便是同题材的纸媒体出版物，也往往有多个品种。为此，要使自己的作品能在市场上立足，以至长盛不衰，必须要有能吸引读者的地方，要有新意。不仅是题材新，还要创作思路新、方法新。从这个意义上来说，创新是适应科技新时代的客观需要。

二、创新思维

科普如何创新，其答案应该从深入了解社会和读者需求的变化中来寻找。结合科普创作和科普出版的现状，我个人以为，以下几方面似值得考虑。

1. 创作题材的拓新

195

现在，在科普出版物中，老的题材的重复已成为比较普遍的现象，相反，对于一些新的题材，出版物的反映不够快或缺少力度。而这些新题材正是读者所迫切需要的。我以为，科普创作对于老题材应侧重于提炼，并充实新的内容，使之成为"保留节目"，甚至"经典"，而不是一味模仿、"克隆"，在同一个层次上重复。我们应该把主要的注意力放在新题材的发掘和创作上，放在以往比较薄弱的科学思想、科学方法的宣传和普及上。

不久前，由27家地方科技出版社共同策划、分工出版的《当代青年科普文库》，便在题材的拓新上作了十分有益的尝试。例如，它在正面介绍科学技术对生产发展和社会进步所起的巨大作用的同时，还从反面告诉人们滥用科技将造成怎样严重的后果。如《自然资源短缺的困惑》、《新的绿色革命》等分册，都较好地发挥了科普作品的这种"警示"作用。另外，《从观念到生活方式》、《大众理解科学》、《建筑艺术世界》等作品，也突破了"一个学科一本书"的传统模式，选择了新的写作思路和新的切入点，并把科学思想和科学方法的普及融于其中。我以为，这些都是值得提倡的。

2. 多方面知识的融合

上面已经说到，多个学科知识的相互渗透，已成为当今科技发展的一个重要特点。显然，反映当代科技发展、传播新科技知识的科普创作，也应该改改过去就科技论科技的"单打一"做法。如果我们的科普创作能够从最敏锐的科技新闻中吸取题材，发掘自然科学与社会科学的内在联系，并借助于文学、插图等艺术的技法，就能做到比较贴近于现实，贴近于生活，读起来也少几分干巴巴的感觉。例如，在介绍因特网知识的一些科普作品中，少不了要涉及道德、法律、艺术方面的问题，我们在写作时不仅不应回避，相反还应该将这些知识熔为一炉，使作品更有深度。事实证明，多学科知识的融合(而不是穿凿附会)，不仅有助于科普作品题材的深化，还能调动起读者广泛的阅读兴趣。

3. 贴近百姓，贴近实用

现在，许多高新科技正快步走进人们的生活，这已是不争的事实。例如，IP 电话、信息家电、转基因食品等，从发明到进入百姓生活，所用的时间都不长。现在人们正在热烈谈论中的手机上网一类新鲜事物，其研究与应用一前一后，几乎是在同步进行的。层出不穷的新科技应用为科普创作和科普出版提供了十分广阔的天地。如何把这些高新科技讲到老百姓能看懂，并喜欢看，这是摆在我们面前的一个难题。它要求我们科普作家勤于学习，先把这些新的科技知识搞懂了，消化了，然后再用科普创作的技法把它写出来。

目前，很多出版社都在出科普书，这是十分可喜的现象。但有些定位于普及这个层次的出版物，在写作方法和形式上，却往往跳不出科技专业图书的模式，缺少科普的特色。无疑，这将影响到书出版后的效果。

4. 探索新的创作形式

电视的普及，互联网、多媒体时代的到来，对我们这些习惯于用笔从事文字创作的人来说，是一个新的挑战。它要求我们自觉地去熟悉新的创作领域，探索新的创作方法。在这里，重视形象思维、交互性以及各种新的技术手段在作品创作中的应用，都是我们所面临的新问题。目前，既擅长文字，又能熟练地运用上述各种创作手段的科普作家还不是很多。在这种情况下，将具有不同方面才能的人集合在一起，共同开发科普的新媒体，也不失为一种好的方法。在这方面还有许多工作要做。

三、创新机制

科普出版的源泉是在科普创作。因此，创新必须从科普创作抓起。它除了要求广大科普作家能顺应时代的潮流和科学技术的发展趋势，确立创新意识，探索新的创作手段之外，还要求建立和健全一套新的创新机制。

科普图书策划被认为是孕育精品的一种重要方式。目前，在获奖科普图书和市场销售看好的科普图书中，很多都是出版社、作者精心策划的成果。但是，流于形式的"策划"也不乏其例。现在，策划作为一种创新的理念已经得到人们广泛的认同，但作为一种机制，似还有不少值得完善的地方。

前一个时期，少年儿童出版社重拳出击，下大力气修订出版了60年代的精品巨制《十万个为什么》。这个喜讯虽来迟了一点，但毕竟使人闻后为之精神一振。最近，见《北京晚报》登出了《"小灵通"又要游未来》的小消息，报道了叶永烈携其重写的《小灵通漫游未来》到北京签名售书的事。这说明，一些出版社和作者开始重视维护自己的"品牌"，注意跟踪科技的发展，为自己旧时的力作注入新的生机与活力。我相信，这是会受到读者欢迎的。新中国建立以来，类似《十万个为什么》、《小灵通漫游未来》的书还有一批，其中有不少是有再创作价值的。例如，甘本祓的《茫茫宇宙觅知音》就是一个很有生命力的题材。我列举上面这些，无非是想说明一个观点，那就是选题是一种宝贵的资源，一个好选题的开发来之不易，成书后应该重视修订和再版，努力使它成为能为一代接一代读者欢迎的"保留节目"。

编辑虽说是"杂家"，但杂中也有"专"。有人擅长于编学术著作，有人擅长于编辞书，各有各的学问和经验。科普图书有区别于他类图书的明显特色，要编好这类书，编辑必须钻进去，通晓科普写作和科普编辑的规律。从这点出发，我以为建立和培养一支训练有素的科普编辑队伍事关重大。

科普创新对科普作家来说，还需要学习和积累。厚积薄发才能创作出好的作品来。在科普图书的出版上，速度不能说不重要，特别是对一

197

些时间性较强的选题，出版要跟得上来，否则便会成为明日之黄花。但是，也要防止强调快而欠"火候"、欠雕琢，使书留下诸多遗憾。

本文原载《科技与出版》2000 年第 6 期

科普精品编创三议

一、科普作品的立意

古人作画，讲求立意，有所谓"意高则高，意远则远"之说。我想，这用在科普创作上也是合适的。一部科普作品如果没有很好的立意，是很难称其为佳作的。立意要体现创新精神，彰显本作品区别于其他作品的特色。从市场角度上讲，要考虑"卖点"在哪里。立意有高低雅俗之分，我认为，一部科普佳作应该追求高的境界，具有贴近时代、贴近读者的风范和能激发读者阅读兴趣的表现形式。

我曾经看到一部由某作者作品结集而成的书，参加科普图书评奖。这本书的开头几篇科普文章十分精彩，能看出作者深厚的科普写作功底，可是再往下看就"杀风景"了。原来这是一本把作者不同类型的作品以及照片之类汇集在一起的书籍。作者的学术论文，与国外友人往来的信件（原件、影印件）以及个人的生活照、与乡邻的合影等等都收在这本集子中。我不能说这本书不好，但至少认为，这是一本缺少"立意"的书。如果把它作为一本科普书来评价的话，那么那些喧宾夺主的内容不仅不能为之增色，反而大大冲淡了这本书的科普感染力。

还有一本介绍兵器的"科普读物"，各类兵器外形、尺寸、型号以至生产厂家，统统都有，唯独缺少作为科普书所必须具备的有关每种兵器的基本知识或读者感兴趣的战例。说它是产品目录吧，它又缺少作为目录类图书的一些基本要素，真是"两头不着落"。由此我想，书写给谁看是必须首先明确的问题，它是"立意"的基础。

二、科普作品的深与浅

深入浅出是对科普作品的一个基本要求。这似乎已成为大家的共识。但也不能认为，只要写浅了，就一定是科普作品了。在历届参评的科普图书中，总有一些的确写得十分通俗浅近，有很强可读性的书，但却很快被淘汰了。原因是科学含量太少，更谈不上是深入浅出了。例如一些谈养花、做菜和健身的书，对指导人们的生活是有用的，但不从科学的角度上阐述问题，因此尽管十分通俗浅近，也很难把它纳入科普书的范畴。毕竟，普及科学知识，弘扬科学文化、科学精神是科普图书所应担当的重要使命。

科普作品的"浅"是相对的。由于传播知识的对象的不同，科普书无疑要比学术专著或一般技术类图书具有较低的起点。即便同是科普图书，也有不同的层次。写给青少年看的和写给隔行的专家看的(即通常所说的"高级科普")，其"浅"的"参照点"也是截然不同的。所以，找准起点，应该成为科普图书策划的重要内容，也是作品成败的关键之一。

三、策划与跟踪

出精品，是科普作者和出版社的共同目标。这些年来，图书策划已越来越为人们所重视，许多精品图书的策划含量也越来越高，出现了一批很有说服力的案例。但是应该看到，也有一些确存在策划工夫不到或流于形式的现象；还有一些策划构想很好，但实现策划意图的措施不力，对整个过程缺少监控和跟踪，结果是策划方案无法兑现。这样的例子是屡见不鲜的。

我认为，营造一部精品科普图书需要有很多环节的配合。在这里，"运筹于帷幄"(策划)固然重要，但实现策划方案的每一个环节也需刻意求精，不能掉以轻心，否则就有可能功亏一篑。就拿最近两届的科普图书评奖来说，编校质量成了"杀手锏"，它使得初评入围的图书有近半数难以过关而被拉下"马"来，其中不乏一些富有创新、精于策划的作品，叫人为之扼腕痛惜。有些书仅仅是由于几张图片的错位或"张冠李戴"而被视为是"硬伤"，无缘于摘桂。对此出版界、科普界也有过一些争论。有人以为，万分之几的差错只是"微瑕"，无伤大局，只要内容好是可以容忍的。但较多的人则认为，制定的标准必须坚持，否则"精品"就会"掉价"，失去其榜样的力量。虽然争论还在继续，但警钟已经敲响，它在提醒人们，质量乃是"精品"的第一要素。

积极提倡科普出精品是为了把科普创作和科普出版推向一个更高的水平，最终是为了向读者提供更多的具有更高营养价值的精神食粮。我们不能把营造精品图书孤立起来抓，甚至作为应景之举，而应该作为一个系统工程和长期战略目标，持之以恒地去努力；要以出精品来带动我

199

们科普创作和科普编辑水平的提高，并使之成为一种机制。我想，这也应该是精品战略的初衷吧。

本文为 2004 年中国科普作协工交科普学术年会论文

科普图书原创刍议

现在，人们在谈及科普创作和科普出版存在的问题时，都有一种同样的感觉，那就是科普原创的缺乏、创作队伍的老龄化以及创作观念和创作手法的陈旧。这些问题的存在，造成了科普图书的"叫好不叫座"，以及科普图书市场的低迷。这里，我想仅就科普原创发表一点浅见，就教于科普界和出版界同行。

我想，原创作品应该是相对于翻译(引进)、改编以及编著作品而言的，它强调了作品的"创新"元素。一些科学家、发明家和实践家把自己的研究、发明成果以及丰富的实践经验加以梳理、总结，演绎成文字，这类作品无疑具有原创的性质。如果他们的上述作品是以普通大众为传播对象的，通俗、浅近，甚至还达到了图文并茂、妙趣横生的境地，那么，这类作品应该算得上是原创科普作品了。像霍金的《时间简史》、华罗庚的《优选法》等，便是这方面的典型例子。

由科学家、发明家和实践家创作的原创科普作品，大都源自他们的亲身经历，是第一手材料，如果加上作者有一定的文字功底，其作品往往因此而具有很强的说服力。其次，在这类不乏生动感人的过程描写的作品里，往往蕴含着深刻的科学哲理，贯穿着科学精神、科学思想和科学方法。最近，我看到由海燕出版社出版的《中国科学家探险手记》，一套 9 册，作者都是各学科的科学家，写的是他们的探险亲历，十分生动。例如，《南极圈》的作者高登义先生便是我国第一个完成地球三极(南极、北极和青藏高原)考察的科学家，他从自己的探险经历中挑选出了最生动有趣、最有说服力的故事，讲给大家听，把人们带进了一个险象丛生而又无比新奇的极地世界。在这套书的无数生动故事背后，都诠释着一种为科学献身的精神，以及科学的态度和科学的方法。在这套书中穿插了大量的图片，大都也是书的作者们所亲身"捕获"的大自然的精彩瞬间，有物有人，充满生活的气息，弥足珍贵。像这样的书，我想应该称得上是原创佳作。

所谓科学普及，是对人类已经掌握的科学技术知识和技能以及先进的科学思想和科学方法，通过各种方式和途径广泛地进行传播。要达到广泛传播的目的和良好的传播效果，传播的方式、途径和技巧也是不可忽视的。因此，形式的创新便成了科普创新的一个重要方面。有些作品，虽然讲的知识并不那么新，不是作者的新发现、新发明，但作品在介绍这些知识时却赋予它新的视角、新的切入点、新的表达方式以及各种表达方式新的组合，使人有耳目一新的感觉，从而大大提升了知识和技能的传播效果。比之于那些老套路来说，这也是一种创新。在目前国内的原创科普图书中，这类形式上的原创占了相当大的比例。

潘家铮院士是著名的水电工程专家，也是一位十分优秀的科幻作家。不久前，中国少年儿童出版社将他的科幻作品结集出版，引起了社会的广泛关注。作品集包括《蛇人》、《吸毒犯》、《地球末日记》、《UFO的辩护律师》等几个分册。在这些作品里，潘家铮以科学家独到的视角，通过大胆的想象和巧妙的构思，写出一个个惊心动魄的故事，向人们传播科学的知识和理念。这是科学与文艺相融合的结晶，是科学家在他专业之外一个新的领域上的创新。最近，我收到著名科普作家卞毓麟先生给我寄来的新作——《追星》。他说："这是近三年来我写的唯一的一本书，写法与先前的科普作品有点不同。""有点不同"，这是作者的自谦，其实在这本只有十来万字的书里，作者厚积薄发，熔天文科技、历史与宗教的传奇于一炉，把许多有价值的科学与人文知识用"追星"这条主线串接起来，珠联璧合，写得有声有色。诗化的语言，更增添了这部科普作品的魅力。我想，如果我们的科普作品都写得这样吸引人，又何愁没有知音！

科普作品的创新，要求作者在取材、构思时有一种"换位"意识，即把读者的兴趣当作自己的兴趣，并把激发读者的共鸣作为自己的立足点。对于我们这些比较习惯于驾轻就熟、按老套路写作的人来说，要敢于"突围"，敢于换一种思路，探索新的创作手段。最近，我看到上海文化出版社出版的一本书，叫《力量——改变人类文明的50大科学定理》。乍一想，讲"定理"一定是很枯燥的，未必有什么看头。但仔细读来，却是另一番天地。书里讲的每个定理不仅有通俗浅显的诠释，还记有它诞生的背景、发现者的身世以及有关的逸闻趣事，融会贯通，读来十分有趣。

201

这种化高深为浅近、变枯燥为生动，不正是科普写作所需要的一种创新吗？未来出版社出版的《自然之魔》丛书又是另一种写法。它通过大量案例，把曾经发生过的对人类造成严重伤害的典型气象灾害、地质灾害、生物灾害、天文灾害等呈现在读者面前，形成了强大的震撼力和警示作用。在此基础上，作品很自然地向人们传授了各种减少灾害损失的知识。这使我想起了一本讲述海洋环境保护的书，它的封面是一个已失去昔日风采、仅留下一副残骨的丹麦美人鱼的雕塑。它以艺术的夸张手法告诉我们，海洋污染的最终结果是什么：它将化一切美好为乌有。科学普及有时是可以换一种角度的，除了可以从事物的正面写，还可以从它的反面(或负面)写，异曲同工。选择角度很有讲究，主要应从效果出发。

互动性也是科普创新的一个重要方面。例如，科学普及出版社新近出版的《书本科技馆(小学生版)》便属于这样一种创新。它把在科技馆展出的内容变成为一种有别于传统图书形式的"书"，实际上，它已演绎成为一种教具和"流动科技馆"的形式。它使读者伴随着双向互动操作，动手、动脑，在快乐中获取知识。互动性是对传统的"我讲你听"的灌输式科普的颠覆，在少儿科普作品和影视科普作品中的应用日见广泛。在这方面，科普作品有十分宽广的创新空间。

综上所述，科普内容上的创新是在源头上的创新，是一种根本性的创新。但从传播效果和科普的终极目的考虑，形式上的创新同样不可忽视。在某种意义上讲，《品三国》和《于丹〈论语〉心得》在央视"百家讲坛"上的一炮走红，便是人文科学领域中形式创新获得成功的典型案例，它对科普的形式创新是很有启发的。

可以看到，将人文元素融入科普作品是一种趋势。科技与人文的融合，不仅可以增加科普图书的可读性，还能更深刻地揭示科学技术之内涵，以及隐藏在科学技术背后的精神、思想和方法。其次，在一些原创科普作品中，也开始注意多种表现形式的综合利用。例如，画报化、交互性，还有互联网的链接形式都有了越来越多的应用，其中不乏巧妙的构思。此外，从已出版的原创科普图书来看，大都还具有编辑含量高的特点。从书的策划、编排到装帧，都融入了编辑的大量劳动。编辑的介入以及编辑工作重心的前移，在图书精品的营造中发挥了重要作用。

在最近国家新闻出版总署组织的"三个一百"原创图书评选中，我们欣喜地看到有一批优秀的原创科普作品涌现出来。与以往历次评选相比，不仅数量多，而且质量上也有相当大的提高。犹如一枝枝春笋破土，是否预示着一个科普创新的春天正悄然来临？我们期盼着。

本文原载《科技与出版》2007 年第 5 期

科普图书的策划

图书策划是近十年才时兴起来的。记得在 20 世纪 60 年代初，我刚开始当编辑那个时候，出版社的领导，特别是通过言传身教把我"领进门"的"师父"，给我们讲得最多的是如何把好关。因此，在我的脑海里，编辑的主要使命便是"改错"、"把关"。所谓的"补漏拾遗，锦上添花"，也是在这个基础上引申出来的。

"策划"概念的提出，对出版业来说可说是观念的突破。因为它改变了编辑工作的某些传统，强调编辑工作重心前移，提倡市场意识的超前，质量监控的超前；为了"决胜于千里"，它更重视"运筹于帷幄"；策划还进一步强调编辑的主体意识，要求编辑未雨绸缪、主动出击，把重心从事后挑错、守门把关转移到事前布局、全程调控。

策划概念的提出对于图书质量的提高，具有重大的意义。当今，许多有影响力的图书精品，大都是精心策划所结出的硕果。策划提高了编辑工作的起点，使它变得更自觉、更有成效；策划可避免低层次的重复；策划使整个图书出版有可能产生 $1+1>2$ 的系统整体效应，在这个系统中，作者、编辑以及参加图书生产过程其他环节的相关人员都可以做到珠联璧合，发挥出各自的最大作用。

在这篇文章里，我想仅就科普图书的策划谈一些自己的认识和实践，与同行切磋。

一、科普图书的特点

简单地说，科普图书就是普及科学文化和劳动技能的一类图书。具体一点讲，凡是以非专业领域的读者为对象，用他们所容易接受的语言和方式传播科学知识，普及科学技术，弘扬科学精神，倡导科学思想、科学方法的一类图书，统称为科普图书。

由于科普图书是以传播科学技术为使命的，因此不言而喻，科学性

203

便是科普图书的根本立足点和灵魂。这就要求我们在策划科普图书时，从信息资料来源到作者选择等诸多方面来确保其内容的科学性。要绝对避免让那些以讹传讹、缺乏足够科学依据的似是而非的内容混迹其中。同时还要注重科学创新的特点，跟踪科学技术的发展，传播新的前沿的知识。

科普图书是写给非专业人员看的，其中不乏青少年读者和城乡居民。因此，贴近大众、贴近生活、贴近社会实际也就成为科普图书的又一个重要特点。与专业图书不同，为了达到普及的目的，科普图书更多地强调针对性(实用性)、通俗性和趣味性，强调形式的生动和与读者的交互。例如：曾经创造累计发行量达数千万册的《机械工人速成看图》一书(赵学田著)，便是一本针对性很强的科普书，以至成为一个时期培养技术工人和技术员之必选；华罗庚的《优选法》使数学上的黄金分割一时间在社会上家喻户晓，并获得广泛的应用；叶永烈一本《小灵通漫游未来》不仅像磁石一般吸引了许多小读者，而且出乎意料地在若干年后，"小灵通"这个卡通形象竟成了一个风行大江南北的电信产品的品牌。这些都说明优秀科普作品的无穷魅力，以及它们在将科学技术转化为生产力方面的巨大功绩。

204

而今，随着电视、网络、多媒体的相继出现，人们获取知识的方式更加多样化了，阅读习惯也发生了很大变化。我们的科普作品必须正视这样一个现实，在创作手法上告别传统的我讲你听的模式，以更加生动的、具有双向互动特征的形式来争取读者、吸引读者。另外，我们的科普创作也应适应快节奏生活和休闲时代的到来。譬如，被人称作"读图时代"、"读题时代"的一种阅读趋势，便是在这样的背景下产生的。它对科普作品的内容和形式都提出了新的挑战，对原先便是科普作品一大特点的"图文并茂"提出了更高的要求。

综上所述，科普作品有区别于其他类图书的一些基本特点。在策划科普图书时，我们必须牢牢把握这些特点。除此之外，我们也需认清，科普图书也有它一定的时代特征。《十万个为什么》是大家公认的那个时代的科普图书"经典"，如果我们今天照此"复制"，就不一定会成功。今天我们在策划科普图书时，既要借鉴经典，又必须牢牢把握住时代的脉搏、读者的需求，创造出适合这一代人个性口味、为他们所"量身定做"

的精品佳作。绝对的、一成不变的科普模式是不存在的。

二、科普图书的策划

1. 从转变观念开始

目前，科普图书市场存在"叫好不叫座"的现象。除了科普作家队伍后继乏人外，恐怕首先得从我们的创作理念和创作手法上找原因。对一些科普图书来说，观念的陈旧和创作手法的老套、单一，恐怕是失宠于读者的主要原因。许多科普作家都是学专业出身的，写作时比较习惯于就科技说科技，不善于利用一般读者所喜闻乐见的深入浅出、多样化的创作手法，也不太擅长于通过作品与读者沟通、交流，拉近与读者的距离。因此，出精品首先得创新观念。这是科普图书策划所首先需要突破的。

现在比较受欢迎、可读性比较强的科普图书，大都具有融科技与人文于一体的特征。这不是简单的形式的改变，应该说这是人们对客观事物认知上的深化。譬如讲节能环保，除了讲这方面的科学技术之外，离不开人的观念，以及人类对昨天和今天的反思，对未来的眺视。它反映了事物的内在联系。如果我们硬是把科学与人文割裂开来，就很难获得对事物发展规律的深刻认识。因此，我们在进行科普图书策划时，要引入人文关怀，提倡科学与人文的融合。科学与人文融合还能增加科普图书的可读性和趣味性，进一步拓宽读者的视野。

除此之外，编辑将工作重心前移，变"灌输式"为"启发式"，以及注重多个环节的协调以形成系统效应等等，也都涉及观念的转变。

2. 找准定位，细分读者

准确的定位是科普图书策划的基础和关键。在我们这个时代，产品的个性化、消费的个性化以及阅读的个性化，已成为明显的趋势。对于大多数科普图书来说，那种"老少咸宜"的模糊定位已不合时宜，取而代之的是读者的细分和针对性的把握。这种现象在少儿图书策划上尤为明显，按年龄段策划图书已成为出版者通常的做法。为了作出准确的定位，必须深入调查市场、调查读者。只重视市场调查而忽视对读者需求和阅读兴趣的分析，容易"跟风"，出现市场热什么就出什么的现象。调查研究要深入细致，不要忽视其中的一些细节。记得有一位资深的编辑曾与我谈起，他为了编一套关于养花的书而跑了许多书店作调研。他发现，买这类书的以老年人居多。由于眼力不济，有些书他们看起来吃力，内容虽好也只能拿起来又放下。受此启发，这位细心的编辑立即作出决定，把他编的书的字号加大了半号。有一位总编，他在审稿时特别重视目录中每章每节的标题。有人不解问他，他的回答是：目录标题给读者以第一印象，它应该根据读者对象的不同精心设计。只有目录标题吸引人，才能使读者产生购书欲望，引导读者深入阅读这本书。这也是他通过市场调查、读者调查所得出来的真知灼见。

3. 刻意创新，彰显特色

"雷同"和原创的缺失，是目前科普图书比较带普遍性的问题。在进行科普图书策划时，我们应该首先回答两个问题：一是这本（套）书与已出版的同类书相比有何鲜明特色；二是它的主要创新点在哪里。创新不仅是指内容上的创新，还包括形式上的创新和运作模式上的创新。《话说中国》的火暴，少儿图文版《唐诗三百首》意想不到的发行量，还有以"懂与不懂都是收获"为广告词的《时间简史》的成功运作，恐怕都算得上是后一类创新的典型案例。

4. 编辑工作含量的最大化

编辑工作含量是指一部科普书稿在转化为图书产品的过程中，编辑工作的介入面、介入量和介入质量。一般来说，科普图书精品也是编辑工作含量最大化的产品。因为，在科普图书策划中，从书的准确定位到合适作者的选择，从全书内容结构到表现形式的确定，都凝聚了编辑的智慧，并需要调用编辑的各方面积累，而且，所有环节都需要编辑的精心照料。一个细心的读者，通过图书产品不仅能感受到作者的功底，也可以洞察编辑为这本书所付出的劳动的多少以及驾驭书稿的能力。

在评价一部科普图书时，我们面对的不是原稿，而是成书后的产品。这里，原作的水平固然十分重要，但编辑的策划功夫所带来的"附加值"也不可小视。甚至，某些图书精品的问世，编辑还可能起到了关键性的作用。

5. 切入点的选择

一部对读者有吸引力的科普图书不仅要有好的内容、新的视角，还要有好的切入点。如一本介绍 2008 奥运的科普读物，以大家喜欢的奥运吉祥物福娃为切入点，让他们带领大家游览奥运场馆，从而使对奥运场

206

馆的介绍和有关奥运知识的普及由静变动，显得生动而有趣。有一本介绍防灾、减灾的书，选择以重大的自然灾害的描述为切入点，一开始就引起读者的重视，产生心灵上的震撼力，然后再娓娓道来，向人们一一介绍减灾防灾的知识。有的书还以重大的新闻事件为铺垫，引读者渐入佳境。选好切入点，不仅能很自然地引导读者进入书的意境，而且还可以达到科技与人文相互交融，从而大大提高读者的阅读兴趣。

6. 系统整体效应

科普图书策划不能简单地理解为只是提出选题，物色作者或列一个提纲。它是一个由很多环节组成的系统工程。这些环节丝丝相扣，形成一个相互关联的有机体。一个成功的策划不是 $1+1=2$，甚至 $1+1<2$，而必须追求 $1+1>2$ 的整体效果。一个或若干环节的失误或脱节，都可能导致"全盘皆输"的结局，这样的例子不是个别的。就拿选作者来说，有时我们往往只强调某一方面，而忽视另一些方面，等到稿件到手便觉得木已成舟，很难处理。其实，选作者贵在"合适"二字。就科普写作来说，为了保证科学性，要求作者有一定的专业基础是必要的。但仅此还不够。为了达到通俗性、趣味性的要求，作者还要有化高深为浅近、变枯燥为有趣的本领和善于作形象化表述的文字功底……

207

策划不仅需要提出好点子、好内容、好思路、好形式，还需要协调各个环节，以保证策划方案不折不扣地实施。特别是丛书、套书，如果不统一思路、不注意协调，书出来后就有可能南辕北辙，在质量、风格上参差不齐，不像是一套书。

7. 出版资源的立体开发

策划一部优秀图书并不容易，除了要有好的机遇、好的点子之外，往往还需要投入不少的人力和物力。因此，我们应该珍惜已经开发的选题资源，把它充分利用起来。在这方面，迪士尼卡通故事资源的立体开发为我们提供了有益的借鉴。同一个"狮子王"、"玩具总动员"，除了一部电影之外，还开发了很多品种的图书、光盘、玩具，甚至钥匙链、T恤衫等，可谓用足了资源。前几年，国内围绕诺贝尔奖所进行的展览、图书、画册等的立体策划，也是这方面的成功案例。

有些选题还应考虑可持续发展的问题。因为，随着科学技术的发展，许多百科类、问答类的图书都存在内容更新的问题，否则就会跟不上时代，失去它存在的价值。因此，一些希望"保留品牌"的科普图书，在进行策划时还要考虑更新机制，这样才能使它"青春永驻"。

三、策划对编辑素质的要求

1. 掌握出版信息与市场行情

科普图书的特色是在与许多同类书的比较中显现出来的。如果不了解科普图书的出版状况，不研究同类书的长处和短处，就很难博采众长，形成自己独有的鲜明特色，更谈不上做到"人无我有"、"人有我优"。同样，图书市场也是读者阅读趋势的风向标，对图书策划具有重要的参考价值。

一个好的选题"点子"的萌发，除了与编辑的学识、知识面有关外，也与他捕捉信息和综合分析各方面信息的能力息息相关。

2. 一定的专业基础和较深厚的文化积淀

一定的专业基础是保证所策划科普图书科学性的基本条件，也是在策划过程中，把握书的内容重点所需要的。除此之外，较之专业图书，科普图书在文字叙述上的通俗化、生动性以及形象表达等方面有着更高的标准，这就要求科普编辑平日广泛涉猎，具有较深厚的文化积淀。前面所说的增加科普图书的编辑含量，实际上也是科普编辑动用自己的各方面的积累，为自己所策划的图书增加附加值所作出的奉献。

3. 时机的把握与胆识

事实证明，时机把握得好，可使科普图书的出版收到事半功倍的效果。前几年，中国科技馆等单位的一些科普作家，看准了诺贝尔奖百年的机遇，开办展览，出版图书、画册，受到社会各方面的好评。他们的成功不仅在于意识上的超前，还在于他们的胆识，敢于做别人不敢做甚至不敢想的事。早在1997年夏天，他们便向当时还健在的180位诺奖得主发信征集资料，并请他们为中国的青少年写一封信，谈自己的成长经历和对中国青少年的希望。这是一个大胆的创意。出乎意料，到1999年就有40多位诺奖得主回信并寄来资料。这一收获，使整个策划大为增色，为其他同类图书所无法企及。

机遇往往会在我们不经意或准备不足的情况下擦肩而过，我们应该有能力并设法抓住这些机遇。

4. 团队精神和组织协调能力

策划是一项系统工程，需要很多环节的协作和配合。从策划方案提出阶段的沟通到方案实施过程中的每一个细节，编辑都需要关照到，否则策划方案就会走样，达不到预期的效果。所以，策划不仅是智慧的角逐，也是统筹水平的较量。

本文原载《科技与出版》2008 年第 2 期

三、科普代表作选录

人类怎样通信

我们到动物世界里去漫步,可以发现许多生动的事例。蜜蜂在翩翩起舞,它们用各种优美的舞蹈动作在告诉伙伴们,能酿得好蜜的花在哪里。海豚在以人耳所不能听到的高频沟通着彼此的"思想"。大洋里的鲸鱼在唱着优美动听的歌儿,向远方飘荡……。在这生机勃勃的自然界里,各种各样的信息正在传送。

210

人类在很早以前就有了表达感情、交流思想的工具——语言。人类的语言比之于动物的"语言"要复杂得多了。而且,随着人类社会的发展,人们的生活内容也是从低级到高级,从简单到复杂。为了适应社会发展的需要,人类用作通信的工具也经历着日新月异的变化。

古代的通信

在我国的古代历史上,流传着"幽王烽火戏诸侯"、"梁红玉击鼓战金山"等传说。可见,我国在很早很早以前,就已经用烽火来通报敌人侵袭的消息(图1),用击鼓来

图 1 战国时代的"烽火"

传送战斗中前进或后退的号令。在国外，也有类似的例子。

　　无论是熊熊的烽火，还是隆隆的战鼓，它们都只能传达一些比较简单的意念，而且能传送的距离十分有限。因此在古代，一些比较复杂的情报都是由信使骑马递送的。据说，当时埃及的驿使，曾以每小时 11 公里的速度骑马传递尼罗河水上涨的情报，那是相当慢的。

　　到了 18 世纪，法国出现了一种托架式信号机(图 2)。它们架设在容易看得见的山丘之巅。用好多这种信号机组成的"接力"系统，就像今天的微波通信线路上的一个个天线那样，把一个个文字信息从一个信号机传到另一个信号机，这样逐个传下去，就构成了各大城市之间的通信联络。这种通信方式，在欧洲电气通信出现之前，曾经起过很重要的作用。据说，1815 年拿破仑从厄尔巴岛逃出的消息，就是通过这种托架式信号机系统很快地传到巴黎的。

图 2　托架式信号机(信标)

211

　　虽然托架式信号机在延伸通信距离和及时传送较多信息方面向前迈进了一步，但它的能力仍然是十分有限的，特别是遇到天气不好(如下雾等)的情况，它就一筹莫展，无法发挥其威力了。人类神话传说中关于"千里眼"、"顺风耳"之类的幻想，只有在把电应用到通信上来之后，才成为了可能。

电气通信的发展

　　1753 年，在《苏格兰杂志》上发表了一篇作者不明的论文，题为《采用静电的电信机》。这是关于电气通信的最早建议。可是，电气通信的实用化，却是 19 世纪的事情。

　　1845 年，莫尔斯电报开始进入实用阶段。那是最早的电气通信。它是用断续的直流电流来传送信号的，只能传送字母等有限的符号。1875

年左右，有人提出电传语言的设想。1876 年，贝尔发明了电话。在电话机中，通过送话器把人讲话的声音信号转变成为频率变化着的交流电流，它通过电话线路传送到对方之后，由受话器把交流电信号还原成为声音信号。从此，出现了这种用交流电流传送信息的手段。

在无线通信方面，开始也是借电波的断续来传送电报的。到了 20 世纪初，由于真空三极管的发明，可以通过一种叫做"调制"的过程让电波来载带声音信号。用同样的方法，还可以把信号载带在较高频率的交流电流上在电缆中传送，这就是近代的有线载波通信。它已成为国内外长途通信的一支主力。

由于电子管等的发明和发展，以及逐渐采取高频电流来运载信号，使得在通信线路上可被利用的频段展宽了。这个频段像一条新开拓的宽阔马路：既可以"运载"需要占用很宽频带的电视图像信号，又可以同时传送很多路电话。例如，目前国际上容量最大的同轴电缆载波系统，一对同轴电缆线路可以供 10 800 对用户同时通电话。现在，通信频段正在向着波长更短的光波伸展，人类使用光来进行通信的时代即将到来。

一百多年来，通信技术以人们预想不到的速度向前发展。今天，人类社会生活的内容更加丰富，更加现代化，每时每刻都有大量的信息需要传送和处理。因此，有人把我们这个时代称为"信息化时代"。为了适应这个时代的需要，通信技术正在快马加鞭，飞速发展。这里举出一些方面，作为说明。

电话通信：电话发明至今，仅有一百年的历史，但它的发展速度是惊人的。今天在世界上各种电话机的总数已超过 4 亿部。它已经渗透到人类生活的每一个领域，成为人类通信的一个重要工具。

早期的电话，只是把通话的双方用一根导线连接起来，因此无论在通信的范围和通信的距离上都是很有限的。而现在，人们拿起话筒，几乎就能够与世界上任何一个地区的人通电话。我们的声音可以通过敷设在海底的电缆传到大洋的彼岸，也可以通过卫星的接力往返于太空而传到世界上任何一块陆地或岛屿。随着电子技术的发展，在电话通信中相继引入了电子管放大器、晶体管放大器等器件，从而使进行远距离电话通信的双方如同在一个房间里谈话一样，声音清晰，响度适中。

今天世界上的电话网不但把星罗棋布的固定用户连接起来，而且人们还可以通过电波与移动的船只、飞机、车辆等进行通信，移动物体互相之间也可以通信联系。在日本，近海航行的船舶、疾驶于新干线上的列车以及出租汽车上都已经装用了这种移动电话(图3)。这种移动通信方式的出现不但使电话通信网得以扩展，而且在被水灾、地震破坏了通信线路的情况下，可以很快地建立应急通信系统，因而具有灵活、方便的特点。

图 3　汽车电话

　　电话通信面貌的变化是与交换技术的发展密不可分的。人们从拿起电话到与对方接通电话，直至通话结束，都离不开交换机。最早的交换机约出现在1881年，那时，靠人工用插拔塞绳的办法接通两个电话用户。到了1889年，也就是电话发明的十年之后，美国发明了自动电话交换机。从此之后，人们打电话只需拨几位电话号码。交换局的机器就会按照你的意愿找到对方并把你的电话机与对方的电话机接通。今天，在通信比较发达的国家里，电话网上的任何一个用户都可以通过拨号或揿按钮来与国内任何地点的亲友立即通话，甚至可以越过国界，与其他国家的居民通话。这就是所谓的长途自动电话。它也是交换技术发展的产物。在我国，位于京—沪—杭干线上的北京、天津、南京、上海等城市现在也都开通了长途自动电话业务。在这些地方的用户，彼此打电话就像打市内电话一样方便，只不过多拨几位号码而已。

　　目前电话交换技术已经进入电子交换机的时代。它是建立在集成电路等半导体技术以及程序控制技术发展的基础之上的，它不但使交换机的体积大为缩小，更重要的是赋予电话通信许多新的功能。

　　卫星通信：现在，人们已经可以坐在家里，从电视屏幕上观看正在地球另一侧某地进行着的重大活动和体育表演。这里采用的是卫星转播

213

或卫星录像转播技术，通信卫星就是它的转播站。卫星不但可以作为电视的转播站，也可以作为传送电话、电报等其他信息的"接力"站(图4)。只要在太平洋、大西洋和印度洋上空各发射一颗沿赤道运行，高度为36 000公里的通信卫星，就可以实现全球的电视转播和建立一个覆盖全球的通信网。卫星通信对于幅员辽阔或岛屿散置的国家更有其突出的意义，因为它避免了架设地面通信线路所可能遇到的各种困难，同时还可以缩减投资。正因为如此，只有十几年历史的卫星通信，先后更替五代，其发展之迅速远远超过了人们当时的预料。今天，三大洋上空的通信卫星承担了80％以上的国际通信业务和全部国际电视转播业务。加拿大、美国、苏联等许多国家，都把通信卫星作为国内通信的重要工具而纳入国内通信网。

214

图4 卫星通信

此外，气象卫星、资源勘探卫星以及观测卫星的发展，也都有赖于通信技术的进步。因为，从遥远的宇宙空间把应用遥感技术所获得的数据传到地面上来，没有现代化通信技术是不能实现的。可以预料，人造卫星与电信技术的结合，必将继续产生巨大的效果。

图像通信："百闻不如一见"，这是我国的一句俗话。这句话包含着深刻的科学哲理。有人曾经作过统计：人类通过视觉所能得到的各种信息三倍于通过听觉所能得到的信息。因而多年来，人们在图像、文字等可视信息的发送、传输和接收技术的探索上作出了很大的努力，并已取得了进展。

早在20世纪20年代，一种能传送静止画面的传真通信技术开始使用。到现在，国外装在用户家中或办公桌上的传真电报机，已经比较普遍。它可以把照片、图表以及亲笔信件照原样传送到对方；传到对方后还可以用永久记录的方式保存下来。新闻传真机能把整版报纸上的信息在很短时间内传送到遥远的边疆，从而大大加快了报纸的发行速度。

20世纪30年代初期，高速电子扫描显像管问世了，使得传送活动图像成为可能。这就是电视。把一幅画面分割成许多光点，把反映画面各个光点亮度的信号从左到右、从上到下一行一行地依次传送出去；在接收端相应地也从左上方开始依次接收并再现图像，这就是所谓的扫描方式。目前电视上所采用的就是这种方式。

215

近年来，由于电视技术和电话技术的结合，出现了电视电话这种新的通信方式。它使得人们在通过电话交谈的同时，还能在电视屏幕上见到对方的面容，或者互相展示一些难以用语言描述的图表和实物，因而具有闻声见影的效果。如果在电视电话上要传送活动的图像，那就跟电视机一样，每秒钟传送出去的图像需达25幅之多，需要占用很宽的频带（如4兆赫），传送费用较高。目前还有一种用普通电话电路来传送图像的电视电话，每隔30秒钟送出一幅画面，占用频带只有电视广播的千分之一，因而是十分经济的。

电话与传真技术的结合，出现了一种叫做"书写电话"的通信工具。它使得通话的双方在进行对话的同时，可以把用语言难以表达的内容写成文字或画成图形传送给对方。发送端用书写笔写（或画）的同时，就启动对方的记录笔，把传送过来的信息原原本本地记录下来。这种书写电话通信也只需占用一个电话电路。

图像通信方式由于含有丰富的信息量和具有即时性，因而越来越为人们所注目。采用这种方式，还可以召开电视会议(图 5)。参加会议的人尽管分散在山南海北，但足不出户便可晤面，如同坐在一个会议室里一样。利用图像通信还可以实现仓库无人管理、水库水位无人监视以及组织医疗会诊和教育训练等。

图 5　电视会议

216

　　由于图像通信一般要占用很宽的频带，近年来已经引进了频带压缩技术，并逐渐向着数字化的方向发展。

展望前景

　　目前，一种用激光来传送信息的光通信方式已经崭露头角。它可以在一对比头发丝还要细的玻璃纤维中，同时传送上百万路电话或上千路电视。因此，可以预见，在不久的将来，光通信将成为远距离、大容量通信的"主角"。光通信的应用，将为长途自动电话、图像通信提供廉价的电路，为通信领域的技术发展开拓新的局面。

　　航行在星空的宇航员可以通过激光来进行通信联络；到那时候，人们获得新闻资料的方式也将发生根本性的变化。人们可以通过光通信电路把自己的电视机、电话机与计算中心连接起来，这样便可在电视屏幕上，根据自己的需要阅读当天的报纸，阅读书刊以至点播电影。今后商业上产品的推销和订购，也将借助于屏幕对屏幕的通信。

　　通信与计算机的结合是近代通信发展的必然趋势。由于计算机和通信的结合，一些储存在计算中心里的资料、数据等人类的财富，可以通过数据通信系统为更多的人所利用，这就是所谓的"资源共享"了。现在计算机已经深入通信的各个领域，甚至在一些电话机中也装上了微处理机，从而扩大了电话机的功能。例如装有微处理机的美国贝尔系统的交易电话机，通过公用电话网与信贷公司的计算机连接，可用来校验信用卡片的有效性。由于电气通信领域也在向信息化方向迈进，因此计算机通信与传统电气通信之间的界限将逐渐消失，以至在不久的将来，可能会形成一个统一的数字业务网。

近年来，中微子通信、宇宙通信等也都有了发展。可以说，通信技术正处在一个巨大的变革时期，展现在我们面前的是一幅更为波澜壮阔的图景。

本文原载《知识就是力量》1980 年第 3 期
曾获全国优秀科普作品奖二等奖

信息媒体的变迁

现在，"新媒体"这个字眼已屡见于电信书刊。尽管它尚无明确的定义，但对于它的重要性，人们已确信无疑。

本文要说的新媒体是信息媒体。我们可以把信息媒体理解为"传递信息的手段和工具"。

人类的信息媒体源远流长，它与人类社会共同存在，并随着人类文明的发展而逐步演变。

"老"媒体的"履历"

一般认为，语言的诞生是人类信息媒体的开端。因为，有了语言，人与人之间的思想才得以交流。当初，语言只是一种"个人媒体"，只能一对一地进行传递，而且传递的距离也十分有限。

文字的发明使得比较复杂的信息也能传递了，而且传递得比以往更准确，范围更宽，还便于留存下来。这是信息媒体发展史上的一个重要里程碑。

印刷术的发明使得文字信息能够通过布告、文件以及书报、杂志等广为传播。

217

1837 年，莫尔斯发明了电报，由此开始了用电传送信息的时代，使信息的传递速度大大加快。

贝尔在 1876 年发明了电话，它使人类的声音能够直接用电来传送。这是信息媒体发展史上的又一个丰碑。直到今天，电话仍然是我们使用最多的信息媒体之一，是我们日常生活、公务和商业活动所不可缺少的通信工具。

照相术以及 1895 年初露头角的电影，都是"集装型"信息媒体，它们能够把信息记录下来并且再现，使信息寓于艺术或娱乐之中。

无线电是人类获得的又一个大众媒体。1895 年发明了无线电报机，8 年之后，实现了用无线电波进行电话通信的壮举。1920 年，美国利用无线电波进行广播，报道了美国总统选举的结果。从此，无线电便成了一种人们所喜爱的大众信息媒体，并在宣传教育和娱乐方面起到了重要的作用。1931 年正式开放的电视广播既有新闻报道的即时性又有文化生活的娱乐性，因而对人们产生了很大的吸引力，以至它出现不久便一跃而成为影像媒体之首。

1877 年、1898 年留声机和磁性录音机的相继发明，以及此后录像机的问世，使得声音和图像信息能够随心所欲地记录和再生，它们对于音乐、艺术的大众化和教育事业的普及都有着不可磨灭的贡献。

218

以上列举的仅仅是历史上一些有代表性的信息媒体，它们在信息媒体的发展史上可以称得上是"功臣"了。但随着科学技术的发展，它们已经或正在被一些后起之秀所取代。

新媒体的崛起

1946 年电子计算机的问世，以及 70 年代以来微电子技术的突飞猛进，给人类信息媒体的发展带来无限的生机和活力。一个个新媒体如雨后春笋般地出现，使人目不暇接。下面我们仅通过新老媒体的对比，简单介绍几种新的媒体。

与人们接触最多的手写媒体恐怕要数信件了。过去，信件是用火车、汽车或飞机来运送的，而近年来，一种叫做"电子邮政"的新媒体诞生了。它把传统的邮政和电信结合起来，使信件传送的任务改由传真来完成，从而大大节省了传递时间。

电话已有一百多年的历史，可以称得上是"老资格"的双向性媒体了。

而现在在双向性媒体这个大家族中又增加了电视电话、图文电视、图像应答系统以及双向有线电视等新成员。

报纸、杂志和书籍是历史悠久的印刷媒体，与它相应的新媒体有电视报纸等。

无线电广播、电视广播属于广播媒体，在这方面也有许多新媒体出现，如静止图像广播、电视文字多重广播、卫星广播、代码数据广播以及高清晰度电视等等。

新媒体的特点

新媒体的"新"，并不意味着它与老媒体泾渭分明、互不相干。恰恰相反，它是在老媒体的土壤里孕育成长起来的，是迄今已有的一些媒体的复合。

电视和电话这两种老媒体的复合，诞生了电视电话；电视广播和卫星中继技术结合，便出现了卫星转播电视这种新的方式；收看电视比较困难的地区，在制高点架设高效率天线接收电视信号，然后通过电缆或光缆线路把接收信号分配给各家各户的"共用天线电视"方式，便是无线通信和有线通信的结合；用电话网将由电话、电视、遥控器等组成的用户终端和由计算机组成的可视信息中心连接起来，便组成了可视图文系统；……

新媒体并不是若干种老媒体的简单相加，它们是用最新技术融合在一起的。其中，电子计算机、光纤、通信卫星以及超大规模集成电路等起着十分重要的作用。例如，可视图文业务、电子信箱业务、移动通信业务等都离不开计算机；世界上首次电视会议就是通过通信卫星将分散在各地的会议室连接起来的；能为用户提供数量较多、可供选择的电视节目的"收费电视"，其节目的传送就需要借助于大容量光纤。

传统的信息媒体只有传递信息的功能，而新出现的许多媒体不仅有传递信息的功能，而且还具有存储信息和处理信息的功能。这是在新媒体中大量应用半导体存储器、微处理器和计算机的结果。例如，现在的用户电报机一般都具有暂时储存报文内容，等到适当的时间再发送出去的功能，还具有自动收报的功能；数据通信系统能够把分散在各地的用户送来的信息加以综合分类或制成表报(即进行信息处理)再分送到各有关部门，等等。

纵览信息媒体的"更新换代",我们还可以看到,人类的信息媒体正在由电话、电报等专用媒体逐渐向介于专用媒体和大众媒体之间的复合媒体的方向发展。可视图文、有线电视(即付费电视)和图像应答系统等便代表了这种发展趋势。

信息媒体的变迁是人类文明进步的缩影,而近年来新媒体的纷至沓来,象征着以计算机和通信相结合的信息时代的到来。我们可以相信,随着信息媒体的不断进步和完善,一个真正称得上是"天涯若比邻"的时代已为期不远。

本文原载 1987 年 6 月 11 日《人民邮电报》

曾获通信科普征文一等奖

电信百年

20 世纪的科技星空,群星璀璨,蔚为壮观。无数电信之星,亦光彩照人,闪烁其中。

在 20 世纪,电信走出了摇篮期,进入一个飞速发展的阶段。它不仅硕果累累,缤纷百态,而且在一步步走进人们的生活,成为当今社会须臾不可缺少的中坚。

现在就让我们荡起双桨,穿越时空,驶向过去岁月的河流,去寻找电信的源头,以及它在历史长河中所掀起的朵朵浪花。

源远流长

通信,简单地说,就是信息的传递。从这个意义上讲,可以说通信是随人类社会的产生而产生,共人类社会的发展而发展的。

早在人类的语言产生之前,便有结绳记事、击鼓传情一类原始的通信手段。后来,又出现了以火光传递信息的办法。在我国境内,至今尚存在不少烽火台的陈迹,便是这段历史的有力见证。

无论是结绳记事、击鼓传情,还是烽火报警,都只能传递十分简单的信息。人类传递比较详尽信息的愿望,只有在文字发明之后才逐步得以实现。信,便是载带文字信息的使者。

残存下来最古老的信,是用楔形文字写在泥板上,装在泥制的封套里的。70 年代中,我国湖北云梦秦墓中出土的秦兵士卒的木牍家书,就是那个时期我国"信"的一种形式。信最早是靠人来传递的。据说，古希腊的奴隶主挑选了一些善跑的奴隶，剃掉他们的头发，把要传递的"信"写在他们的头皮上，等到头发长出来盖住了"信"，再让他们出去送信。

自我国发明造纸术后，信便可以写在纸上传递了。传递信的人也渐渐由步行转为骑马。据考证，我国早在公元前14世纪便开始修筑驿道，派驿使传递书信。当时的情景正如唐代诗人岑参所写的："一驿过一驿，驿骑如流星。平明发咸阳，暮及陇山头。"说到邮驿这段历史，人们可能会想到"一骑红尘妃子笑，无人知是荔枝来"的典故。唐代诗人杜牧的这首《过华清宫》诗，主要是为揭露唐玄宗骄奢淫逸而作的。但它却从另一个侧面反映了当时邮驿之盛。

驿使现象是带有世界性的。例如，在埃及的历史上，就有由驿使传递尼罗河水上涨信息的记载。

大约是在14世纪，城市邮政首先在欧洲兴起。18世纪90年代，在欧洲还曾盛行一种叫"遥望通信"的视觉通信方式。整个系统是由许多塔站组成的。这些塔站沿通信线路择高建筑，形成彼此遥相呼应的接力系统。通过改变塔站顶上横杆和竖杆的位形，把文字信息一个接一个地发送出去，并一站接一站地进行传播，直至目的地。

221

1784年8月15日，这种遥望通信系统首次在法国的里尔和巴黎之间使用，它向政府报告了军队攻克莱奎斯诺的消息。据说，1815年拿破仑从厄尔巴岛逃出的消息，也是通过这种遥望通信系统很快传到巴黎的。

电信序幕

人类通信的革命性变化，是从把电作为信息载体后发生的。

1753年2月17日，在《苏格兰人》杂志上发表了一封署名C. M的书信。在这封信中，作者提出了用电流进行通信的大胆设想。他建议：把一组金属线从一个地点延伸到另一个地点，每根金属线与一个字母相对应。在一端发报时，便根据报文内容将一条条金属线与静电机相连接，使它们依次通过电流。电流通过金属线传到远端与它相连接的小球时，便将挂在小球下面的写有不同字母或数字的小纸片吸了起来，从而起到了远距离传递信息的作用。

上述有关电流通信机的设想，虽然在当时还不十分成熟，而且缺乏应用推广的经济环境，但却使人们看到了电信时代的一缕曙光。

19世纪的前30年，人类的科学技术取得了许多重大进展。例如，发明了蒸汽机车，英国利物浦和曼彻斯特之间的第一条公用铁路正式通车，以及6600马力的"东方巨轮"的下水等等，都标志着一个高速通信时代的到来。电信时代的序幕也由此而渐渐拉开。

1832年，俄国外交家希林在当时著名物理学家奥斯特电磁感应理论的启发下，制作出了用电流计指针偏转来接收信息的电报机。1837年6月，英国青年库克获得了第一个电报发明专利权。他制作的电报机首先在铁路上获得应用。1845年1月1日，这种电报机在一次追捕逃犯的过程中发挥了重要作用，因而一时间声名大振。

在19世纪众多的电报发明家中，最有名的还是莫尔斯以及他的伙伴维尔。莫尔斯是当时美国很有名气的画家。他在1832年旅欧学习途中，开始对电磁学发生了兴趣，并由此而萌发出了把电磁学理论用于电报传输的念头。

1834年，莫尔斯发明了用电流的"通"和"断"来编制代表数字和字母的电码(即莫尔斯电码)，同时在维尔的帮助下于1837年制作成了莫尔斯电报机。

222
1843年，莫尔斯经竭力争取，终于获得了3万美元的资助。他用这笔款修建成了从华盛顿到巴尔的摩的电报线路，全长64.4千米。1844年5月24日，在座无虚席的国会大厦里，莫尔斯用他那激动得有些颤抖的双手，操纵着他倾十余年心血研制成功的电报机，向巴尔的摩发出了人类历史上的第一份电报："上帝创造了何等奇迹！"

电报的发明，拉开了电信时代的序幕，开创了人类利用电来传递信息的历史。从此，信息传递的速度大大加快了。"嘀—嗒"一响(1秒钟)，电报便可以载带着人们所要传送的信息绕地球走上7圈半。这种速度是以往任何一种通信工具所望尘莫及的。

百年"长歌"

电报传送的是符号。发送一份电报，得先将报文译成电码，再用电报机发送出去；在收报一方，要经过相反的过程，即将收到的电码译成报文，然后，送到收报人的手里。这不仅手续麻烦，而且也不能进行即时的双向信息交流。因此，人们开始探索一种能直接传送人类声音的通信方式，这就是现在无人不晓的"电话"。

说到电话，有一桩值得一提的趣闻。在国际电信联盟出版的《电话一百年》一书中，曾提到了一件鲜为人知的事：早在公元 968 年，中国便发明了一种叫"竹信"(Thumtsein)的东西，它被认为是今天电话的雏形。这说明，古老的中国还为近代电话的诞生作过贡献呢！而欧洲对于远距离传送声音的研究，却始于 17 世纪，比中国发明"竹信"要晚六七百年。在欧洲的研究者中，最为有名的便是英国著名的物理学家和化学家罗伯特·胡克(Robert Hooke，1635～1703)。他首先提出了远距离传送话音的建议。1796 年，休斯提出了用话筒接力传送语音信息的办法。虽然这种方法不太切合实际，但他赐给这种通信方式的一个名字——Telephone(电话)，却一直沿用至今。

在众多的电话发明家中，最有成就的要算是贝尔了。

亚历山大·格雷厄姆·贝尔，1847 年生于英国的苏格兰。他的祖父和父亲毕生都从事聋哑人的教育工作。由于家庭的影响，贝尔从小便对声学和语言学产生浓厚的兴趣。开始，他的兴趣是在研究电报上。有一次，他在做电报实验时，偶然发现一块铁片在磁铁前振动而发出微弱的音响。这个声音通过导线传到了远处。这件事给了贝尔以很大的启发。他想，如果对着铁片讲话，让铁片振动，而在铁片后面放着绕有导线的磁铁，导线中的电流就会发生时大时小的变化；变化着的电流传到对方后，又驱动电磁铁前的铁片作同样的振动，不就可以把声音从一处传到另一处了吗？这就是当年贝尔制作电话机的最初构想。

贝尔发明电话机的设想得到了当时美国著名物理学家约瑟夫·亨利的鼓励。亨利对贝尔说："你有一个伟大发明的设想，干吧！"当贝尔说到自己缺乏电学知识时，亨利说："学吧！"就在这"干吧"、"学吧"的鼓舞下，贝尔开始了他发明电话的艰苦历程。

1876 年 3 月 10 日，贝尔在做实验时不小心把硫酸溅到自己的腿上，他疼痛地叫了起来："沃森先生，快来帮我啊！"没有想到，这句话通过他实验中的电话，传到了在另一个房间工作的沃森先生的耳朵里。这句极普通的话，却不料成了人类第一句通过电话传送的话音而记入史册。1876 年 3 月 10 日，也被人们作为发明电话的伟大日子而加以纪念。

当时，从事电话发明的并非贝尔一人。其中，格雷的成就也非同凡响。可惜，他申请发明专利的时间比贝尔晚了几个小时，因而痛失电话

223

之发明权。

在贝尔发明电话之后，大发明家爱迪生和休斯等人都对电话作过很多改进，譬如采用了炭精送受话器等，使电话传送声音的效率逐步提高，功能日趋完善。

有人说，电话是一支唱了100多年的歌。它至今依然是声音缭绕，响彻寰宇。100多年来，电话作为传递人类话音的基本功能虽无多大变化，但随着技术的进步，它却经历了"磁石—共电—自动"的发展过程。特别是近年来，大规模集成电路、计算机等引入电话通信领域，使古老的电话重新焕发了青春。1965年，第一部由计算机控制的程控电话交换机在美国问世，标志着一个电话新时代的开始。从此，电话增加了许多方便于用户的新功能，如呼叫转移、遇忙等待、缩位拨号、热线等等，不胜枚举。

现代电话为了使用户满意，还大搞"横向联合"。它与电视联合，诞生了"电视电话机"；它与传真携手，出现了"电话传真机"；它引入录音装置，生产出了"录音电话机"，等等。

电话还正在向智能化的方向发展。一种不用拨号，只需报出对方电话号码或姓名，就能把电话接通的电话机已经问世；能够为使用不同语言的通话者担任"翻译"的翻译电话机也正在走向成熟。这一切都表明，电话变得越来越"聪明"，越来越善解人意了。

由于电话机在全世界的迅速普及，它已成为家庭和办公室的重要摆设。为了适应不同环境、不同条件下的使用，电话机也呈现了多姿多彩的形态。除了各种大众化台式电话外，还有仿古电话、米老鼠电话、一体式电话、壁挂电话等。百年电话正不断以新的姿态、新的服务功能继续赢得人们的青睐。

无垠"疆土"

19世纪30年代和70年代，电报和电话的相继发明，使人类获得了远距离传送信息的重要手段。当初，电信号都是通过金属线传送的。线路架设到哪里，信息也只能传到那里，这就大大限制了信息的传播范围。

1820年，丹麦物理学家奥斯特发现，当金属导线中有电流通过时，放在它附近的磁针便会发生偏转。接着，学徒出身的英国物理学家法拉第明确指出，奥斯特的实验证明了"电能生磁"。他还通过艰苦的实验，发现了导线在磁场中运动时会有电流产生的现象，此即所谓的"电磁感应"现象。

著名的科学家麦克斯韦进一步用数学公式表达了法拉第等人的研究成果，并把电磁感应理论推广到了空间。他认为，在变化的磁场周围会产生变化的电场，在变化的电场周围又将产生变化的磁场，如此一层层地像水波一样推开去，便可把交替的电磁场传得很远。1864 年，麦氏发表了电磁场理论，成为人类历史上预言电磁波存在的第一人。

那么，又有谁来证实电磁波的存在呢？这个人便是赫兹。1887 年的一天，赫兹在一间暗室里做实验。他在两个相隔很近的金属小球上加上高电压，随之便产生一阵阵噼噼啪啪的火花放电。这时，在他身后放着一个没有封口的圆环。当赫兹把圆环的开口处调小到一定程度时，便看到有火花越过缝隙。通过这个实验，他得出了电磁能量可以越过空间进行传播的结论。赫兹的发现，为人类利用电磁波开辟了无限广阔的前景。

赫兹透过闪烁的火花，第一次证实了电磁波的存在，但他却断然否定利用电磁波进行通信的可能性。他认为，若要利用电磁波进行通信，需要有一个面积与欧洲大陆相当的巨型反射镜，而他认为这是不现实的。但赫兹电火花的闪光，却照亮了两个异国年轻发明家的奋斗之路。

225

1895 年，俄国青年波波夫和意大利青年马可尼分别发明了无线电报机，勇敢地闯入了赫兹所划定的"禁区"。

1897 年 5 月 18 日，马可尼横跨布里斯托尔海峡进行无线电通信取得成功。1898 年，英国举行了一次游艇赛，终点设在离岸 20 英里的海上。《都柏林快报》特聘马可尼为信息员。他在赛程的终点用自己发明的无线电报机向岸上的观众及时通报了比赛的结果，引起了很大的轰动。这被认为是无线电通信的第一次实际应用。

由于无线电通信不需要昂贵的地面通信线路和海底电缆，因而很快便受到人们的重视。它首先被用于敷设线路困难的海上通信。第一艘装有无线电台的船只是美国的"圣保罗号"邮船。后来，海上无线电通信接二连三地在援救海上遇险船只的行动中发挥作用，从而初露头角。

1901 年，无线电波越过了大西洋，人类首次实现了隔洋无线电通信。两年后，无线电话也试验成功。

1912 年，发生了震惊世界的"泰坦尼克号"沉没事件。这一使 1 500 人丧生的惨剧的发生，与船上装用的无线电报机的连续 7 小时故障直接有关。它使人们进一步认识到无线电通信对于人类安全的重大作用。

与此同时，无线电通信逐渐被用于战争。在第一次和第二次世界大战中，它都发挥了很大的威力，以至有人把第二次世界大战称之为"无线电战争"。

1920 年，美国匹兹堡的 KDKA 电台进行了首次商业无线电广播。广播很快成为一种重要的信息媒体而受到各国的重视。后来，无线电广播从"调幅"制发展到了"调频"制，到本世纪 60 年代，又出现了更富有现场感的调频立体声广播。

无线电频段有着十分丰富的资源。在第二次世界大战中，出现了一种把微波作为信息载体的微波通信。这种方式由于通信容量大，至今仍作为远距离通信的主力之一而受到重视。在通信卫星和广播卫星启用之前，它还担负着向远地传送电视节目的任务。

今天，无线通信家族可谓"人丁兴旺"，如短波通信、对流层散射通信、流星余迹通信、毫米波通信等等，都是这个家族的成员。按理来说，卫星通信、地面蜂窝移动通信也都属于无线电通信的范畴，只不过由于它们发展迅速，"家"大"业"大，人们在谈到它们时往往"另眼相看"，大有"自立门户"之势。

佳偶良缘

有人把迄今人类社会的信息活动分为五个阶段，或称之为五次"革命"。这五次革命的重要标志依次为语言的产生，文字的创造，纸张和印刷术的发明，电报和电话的问世以及计算机与通信的融合(即 C&C)。

1945 年，美国研制成世界上第一台电子计算机——"ENIAC"，从而开创了一个科技新时代，也激发了电信领域的又一次新的革命。

如果我们回顾一下电信发展的历史，不难看出它走的是一条"数字—模拟—数字"的路。上面提到的莫尔斯电报就是一种数字通信方式。而后来居上的电话是模拟方式。这后一种方式称霸一时，延续了一个很长的历史时期。后来由于晶体管的出现，美国于 1962 年研究成功了晶体管 24 路脉码调制设备，用于电话的多路化通信。这一进展，使通信数字化的春潮又重新涌动起来。数字化使通信与计算机找到了一个携手合作、共同发展的基础。

226

今天，计算机与通信之间，可以说是形成了"你中有我、我中有你"的密不可分的关系。计算机的引入，改变了传统通信只有传递信息的单一功能的状况，增添了信息生成、信息存储的功能。所谓"信息生成"就是将要传送的信息加工成接收者容易理解的形式。这里，需要借助计算机在信息加工处理方面的特长。譬如，一个分公司需要向总公司报告一个月的销售情况，通常是用计算机把有关材料按一定格式制成报表，然后再通过传真或数据通信电路传送出去。在信息生成领域，广泛使用了文字处理机、绘图仪和计算机辅助设计等计算机技术。"信息存储"是将信息加工后，不立即发送或利用，而是利用计算机的存储器先储存起来，在需要的时候再发送出去或加以利用。例如，1971 年问世的"电子信箱"业务，便是利用计算机存储信息的功能，把要传递给对方的信息暂时储存起来，等对方方便的时候再凭密码从"信箱"中取走。使用这种业务，可以不必考虑自己发送信息时对方在不在家。另有一种电信新业务叫"传真存储转发"，是先把发往对方的传真信息存储起来，然后择时发送出去。采用这种方式不仅可以选择信息的发送时间，而且还可以达到将一份传真稿同时发送给多个用户的目的。

电信网是当今社会中最为庞大和复杂的网络体系，是现代社会的基础设施。"智能化"是未来通信网的发展方向。智能化不仅要求网络有传递和交换信息的能力，而且还有存储和处理信息的能力。例如，要能够自动选择最佳的通信路由，使通信始终保持畅通无阻和高效运行。还要有号码翻译、计费处理和不同语言自动翻译的能力。所有这一切，都有赖于计算机的非凡本领。

在现代通信设备中，哪一样离得开电子计算机呢？备受人们青睐的程控电话，其交换系统就是由电子计算机来控制的。

在另一方面，现代的计算机技术也同样离不开通信。开始，计算机多采用"集中处理"方式，即将多种业务由一台大型计算机进行集中处理。但实践证明，这样做不仅使计算机硬件越来越笨重，也使其运行程序越来越大型化和复杂化。于是计算机的处理方式便逐渐转向"分散处理"。"分散处理"方式使用大小适当的计算机和终端设备，通过电信网络连成系统，使它们能取长补短、相互支援。这不仅提高了计算机的利用率，还扩充了它们的应用范围。特别是到了 70 年代以后，由于数据库和对话

227

型处理的逐渐普及，利用通信功能可以远距离使用计算机，以实现远距离用户之间的信息交换，以及软件资源的共同利用。这样一来，计算机与通信之间的关系就变得更加密不可分了。

计算机与通信的融合，不仅大大地促进了社会生产效率的提高，而且还从根本上改变了人们的生活方式，如学习方式（"远程教学"）、办公方式（"在家办公"和"移动办公"）、支付方式（"电子货币"和"家庭银行"）、医疗方式（"远程医疗"）和购物方式（"电子购物"）等等。如果我们把1977年作为从科学技术的角度上提出"C&C（计算机与通信）"的起点的话，那么，1980年前后，它开始渗透到工业和商业领域；90年代，它便进军人类社会文化生活；到2000年，它将渗透到全球每个角落，使人与机器融为一体。在这世纪之交，我们透过多媒体技术、计算机电信集成技术以及全球最大的信息资源网——互联网的发展，便可以看到"C&C"的无限风光。

纤径通衢

1960年，美国物理学家梅曼用强大的普通光照到人造红宝石上，制造出了比太阳光强1 000万倍的激光。由于激光频带宽，有很丰富的频率资源，而且纯度高、不易扩散，具有很好的方向性，因而很快地便在通信领域找到了用武之地。开始，人们让载带着信息的激光通过大气传播，以实现点对点的通信；后来，人们发现激光在大气中传播时，受到气候条件和地理条件的影响和制约，不仅信号衰减很大，而且传输质量也得不到保证，因而对于激光通信的研究的注意力便由"无线"方式转向"有线"方式，即设法给激光提供一个理想的有形通路。

1966年，英籍华人高锟博士最早提出以玻璃纤维进行远距离激光通信的设想。他认为，光在玻璃光纤中的传输损耗有可能达到20分贝/公里。这样的光纤便可用于通信。由于他以及许多后来者的不懈努力，人类终于进入了一个色彩纷呈、令人眼花缭乱的光通信时代。光通信之所以有如此之魅力，首先是由于它的"宽广"和"大度"。它所能容纳的信息量之大，是历"朝"信息媒体所望尘莫及的。一根直径不到1.3厘米的由32根光纤组成的光缆，竟能容许50万对用户同时通话，或者同时传送5 000个频道的电视节目。这还只是今天所能达到的水平，实际上它的潜力还要比这大得多。光纤通信还有不受电磁干扰、原料充足和成本低廉等独特的优点，因而一经问世，便成为通信领域里一颗耀眼的明星。

228

1976 年，全球第一条光缆实验系统在美国亚特兰大建成；1980 年，在苏格兰西海岸敷设了世界上第一条海底光缆。如今光缆不仅是陆地通信的命脉，而且还穿洋过海，成为连接世界各大洲的重要信息渠道。它不仅用作电信局站间的中继线路，还直达用户所在地的路边、楼群，以至用户家中，给人们带来远比电话通信内容丰富得多的通信服务。

前一个时期，人们街谈巷议的"信息高速公路"，其中枢神经和骨干正是光纤和光缆。光纤，能够同时容许话音、数据、图像等多种信息双向、快速地通过，以满足信息时代人们对快速、及时传递多种多样信息的需求。其效率之高，通过一个例子便可知其一斑。一套 32 卷的《大不列颠百科全书》，用普通计算机网络传输，约需 13 个小时，而通过以光纤为骨干的信息高速公路传输，则只需 4.7 秒。

"信息高速公路"的最终目标，是建立一个统一的全球性通信网。在实现这个多少年来人们所梦寐以求的"自由王国"的历程中，光纤通信扮演了一个十分重要的角色，这已经为越来越多的人所认识。

银色"项链"

1944 年，一个名叫 A. C. 克拉克的英国人发表了一篇题为《地球外的中继》的论文。在论文中，他提出了一个十分大胆的设想，即人类有可能通过发射人造地球卫星，为地面通信建立设在空间的"中继站"。他还预言，在 1969 年前后，人类将登上月球。

历史完全证实了克拉克的预言。现在，数以百计的通信卫星相继升空，他们在不同的轨道上绕地球旋转，犹同一串串套在地球姑娘颈上的"项链"，光彩夺目，波映人间。

1957 年 10 月 4 日，苏联发射了世界上第一颗人造地球卫星。这不仅标志着航天时代的开始，也预示卫星通信时代即将来临。紧接着，美国于 1960 年 8 月 12 日发射了第一颗通信实验卫星——"回声 1 号"。这是一颗无源卫星，只能反射来自地面的无线电波，而不能放大和转发信号，因而没有多大的实用价值。第一颗有源通信卫星是美国在 1962 年 7 月发射的"电星 1 号"。同年 12 月 13 日，美国又发射了"中继 1 号"有源通信卫星。它在次年 3 月进行的美、日两国电视转播试验中，及时地播发了肯尼迪遇刺的重大新闻，给人们留下了深刻的印象。1965 年 4 月 6 日，世界上第一颗商用卫星"晨鸟号"发射成功，一个崭新的卫星通信时代便

229

由此而开始。

30 多年来，卫星通信有许多出色的表现。首先，它使人们强烈地感受到地球正在缩小，一个"地球村"的概念也由此而产生。今天，我们拿起电话便可以立即与地球上任何一个大陆的人建立通信联系，真有"天涯咫尺"的感觉。1976 年，国土辽阔的加拿大最先利用卫星来转播电视。1984 年，日本首先发射了专门用于卫星电视转播的广播卫星"BS-2a"。卫星转播不仅使报道世界重大事件的新闻能在瞬息之间传遍全球，而且还使得分散在世界各地的人可以足不出户，通过电视屏幕同观一场球赛，或同时出席一个国际会议。由于卫星通信的崛起，使得在海上救援活动中以"SOS"为呼救信号的莫尔斯电报，于 1999 年 2 月正式退出历史舞台，代之以由海事卫星"担纲主演"的全球海上遇险及安全系统(GMDSS)，从而将人类的海上救援活动推向了一个新的水平。在海湾战争中，卫星通信也出尽了风头。昔日鲜为人知的"GPS"系统(全球卫星定位系统)在 1991 年海湾战争中名扬天下，发挥了重大作用。这是一个由 24 颗卫星组成的系统，能准确地确定目标的三维位置。这项技术现在已从军用转向民用，在通信、交通运输等领域中不断找到了它新的用途。这里特别值得一提的是，1998 年岁末投入运营的"铱"系统，它被世界众多有影响的新闻媒体共同列为 1998 年十大科技"明星"之一。

"铱"系统计划是美国摩托罗拉公司 1987 年正式提出的。原设计是通过 77 颗低轨道通信卫星构成一个全球卫星通信网，后来改由 66 颗卫星组成。77 正好是"铱"这个元素的原子序数，"铱"系统便由此而得名。尽管现在它的"成员"已由 77 个"精简"为 66 个，但考虑到早已经名声在外，因而仍沿用"铱"这个名称。顺便提一句，已经升空的铱系统的 66 颗卫星中，有 8 颗是由我国的长征火箭发射的。

实现"全球个人通信"是人类通信所追求的最终目标。这个目标实现之后，地球上任何一个人，不论他在何处，也不论在何时，都能以任何一种方式，即时地与地球上任何一个别的个人建立通信联系。"铱"系统的实用，无疑将为人类进入全球个人通信时代迈出重要的一步。

极目千里

20 世纪，是图像通信崛起并得到迅速发展的一个世纪。应该说，这是历史的必然。因为，人们从客观世界感知的信息，有六成以上是来自视觉。视觉信息不仅比来自听觉、触觉等其他渠道的信息所包含的信息量大，而且还具有形象、直观等为一般人所容易接受的特征。中国的俗语中有"百闻不如一见"和"眼见为实"一类说法，也都表明图像通信与人类的亲和性。

传真通信是图像通信的一种。早在 1843 年，英国人亚历山大·贝恩就提出用电传送图像和照片的设想。在此后的若干年内，传真机走向了实用，扫描方式也由平面扫描改进为滚筒扫描。1913 年，法国物理学家贝兰制成了世界上第一部手提式传真机，可供新闻记者使用。1914 年，世界上第一幅通过传真机传送的新闻照片出现在巴黎的一张报纸上。1924 年，当时法国外交部长阿·白里安的一份亲笔信用传真机从巴黎传到华盛顿，首开国际传真之先河。60 年代之后，由于电子技术的飞速发展，传真机的质量大大提高，价格大幅度降低，从而使传真机开始从电信局、报社走进办公室和普通百姓家庭。彩色传真机、网络传真机等传真"家族"的新秀也相继涌现，使这个领域呈现一派生机。

1925 年，英国人贝尔德发明了机械式扫描电视机；1936 年 11 月 2 日，世界上第一个定期播放电视节目的电视台——英国 BBC 电视台开播，它把人类带进了一个电视时代。很快便有人想到把传送声音的电话和传送影像的电视结合在一起。1927 年，在上述思想的指导下，美国的贝尔研究室便开始了电视电话的试验。世界其他许多国家也相继进入了这个领域。1969 年，在日本举办的万国博览会上，电视电话机在会场上首次亮相，引起了人们的极大兴趣。70 年代，在美国、英国和法国，电视电话相继投放市场。

电视电话给通信带来了"闻声见影"的效果，增加了表情交流的内容。但是，它付出的代价也是高昂的。因为电视电话所占用的频带是普通电话的 1 000 倍。这在通信电路还十分紧张的七八十年代，的确有点奢侈。但进入 90 年代后，由于光通信等宽频带资源的开发，为电视电话的大众化奠定了基础。今后，随着终端价格的降低，以及"光纤到户"目标的实现，电视电话也将变得可望而又可即了。

70 年代，会议电视系统的开发，对人类社会带来了不可估量的影响。1984 年 4 月，它第一次被用来召开国际会议。它使得出席会议的各国代表可以不出国门，便能实现在屏幕上的聚会。会议电视系统不只用

231

于会议，在商业上还可用于屏幕对屏幕的交易，在教育领域可用于开展远程教学，在医疗卫生领域可用于远程医疗，等等。会议电视的广泛应用，可以大大节省人们的时间及差旅费用，对节约能源、减轻污染也都有很大的好处。

另外，1949 年初露头角，并在近年来得到迅速发展的有线电视，以及 1998 年正式开播的高清晰度数字电视，也都是本世纪图像通信领域的重大成果。有线电视最早是为解决一些地区收看电视困难而出现的，又叫"共用天线电视"。后来，人们不仅用它来向收视困难的地区传送由共用天线统一接收下来的电视节目，还加插了一些地方性节目进去。这是有线电视发展的第二阶段。此后，随着同轴电缆和光缆被用作有线传输媒介，人们便开始考虑变有线电视的单向性为双向性了。从此，有线电视用户便从"被动收看"中解放出来，获得了点播节目、在家接受电视台现场采访，以及通过有线电视系统索取其他信息的乐趣。这是有线电视发展的第三阶段。现在，有线电视还能把它所接收到的由卫星直播的电视节目送至千家万户，极大地丰富了家庭荧屏的内容。

也就是那个分别在 20 世纪 20 年代和 30 年代，率先进行无线电广播和电视广播的英国广播公司(BBC)，于 1998 年 9 月 23 日在世界上首先播放了数字电视节目。紧接着，美国的 26 家地方电视台也于 11 月 1 日前相继播放了数字电视节目。在此期间，我国也成功地进行了数字电视广播试验。

数字电视的面世，被世界上许多有影响的媒体列为 1998 年的十大新闻之一，它被视为电视发展史上的又一场重大革命。数字高清晰度电视的试播成功，绝不仅仅意味着我们通过电视荧屏将可以获得图像更加清晰、声音更富临场感的收视效果，更重要的是，由于它使用了与计算机和现代通信相兼容的技术，因而相互间可以进行交互式的信息传输；同时，还赋予电视以许多新的功能，如可在因特网上浏览，可发送电子邮件，可实现网上购物和网上银行业务，等等。

萍踪波影

随着人类社会人际交往的日趋频繁，人们对通信提出了更高的要求，即要求不论处于静止状态还是移动状态，都能随时随地地进行通信。这种要求最先是由远航船舶的通信和遇险救援需要提出来的。船舶通信是最早出现的移动通信方式。它诞生在 19 世纪末。二次世界大战后，汽车日渐增多。号称"汽车王国"的美国，有车阶层便深感在行驶汽车里与外界隔绝之不便，于是很多人便开始研究汽车电话。1945 年，汽车电话在美国问世。

由于汽车拥有量的日渐增多，早期单区制的汽车移动电话系统已不敷应用。于是，1946 年，美国的贝尔实验室便提出了将移动电话的服务区划分成若干个小区，每个小区设一个基站，构成蜂窝状系统的蜂窝移动通信新概念。1978 年，这种系统在美国芝加哥试验获得成功，并于1983 年正式投入商用。这是移动通信史上具有划时代意义的发明，一直到今天仍然为我们所采用。

蜂窝系统的采用，使得相同的频率可以重复使用，从而大大增加了移动通信系统的容量，适应了移动通信用户骤增的客观需要。第一代蜂窝移动电话采用的是模拟技术；进入 80 年代后，欧美各国和日本相继开发出数字蜂窝移动通信系统，此为第二代。数字系统不仅比模拟系统能获得更高的频谱利用率，而且还具有设备体积小、耗电省、安全保密以及能提供除话音通信以外的多种服务功能等优点。在数字系统中，以欧洲的 GSM 系统起步最早。现在，"中国电信"向用户开放的"全球通"业务，采用的也是这种系统。

移动通信发展之快，是人们所始料未及的，它在不少国家的年增长率都超过了 100%。按目前的发展速度预计，到 2000 年，全世界蜂窝移动电话的用户数可望达到 5 亿。一个高度智能化、能覆盖全球、能提供多种业务和具有个性化特色的第三代移动通信系统也正在孕育之中。

在本世纪，移动通信从海洋"出发"，进军陆地，走向太空。1991年，新加坡航空公司率先在波音 747 宽体客机上安装了全球空中电话设备，使得机上乘客能在飞行过程中直接与世界各地通话。

移动通信的问世为人类走向通信的自由王国提供了强大的推动力。移动电话、无线寻呼和初露头角的卫星移动通信的发展，将把人们带进一个"个人通信"的新时代。到那时，通信将从"服务到家"变为"服务到人"，人们在任何时间、任何地点，以任何一种方式与地球上任何一个别的个人建立通信联系，或接入世界上任何一个数据库，将不再是梦。

233

网中之王

20 世纪 90 年代，在全球范围内掀起了数字化的浪潮。一种叫做国际互联网的神奇的信息网络闯进了我们的生活。

计算机无疑是 20 世纪的一项重大科技成果。而用现代的通信技术把分散在世界各地的许许多多计算机网络连接起来，形成一个全球性的网上之网——因特网，则更是威力无穷。它将作为本世纪对人类社会影响最大的一种通信媒体而载入史册。

因特网起源于 1969 年美国国防部资助建立的阿帕网（ARPANET）。它是五角大楼为了把从事相关研究的科学家、教授所使用的计算机用网络连接起来，以便进行网上信息交流和远程协作而建立的。当时接入网络的计算机只有 4 台。80 年代，阿帕网已成为政府研究人员竞相使用的通信工具。因而，1985 年，在美国国家科学基金会（NSF）的支持下，建立了 NSFnet，这便成为今天国际互联网的骨干之一。1991 年，美国政府解除国际互联网商用的禁令，这便促使它很快走向商业化运作，在全球范围内迅速发展起来。

国际互联网是计算机网络的网络，即网上网。它是一个十分庞大的网络，不属于任何机构或个人，是由用户自行开发和管理的网络。因特网上的信息五花八门，且容量很大。人们可以十分方便地从网上获取自己所需要的信息，而且价格低廉，因而深受用户的欢迎。

因特网有许多用途，主要的用途有：传送电子邮件，发布各种信息，提供丰富的文化娱乐节目，开展电子商务，共享网上软件资源，以及提供有如网上购物、网上电视会议等名目繁多的服务。

因特网作为未来信息高速公路的雏形，正处于迅速发展阶段。全世界已有近 200 个国家和地区的 1.2 亿个用户被连接到这个网上。这个数字还在以每月 10％左右的速度增长。在中国，据中国互联网信息中心的统计，截至 1998 年 12 月 31 日，上网人数已达 210 万；与上年相比，其增幅为 213％。现在人们已经津津乐道于政府上网、商店上网、银行上网、学校上网，并对经济实惠的网上电话、网上传真、网上会议、网上寻呼等发生浓厚的兴趣。不久，家电也将上网。一个网络化的社会将给我们带来什么样的变化呢？让我们拭目以待吧！

本文原载 1999 年 9 月 15 日《科技日报》

泰坦尼克号与 SOS

1998 年，一部《泰坦尼克号》再一次把发生在 80 多年前的一场空前劫难搬上了银幕，使全球很多人为之震撼、感动；一份泰坦尼克号沉没前拍发的电报记录稿，竟也以 11 万美元的高价拍卖成交。一时间，街谈巷议，"泰坦尼克"成了一个热门的话题。在那被尘封多年、扑朔迷离的往事中，有一桩是与通信有关的。不仅是有关，还对惨剧的酝酿和发展起了关键性的作用。那就是当时船上装用的莫尔斯电报机和它拍发的救援信号 SOS。我也算是赶个"晚集"，凑个热闹，想以此为缘起，回顾点历史，发一点感慨吧。

一、航海者的救星

大海，常常是风狂浪激，变幻莫测。古往今来，不知有多少远航的船只被它的"盛怒"所折服，落得个桅断船翻，无数生灵因此而葬身于海底。直到 1895 年，马可尼和波波夫分别发明了无线电报机，并开始用莫尔斯电码传送信息，才使航海者有了科学的"保护神"。

无线电报是一种利用电磁波来远距离传送信息的工具。它一经问世，很快就被用于海上船只之间以及海上与陆地之间的通信。这是很容易理解的。因为，海上难以架设有线线路，况且航船又是漂泊不定的，只有无线电波才能"随波逐流"，擅长于担任海上通信的任务。后来，无线电报在海上救援活动中屡建奇功，使它很快便声名远扬。在当时的大中型远航船只上，莫尔斯电报是必不可少的装备。

1900 年 3 月的一天，在波罗的海上作业的一群渔民遇险。在生命垂危的时刻，他们用无线电报机拍发了求救信号。这个信号为"椰马克号"破冰船所接收，从而使渔民们化险为夷。1909 年 1 月 23 日，在浓雾中"共和号"轮船与驶往美洲的意大利"佛罗里达号"相撞。30 分钟后，"共和号"发出了无线电遇险信号。它穿越雾海，为航行在该海域的"波罗的号"所接收。"波罗的号"很快赶到了出事地点，使相撞的两艘船上 1 700 条生命得救……。近一个世纪来，与上述类似的激动人心的事例不胜枚举。它记载着莫尔斯电报和 SOS 的丰功伟绩。

无线电波，来无影，去无踪。可是，由于它的存在，令孤帆不孤，使成千上万在沧海中漂泊的生灵更加充满信心和希望。

235

二、从 CQD 到 SOS

众所周知，当两个无线电台在某个频率上进行通信时，如果出现第三个使用这个频率的电台，就会造成"干扰"，影响通信的正常进行。另外，未经规范"各自为政"的不同型号的无线电通信设备，也有可能彼此排斥。典型的例子是，当年普鲁士的海因里希王子在访问美国后横渡大西洋回国时，想给罗斯福总统发一份礼节性的电报，但电报没有发成。原因是船上和岸上所使用的无线电设备型号不同。通过以上的事例，我们不难看出建立无线电通信国际"秩序"的必要性。它还有利于排除某些公司对电波的垄断。正是基于这样一种客观需要，1903 年，在柏林召开了国际无线电会议预备会。这个会议签订的公约草案明确指出："海岸无线电台应该收发来自海上船只和指定船只的电报，不必区别该船使用的是何种无线电系统。"

至于国际遇难信号，当时意大利提议使用"SSS"和"DDD"。而航海大国英国在它的船舶上大量使用马可尼无线电报公司生产的设备，而马可尼公司主张使用"CQD"作为遇难信号。"CQD"中的"CQ"即 Call to Quarters(＝All Stations Attend)，是"全部台站皆应答"的意思，而"D"即 Distress，是"遇难"的意思。CQD 又正好与 Come Quick Distress(or Danger)(快来救难)相吻合，因而曾经一度为众多的海上航船所采用。

上述"预备会议"过后三年，即 1906 年，第一次国际无线电会议在柏林召开。在这次会议上，经过一番讨论，将国际遇难信号统一为"SOS"。为什么选用 SOS 作为遇难信号呢？是因为 SOS 的莫尔斯代码是三点、三横、三点(···———···)。不仅便于记忆，而且头尾相接，可以连续拍发。至于有人说，SOS 是英文 Save Our Souls(救命啊！)和 Save Our Ship(来救我们的船啊！)的缩写，那是一个误会。

虽然国际会议的决定是作了，但很长一段时间，许多航船在遇难时依旧习惯地使用"CQD"。当年"泰坦尼克号"在与冰山相撞下沉时，也是先发了一阵 CQD 信号，后来经提醒，报务员才改发 SOS。据说，"泰坦尼克号"还是最先使用"SOS"这个国际海上遇难信号的船只。

三、千古遗恨

"泰坦尼克号"是由英国一家有名的造船公司建造的大型豪华客轮，1911 年 5 月 31 日下水，次年 4 月在作处女航时与冰山相撞沉没。当时船上共搭载乘客和船员 2 208 人。此次海难使 1 500 余人丧生，是历史上最大的海上事故。

"泰坦尼克号"的惨剧，留给人们许多沉痛的教训和值得思考的问题。正是这个缘故，世界各国代表于 1914 年 1 月云集伦敦，召开了讨论海上人身安全问题的国际会议。会上，与会各国共同签署了"海上安全条约"，别名"泰坦尼克条约"。这个条约的内容涉及船舶构造，以及救生、消防、无线电通信等设备的配置和使用。

这里，我们不谈电影《泰坦尼克号》的浪漫情节，也不表与惨剧有关的其他种种因由，而只想从无线电通信这个特殊的视角追述一下历史。

在"泰坦尼克号"豪华客轮上，装备有马可尼公司制造的无线电报设备。按理来说，通过无线电设备，它有足够的能力获取各种有关信息，使自己摆脱险境。即使是无法挽回沉船之厄运，也能唤来"援兵"，使船上的生命获救。可是，"泰坦尼克号"触冰当天，无线电发报机却碰巧出了故障。船上的报务员费利拔斯和他的助手布兰特整整检修了 7 个小时。等到设备修复，乘客待发的电报已堆积如山。当时，海上冰山和流冰十分活跃，可谓危机四伏。对于这类险情，航船之间经常在通过无线电报交流。而"泰坦尼克号"却充"耳"不闻，直至最后进入危急时刻而仍未察觉。它成了一个与外界隔绝的"聋子"，在险情丛生的大海中独自漂泊。可怕的事情终于发生了。1912 年 4 月 14 日 23 时 45 分，"泰坦尼克号"在加拿大纽芬兰岛以南约 200 公里的大西洋海域与冰山相撞，右舷船底严重受损，沉没已成定局。这时报务员仍一无所知，还正在与伦茨岬通着电报呢。10 分钟后，船长下达了发送求救信号的命令。开始发的是 CQD 信号，后经助理报务员布兰特的提醒，改发新的救难信号 SOS。

这时，如果离"泰坦尼克号"只有几英里的"加利福尼亚号"闻讯赶到，船上的人均可得救。可是，这条船上的报务员不值班，未能收到"泰坦尼克号"发来的求救信息。直到黎明，"卡帕蒂阿号"赶到了出事地点，仅救出 705 条生命，其余的 1 503 人皆葬身鱼腹。

"泰坦尼克号"的悲剧，似诉似泣。它告诉我们，通信与安全、通信与人类的生命有着多么紧密的关系！通信不能中断，通信必须畅通。吸取"泰坦尼克号"的教训，不仅越来越多的船只安装了无线电报设备，而且还实行了全天候的无线电信号监听。

237

这里，我想顺便提一件富有戏剧性的轶闻。在被邀参加上述"泰坦尼克号"处女航的贵宾中，就有诺贝尔奖得主、大名鼎鼎的无线电报发明家马可尼和他的夫人。可是，马可尼当时为了吸纳美国无线电公司，已于三天前乘坐"罗西塔尼亚号"出发了；其夫人则因儿子生病滞留在英国。这当然是件巧事儿。有人说，如果马可尼夫妇乘坐了"泰坦尼克号"首航，他也不会死。因为他是头等舱乘客，沉船之前会优先登上数量不足的救命船安全离去。也有人说，可能由于马可尼的在场，历史将会被改写。因为沉船事件与电报机的故障有关。而在马可尼面前，故障定会"手到病除"。收报机正常了，有关海上险情的警告就能听到，或许碰撞冰山的灾难压根儿不会发生……当然，再多的"假设"，再多的"或许"，也都无济于事了。在"泰坦尼克号"沉没的历史事实面前，所有这一切都只能化作一声长叹、万缕哀思。

四、后起之秀

莫尔斯电报已经在海上"服役"了近一个世纪。现在，它满载着荣誉与人们依依惜别。从1999年2月1日起，辽阔的海疆上将听不到莫尔斯电报发出的"的的的、嗒嗒嗒、的的的"(SOS)的声音。但人们将永远记得它所创建的不朽功勋。

莫尔斯电报机和莫尔斯电码，是人像画家塞缪尔·莫尔斯在19世纪的杰作。电报的发明，揭开了电信时代的序幕。人们曾经称颂它为"思想的瞬间大道"。直到今天，人们仍十分看重它的非凡影响，甚至把它视为"因特网"的先辈。因为正是它，开创了一个数字通信的新时代。

可是，莫尔斯电报毕竟是"年事"已高，比起近百年来在电信领域里不断涌现的新秀来，在技术上便显得落后多了。不仅是信息传送的范围有限，而且在功能上也难以满足现代海上通信的需要。正如国际海事组织的罗杰·科恩所言："莫尔斯系统在历史上曾起到过无法估量的作用——但它已经过时了。"

值得欣慰的是，用于海上救难的莫尔斯电报的"接班人"，便是本领高强、"血气方刚"的GMDSS。GMDSS是"全球海上遇险和安全系统"的英文缩写。这是一个船岸间通信新系统的名称，而不是呼救信号。它由卫星通信系统和地面无线电通信系统两大部分组成。卫星系统又包括国际海事卫星分系统和极低轨道搜救卫星分系统两部分。由于GMDSS是建立在先进的卫星通信技术、数字技术和计算机技术的基础上的先进系统，在船只遇难时，不仅能向更大的范围更迅速、更可靠地发出救难信息，还能以自动、半自动的方式取代昔日的人工报警方式。可以想见，如果当年的"泰坦尼克号"上装备了这样的设备，上述的失误或阴差阳错都是可以避免的。

SOS 的退役，标志着一个时代的结束。人类的通信正步入一个以高新科技为基础的崭新世纪。通信的全球化，以及"服务到人"这样一些全新的概念，正在改变我们的社会，改变我们每个人的生活。

本文原载于电子工业出版社 2007 年 1 月出版的《现代电信百科》一书

239

后 记

从我退休之时起，便不断有朋友劝说我，趁现在清闲，作点总结，写点"回忆"之类的。可我一直不曾理会。一是还始终没有清闲下来的感觉；二是感到自己的经历，无论是当编辑还是搞科普创作，都很平淡，没有人们常说的那种"闪光点"。更何况，要将这么多年的经历从头至尾梳理一遍，也着实需要花上一番工夫，因而发不起心来。

一年多前，在版协学术委员会的一次会议上，几位前辈、同仁在谈到文化积累时，萌发了要出一套反映出版文化方面的书的想法，提议以"书林守望"为名。并希望，在这套书里也有我的一本。较之出版界学识渊博的元老们，我在经历上和积淀上都显得十分浅薄，本想推辞，但继而从为这套书增添一个"品种"（科普类）的考虑，也就从命了。

在刚写出提纲，正欲提笔之时，接到在美国的女儿来电，让我与妻子速送小外孙赴美上学。就这样，写书的任务也随之带到了美国。所幸我所下榻的北卡罗莱纳州环境清幽，是个可以静下心来写作的绝好去处。随手凑了小诗一首，聊记其事。

客居"北卡"

天空碧如洗，阶前草凄凄；

红尘飞难到，树动知风起。

长街人迹少，幽径闻鸟啼；

月下忆旧事，天明撰新书。

在我给这本小书画上最后一个句号时，我要感谢自始至终支持和帮助我完成这项艰难任务的妻子。她不仅是我一生事业的见证人和重要精

241

神支柱，也是我所有作品的第一个读者。她常以编辑职业的敏感性，向我提出各种意见和建议。在我写这本书的时候，她依然同往常一样，一面为我录入稿件，一面为稿件挑错润色……

书稿虽已修改多遍，但仍不尽如人意。诚望得到众多前辈、同行和朋友们的批评指正，希望它能抛砖引玉，引起人们对科技出版和科普创作更多的关注和热烈的讨论。

陈芳烈
2008 年 4 月